HANTÉE

Maureen Johnson

HANTÉE

Tome 2 : *Un mal souterrain*

Traduit de l'anglais (États-Unis)
par Maud Desurvire

Michel Lafon

Du même auteur :

Treize petites enveloppes bleues, Gallimard Jeunesse, 2007
Suite Scarlett, Gallimard Scripto, 2010
Liaisons d'Enfer au Paradis, Hachette Jeunesse, Black Moon, 2010
Flocons d'amour, Hachette Jeunesse, 2010
Au secours, Scarlett !, Gallimard Scripto, 2010
Hantée, tome 1 : *Les Ombres de la ville*, Michel Lafon, 2012

Titre original :
Shades of London
Book Two: Madness Underneath

7-13, boulevard Paul-Émile-Victor – Île de la Jatte
92521 Neuilly-sur-Seine Cedex
www.lire-en-serie.com

À mon ami Alexander Newman,
le seul et l'unique, qui n'accepterait jamais de laisser
douze malheureuses petites attaques l'emporter.
Quand je serai grande, je voudrais être comme toi.
(Sans les douze attaques, si possible.
Bref, tu m'as comprise.)

PUB *LE ROYAL GUNPOWDER*
ARTILLERY LANE, EST DE LONDRES
11 NOVEMBRE
10 H 15

Charlie Strong appréciait la compagnie de ses clients – autrement, à quoi bon tenir un pub pendant vingt et un ans ? –, mais le calme qui régnait le matin était un moment particulier qui lui procurait un plaisir fou. Car le matin Charlie fumait la seule cigarette qu'il s'accordait par jour. Lentement, il tirait sur sa Silk Cut en écoutant le doux grésillement du papier et du tabac qui se consument. Il s'autorisait à fumer à l'intérieur quand il n'y avait encore personne. Une tasse de thé fumante. Une bonne petite clope. Une belle tranche de bacon dans son sandwich.

Charlie mit le téléviseur en marche. Au *Royal Gunpowder*, le poste s'allumait uniquement à deux occasions : quand Liverpool jouait un match, et pour *La Matinale de Michael et Alice*, un talk-show d'un enthousiasme inaltérable. Charlie aimait bien regarder cette émission pendant qu'il se préparait pour la journée, notamment la séquence cuisine. Ils présentaient toujours une bonne recette, et, bizarrement, ça le poussait à savourer encore plus son sandwich.

Il mit de l'ordre dans l'assortiment sous le bar.

– … Et deux autres sachets de chips au fromage et aux oignons. Et prends des cacahouètes tant que t'y es. Ils aiment ça aussi, les cacahouètes. Leur deuxième passion après l'Éventreur !

Sans répondre, Sam interrompit ce qu'il faisait pour redescendre au sous-sol. Les yeux rivés sur le poste,

Charlie suivit les dernières étapes cruciales de la recette. On était en train de sortir le poulet rôti du four, doré à souhait. L'émission passa à la rubrique suivante en évoquant un festival de musique qui allait avoir lieu à Londres pendant le week-end. Le sujet ne l'intéressait pas autant que le poulet mais Charlie écouta quand même, le temps de griller sa cigarette jusqu'au filtre, de l'écraser et de se remettre au travail.

Il venait de commencer à essuyer le tableau noir pour y écrire la liste des plats du jour quand il entendit des bris de verre provenant d'en bas. Il ouvrit la trappe du sous-sol.

– Sam ! Pour l'amour du ciel, qu'est-ce que tu fabriques ?

– Charlie ! Venez voir, vite !

– Quoi donc ? hurla ce dernier.

Sam ne répondit pas.

Charlie lâcha un juron tout bas, prit le temps de tousser un bon coup, comme chaque fois après sa cigarette matinale, puis s'engagea dans l'escalier. Les marches étroites et raides débouchaient dans une pièce bourrée de choses dont Charlie ne voulait pas s'occuper pour la plupart : des chaises et des tables cassées, de gros cageots, des casiers de verres prêts à remplacer ceux qui finissaient chaque soir ébréchés, fêlés ou dans la poche des clients.

– Sam ? lança-t-il au hasard.

– Par ici !

La voix du serveur provenait d'une petite remise au fond de la cave. Charlie se baissa vivement. Le plafond était plus bas dans cette pièce ; c'est bien simple, il lui frôlait le crâne. Plusieurs fois, il avait bien failli s'assommer.

Sam se tenait près du mur, recroquevillé entre deux éléments de rayonnages. Sur le sol en pierre, on pouvait voir les débris de deux chopes ainsi qu'un *X* grossièrement griffonné à la craie.

– Qu'est-ce qui te prend, Sam ?

– J'y suis pour rien, se défendit le jeune homme. C'était pas comme ça il y a cinq minutes.

– Tu te sens bien ?

– Il y avait pas ça tout à l'heure, je vous dis !

C'était mauvais signe, très mauvais signe. À l'évidence, les chopes n'étaient pas tombées toutes seules de l'étagère puisqu'elles s'étaient fracassées au beau milieu de la pièce. Les barres du *X* étaient hésitantes, comme si la main qui l'avait dessiné arrivait à peine à tenir la craie. Personne n'avait bonne mine sous l'éclairage au néon légèrement verdâtre du sous-sol mais Sam semblait particulièrement mal en point. Il était blanc comme un linge, tout tremblant et luisant de sueur.

Ça devait peut-être finir par arriver un jour ou l'autre. Charlie connaissait les risques depuis le début, ceux-ci faisaient partie du marché. Si lui-même avait réussi à devenir sobre, il avait bon espoir que d'autres en soient aussi capables. Mais cet espoir, il fallait l'insuffler.

– Si tu as pris quelque chose... souffla-t-il calmement.

– Non, pas du tout !

– Mais si c'est le cas, il suffit de me le dire.

– Je vous jure, répéta Sam. Je n'ai rien pris.

– Il n'y a aucune honte à ça. Le sevrage, ça prend du temps, Sam.

– Je n'ai rien pris et c'est pas moi qui ai dessiné *ça* !

Quelque chose de pressant dans la voix de son employé effraya Charlie, or il n'était pas homme à prendre peur facilement. Bagarres, manque dû au sevrage difficile, divorce, il avait connu tout ça. Chaque jour qui passait, il bravait son démon intérieur, l'alcool. Pourtant en contemplant la scène – Sam recroquevillé contre le mur, ce *X* grossier et ces éclats de verre par terre –, quelque chose le troubla.

Inutile de vérifier si un intrus était planqué en bas : tous les commerces du quartier avaient renforcé leur sécurité à l'époque où rôdait l'Éventreur. Le *Royal Gunpowder* était un lieu *sûr*.

Charlie se baissa et passa la main sur la dalle froide.

– Et si on s'en débarrassait simplement ? suggéra-t-il en effaçant le *X*.

Dans des cas comme celui-ci, mieux valait faire comme si de rien n'était et régler ensuite calmement le problème par une discussion.

– Allez, viens. On va remonter se prendre une petite tasse de thé et discuter.

Sam fit quelques pas hésitants pour s'écarter du mur.

– Voilà, c'est bien. Allez, on oublie tout et on va se boire ce bon petit thé...

Charlie acheva d'effacer le *X*. Il ne vit pas le marteau.

Ce dernier servait à faire levier pour ouvrir des caisses, à dégripper des valves récalcitrantes et à effectuer quelques rafistolages sur les étagères souvent branlantes. À cet instant, l'outil s'éleva brusquement en l'air et s'attarda un instant au-dessus de la tête de Charlie, le temps de viser sa cible.

– Attention ! hurla Sam.

Charlie finit par relever le nez et vit le marteau s'abattre sur lui. La première fois, il resta droit comme un I. Il émit un bruit guttural saccadé. Puis vint un deuxième coup, et encore un autre. Il était toujours debout, se tortillant, luttant pour repousser son agresseur. C'est le quatrième coup qui, selon toute vraisemblance, lui fut fatal. Un craquement distinct se fit entendre. À la suite de quoi Charlie s'écroula, inerte.

Le marteau retomba par terre dans un bruit de ferraille.

La Faille

La toile s'envola au loin vers l'eau ;
Le miroir se fendit d'un bout à l'autre ;
« La malédiction s'abat sur moi ! » s'écria la Dame de Shalott.

La Dame de Shalott, poème extrait du recueil
Les Idylles du roi, Alfred Lord Tennyson

1

À Wexford, le lycée où j'allais avant que toute cette histoire m'arrive, j'avais entraînement obligatoire de hockey tous les jours. Sauf que comme je ne savais pas du tout jouer, on me bardait de protections de la tête aux pieds et me laissait dans les buts. Depuis la cage du gardien, je regardais mes coéquipières courir dans tous les sens avec leur crosse. De temps en temps, elles frappaient à toute volée une petite balle bien dure dans ma direction. Chaque fois, je plongeais pour l'esquiver. Comme apparemment le but du hockey n'était pas d'éviter la balle, Claudia hurlait toujours : « Non, Aurora, non ! » depuis la ligne de touche, mais ça m'était égal. Les lois de la nature sont pour moi le meilleur exemple à suivre, et la nature dit que quand un boulet de canon t'arrive dans la figure, *tu dégages*.

Je ne pensais pas que mes entraînements de hockey me serviraient à quelque chose dans la vie avant de commencer une thérapie.

– Bien, a dit Julia.

Elle, c'était ma thérapeute. Une Écossaise toute menue à la tignasse blond-blanc. Elle devait avoir dans les cinquante ans quoique les rides de son visage fussent imperceptibles. C'était une femme consciencieuse, à l'élocution soignée et d'un professionnalisme à pleurer qui me donnait d'ailleurs de l'urticaire. Elle ne gesticulait pas sur son siège, elle se contentait de rester assise sans bouger avec un calme olympien. Le vent pouvait souffler en bourrasques et la pluie tomber à verse, Julia gardait la même position dans son fauteuil ergonomique, imperturbable.

Elle plaçait la pendule de son cabinet bien en évidence, derrière le siège où s'asseyaient ses patients, en haut d'une bibliothèque. Toutefois, en observant son reflet dans la fenêtre, je pouvais surveiller l'heure et voir ses aiguilles remonter le temps. Nouveau record personnel : je venais de réussir à perdre quarante-cinq grosses minutes à parler de ma grand-mère. Après quoi j'avais fini par m'essouffler et le silence était retombé dans la pièce comme un parfum diffus mais d'une intensité constante. À force d'avoir passé des heures entières à la fixer, je voyais bien que Julia m'observait très attentivement.

Et je connaissais son rapport à cette pendule. Il lui suffisait de jeter un petit coup d'œil sur sa gauche pour nous surveiller, l'heure et moi, sans même bouger la tête. Le mouvement était drôlement discret mais j'avais pris l'habitude de le guetter. Quand Julia vérifiait l'heure à la pendule, c'était signe qu'elle s'apprêtait à passer à *l'action.*

Coup d'œil.

C'était le moment de se préparer. Julia allait tenter une manœuvre. La balle allait m'arriver dans la figure. C'était le moment d'esquiver.

– Rory, j'aimerais que tu essaies de te souvenir...

Tous aux abris !

– ... D'une manière ou d'une autre, on apprend tous quelque chose de la mort. Essaie de te souvenir. Comment y as-tu été confrontée pour la première fois ?

J'ai dû me contrôler. Ça fait mauvais genre de quasiment sauter de joie sur le divan parce que votre psy vous questionne sur votre rapport à la mort et que c'est pas loin d'être votre sujet préféré. Pourtant il se trouve qu'en matière de « confrontation avec la mort », j'en avais une bien bonne à raconter.

Je me suis tâtée pendant à peu près une minute, grignotant laborieusement ce temps de parole en dodelinant de la tête. C'est vraiment pas évident de faire *mine de* réfléchir. Du coup, j'avais le sentiment que mon air « songeur » ressemblait beaucoup à mon air « j'ai la tête qui tourne, il est possible que je vomisse ».

– J'avais dix ans, je crois. On était chez Mme Haverty. Elle habitait Magnolia Hall. C'est le genre d'endroit, type gros site historique d'avant la guerre de Sécession, façon *Autant en emporte le vent* et c'était-le-bon-temps-avant-l'invasion-nordiste. C'est une grande demeure avec des colonnes et des volets et une centaine de magnolias tout autour. Vous avez déjà vu *Autant en emporte le vent* ?

– Il y a longtemps.

– Eh bien, c'est le même genre d'endroit. De ceux où vont les touristes. On le voit sur plein de dépliants. Tout donne l'impression de dater de 1860 ou dans ces eaux-là. Mais personne ne voit jamais Mme Haverty parce que c'est une vieille folle. À croire qu'elle est peut-être vraiment née en 1860.

– D'accord, donc une dame âgée dans une demeure ancienne, a-t-elle résumé.

– Exactement. J'étais scoute à l'époque. Et pas des meilleures. Je n'ai jamais obtenu aucun insigne et j'oubliais toujours mon numéro de troupe. Mais une fois par an, on organisait cet incroyable pique-nique à Magnolia Hall. Mme Haverty autorisait les troupes à utiliser sa propriété parce que apparemment elle aussi avait été scoute dans sa jeunesse, à l'époque où les dinosaures peuplaient encore la Terre et où l'atmosphère était encore en formation…

Julia m'a dévisagée d'un drôle d'air. Je n'aurais pas dû placer cette petite fioriture narrative. À force de raconter si souvent cette histoire, je l'avais peaufinée en y ajoutant des tas de détails sympas. Ma famille en raffole. Je la ressors tous les ans lors de nos réunions familiales tordues au restaurant *Big Jim's* ou chez ma grand-mère. C'est mon anecdote de prédilection.

– Donc, ai-je repris plus lentement, elle faisait installer des barbecues et des glacières géantes de sodas et de glaces. Il y avait un immense tapis de glisse et un château gonflable. En gros, c'était le plus beau jour de l'année. On peut presque dire que c'était uniquement pour aller là-bas que j'étais scoute. Bref, cet été-là, quand j'avais dix ans je crois… zut, ça je l'ai déjà dit…

– Ça ne fait rien.

– D'accord. Bon, il faisait chaud. *Vraiment* chaud, j'entends. Une chaleur typique de la Louisiane. Genre au moins quarante degrés.

– Genre chaud, a abrégé Julia.

– Voilà. Le problème c'était que Mme Haverty ne mettait jamais le nez dehors et personne n'avait le droit d'entrer dans la maison. Elle incarnait un peu une légende. On se demandait tout le temps si elle n'était pas en train de nous observer depuis sa fenêtre ou quelque chose comme ça. C'était un peu notre Boo Radley[1] à nous. À la fin de la journée, on lui fabriquait toujours une grande banderole sur laquelle on écrivait nos prénoms et dessinait pour

1. Personnage marginal et mystérieux du livre *Ne tirez pas sur l'oiseau moqueur* de Harper Lee.

la remercier, et une des chefs de troupe la lui apportait en voiture. Je ne sais pas si Mme Haverty l'autorisait à entrer ou bien si la fille se contentait de la balancer sous le porche depuis la fenêtre de la voiture. Bref, d'habitude les scoutes avaient des sanitaires mobiles pour le pique-nique. Mais cette année-là, le fournisseur était en grève, les organisatrices n'avaient pas pu en louer et pendant environ une semaine, elles ont bien cru que le pique-nique serait annulé, mais c'est là que Mme Haverty a fait savoir qu'elle était d'accord pour qu'on utilise ses toilettes du rez-de-chaussée, ce qui a déclenché toute une histoire. Pendant le trajet en car à l'aller, elles nous ont sermonnées et fait promettre, chacune à son tour, de bien nous tenir. Interdiction de courir. De crier. De s'aventurer ailleurs ou de traîner. On était toutes surexcitées et même un peu effrayées à l'idée de pouvoir enfin pénétrer dans cette maison. Je m'étais mis en tête d'y entrer la première. Même si je devais y laisser ma peau, il fallait que je sois la première à faire pipi. Alors j'ai descendu une bouteille d'eau entière pendant le trajet, et une grande. Je me suis assurée que Mme Fletcher, notre chef de troupe, me voie. Je me suis même débrouillée pour qu'elle me fasse une remarque, comme quoi je ne devais pas gaspiller mon eau. Mais j'étais déterminée.

Je ne sais pas vous, mais moi quand je me mets à parler d'un endroit, tous les détails me reviennent d'un coup. Je revois encore notre bus remonter la longue allée sous la voûte des arbres. Je me souviens de la fille qui était assise à côté de moi, Jenny Savile, qui bizarrement empestait le beurre de cacahouète et m'agaçait à faire claquer sa langue. Je me rappelle que mon amie Erin regardait simplement par la fenêtre en écoutant de la musique dans son casque, sans prêter attention à rien ni personne. Toutes les autres avaient les yeux rivés sur l'équipe qui était en train d'installer le château gonflable. Mais moi, j'étais à fond dans mon truc, je regardais la maison se rapprocher, j'entrevoyais les premières colonnes et le porche majestueux. J'étais en mission. J'allais être la première scoute à faire pipi à Magnolia Hall.

– Ma cheftaine m'avait sûrement à l'œil, ai-je continué, parce que j'avais la réputation d'être *une drôle de fille,* comme on dit, non pas la meneuse ni la plus peste ou la plus jolie ou je ne sais quoi encore. J'étais cette drôle de fille qui avait toujours une petite idée derrière la tête, un compte à régler ou une quête personnelle, et il n'y avait pas moyen de m'arrêter tant que je n'étais pas allée au bout de mon idée. Et si j'avalais une bouteille d'eau d'un trait et me tortillais sur mon siège en réclamant un besoin urgent d'aller aux toilettes, ma cheftaine savait que je ne la bouclerais pas tant qu'on ne m'aurait pas escortée jusqu'aux toilettes de Magnolia Hall.

Julia n'a pas pu dissimuler l'ébauche d'un sourire sur ses lèvres. De toute évidence, elle avait cerné cet aspect de ma personnalité.

– Quand on s'est garées, ai-je repris, elle m'a lancé : « Dépêche-toi, Rory ! » Elle a prononcé mon nom d'un ton très dur. Je me souviens que ça m'a fait peur.

– Peur ?

– Oui car les cheftaines ne se fâchaient jamais vraiment contre nous, ai-je expliqué. Ce n'était pas leur rôle. Les parents se fâchent parfois les professeurs. Et ça m'a fait bizarre de voir un autre adulte en colère contre moi.

– Est-ce que ça t'a découragée ?

– Non. J'avais bu trop d'eau.

– Laisse-moi te poser une question, a rebondi Julia. À ton avis, pourquoi as-tu eu cette réaction ? Pourquoi tenais-tu autant à être la première à utiliser ces toilettes ?

La réponse était si évidente pour moi que je n'avais aucune théorie pour l'expliquer. Il fallait que je sois la première dans ces toilettes pour la même raison que d'autres escaladent des montagnes ou explorent le fond des mers : parce que c'était un terrain nouveau et inconnu. Parce que être la première signifiait… être la première.

– Personne n'avait jamais vu l'intérieur de sa maison.

– Mais ce n'était que des toilettes. Et puis tu as toi-même reconnu que c'était un comportement typique de ta part, que tu en étais consciente. Que tu as toujours un plan, une idée derrière la tête.

– De *mauvaises* idées, en général, ai-je nuancé.

Julia a légèrement opiné et rédigé une note sur son bloc. Je venais de lui livrer un indice sur ma personnalité. Comme chaque fois que ça arrivait, je m'en suis voulu. J'ai reporté mon attention sur le récit. Je me suis rappelé cette chaleur. La chaleur, la vraie, je n'en avais pas connu depuis mon arrivée en Angleterre. La chaleur estivale de Louisiane a quelque chose de particulier, de pesant. Elle vous enveloppe tout entier dans son étreinte de sueur. Elle vous pénètre. Magnolia Hall n'avait jamais vu l'ombre d'un climatiseur. On se serait cru dans un four allumé depuis cent ans et il me paraissait tout à fait possible qu'une partie de l'air emprisonné à l'intérieur ait stagné là depuis la guerre d'Indépendance, qu'il se soit engouffré dedans au cours d'une bataille et retrouvé enfermé.

Je me souviens encore du moment précis où j'ai passé la porte d'entrée, cette chaleur cinglante qui puait la poussière. Le silence. Le vestibule aux murs tapissés de portraits de famille, la table en marbre ornée d'une coupe d'azalées à moitié fanées et desséchées, les piles de vieux journaux accumulées dans un coin. Les toilettes se trouvaient dans un renfoncement sous l'escalier. Mme Fletcher devait surveiller le déchargement du car et s'assurer que Melissa Murphy avait bien sur elle son auto-injecteur d'adrénaline au cas où elle se ferait piquer par une abeille, alors elle m'a ordonné de revenir dès que j'avais fini et surtout de ne toucher à rien. D'aller simplement aux toilettes et d'en ressortir aussitôt.

– J'étais toute seule à l'intérieur, ai-je repris. La première scoute qui y ait jamais mis les pieds... du moins, à ma connaissance... alors je pouvais pas ne pas faire un petit tour. J'ai seulement jeté un coup d'œil aux pièces dont la porte était ouverte. J'ai pas fouiné. J'avais qu'à promener mon regard. Et puis j'ai vu ce chien couché au milieu d'un des salons à l'avant de la maison, un gros golden retriever et... j'adore les chiens. Vraiment. Alors je l'ai caressé. Je n'ai même pas entendu Mme Haverty entrer. Mais quand je me suis retournée, elle était là. Je m'attendais sans doute à la voir en robe à crinoline ou couverte de toiles d'araignées, un truc de ce genre, mais en fait elle portait une de ces tenues qu'affectionnent les personnes du troisième âge, une jupe-culotte à carreaux roses et un tee-shirt assorti. Elle était d'une pâleur hallucinante et pleine de varices ; ses mollets étaient couverts de veines bleues à tel point qu'on aurait dit une carte routière. Je croyais m'être fait choper. Je me suis dit : « Et voilà. Tu vas te faire tuer. » J'étais foutue. Mais elle s'est contentée de sourire et de me dire : « Lui, c'est Gros Bobby. N'était-il pas superbe ? » J'ai répondu : « Était ? » Et alors elle a fait : « Voyons, il est empaillé, mon chou. Bobby est mort il y a quatre ans. Mais il aimait bien dormir dans cette pièce alors c'est là que je le garde. »

Julia a mis un moment à comprendre que c'était la chute de l'histoire.

– Ce chien que tu caressais était empaillé ? Mort ? s'est-elle étonnée.

– Faut dire qu'il était *vraiment* bien empaillé, ai-je expliqué. Des empaillages de mauvaise qualité, j'en ai vu. Là c'était du travail d'orfèvre. On n'y voyait que du feu.

Une éclaircie soudaine a laissé passer un rai de lumière à travers la fenêtre et a illuminé le visage de Julia. À cet instant, le long regard pénétrant qu'elle m'a lancé s'est un peu heurté à un mur ; il s'est alors transformé en un regard plein de questions.

– Tu sais, Rory, a-t-elle repris, c'est notre sixième séance et nous n'avons absolument pas évoqué la raison de ta présence ici.

Chaque fois qu'elle disait quelque chose de ce genre, j'éprouvais un élancement dans l'abdomen. La plaie s'était refermée et était pratiquement cicatrisée. Maintenant que j'étais débarrassée des pansements, on pouvait voir la longue entaille et les vilains boursouflements de peau rougeâtre qui refermaient la blessure. J'ai cherché quelque chose à dire, quelque chose qui nous entraînerait à nouveau hors sujet, mais Julia a levé la main d'un geste préventif. La raison de ma présence, elle la connaissait. Alors je me suis tue un moment et j'ai découvert à quoi je ressemblais réellement quand j'étais pensive. Je voyais ma tête dans le reflet de la fenêtre, et j'avais conscience d'avoir l'air accablée. Je n'arrêtais pas de me pincer et de me mordiller les lèvres, et le sillon entre mes yeux était probablement assez profond pour y loger mon téléphone.

– Je peux vous poser une question ? ai-je fini par demander.

– Bien sûr.

– Est-ce que j'ai *le droit* d'aller bien ?

– Évidemment. C'est notre objectif. Mais tu as aussi tout à fait le droit d'aller mal. Ce qu'il faut garder à l'esprit, c'est que tu as subi un traumatisme.

– Mais on se remet d'un trauma, non ?

– Oui. Avec de l'aide.

– On ne peut pas s'en remettre, sinon ?

– Si bien sûr, mais...

– Supposons par exemple que j'aille *vraiment* bien, l'ai-je coupée d'un ton insistant : ça vous paraîtrait plausible ?

– C'est ce que tu ressens, Rory ?

– J'ai simplement envie de retourner au lycée.

– C'est vrai, tu veux y retourner ? s'est-elle exclamée, son accent du terroir rejaillissant à un degré particulièrement curieux. *Tu veux y retourneey ?*

Comme une toile de fond flamboyante subitement déployée au beau milieu d'une scène, Wexford a rejailli dans mon esprit. Je voyais Hawthorne, ma résidence, fidèle à ses airs de vestige victorien. Sa façade de grès rouge. Ses hautes fenêtres étonnamment larges. Le mot FEMMES gravé au-dessus de l'entrée. Je me suis revue dans ma chambre, le soir, avec Jazza ma colocataire, quand on discutait dans l'obscurité depuis nos lits respectifs. Comme les plafonds de notre résidence étaient hauts, souvent je contemplais les ombres qui défilaient des rues londoniennes tout en écoutant les bruits au-dehors et le faible sifflement métallique des radiateurs qui diffusaient leur dernier souffle d'air chaud pour la nuit.

Une vision fugitive de Jerome et moi a ressurgi, un jour où on était seuls dans une des salles d'étude de la bibliothèque en train de s'embrasser debout contre le mur. Puis un autre souvenir m'a emportée ailleurs. Dans l'appartement de Goodwin's Court avec Stephen, Callum et Boo…

– On a fini pour aujourd'hui, a annoncé Julia en jetant un coup d'œil à la pendule. On reparlera de tout ça vendredi, si tu veux bien.

Je me suis brusquement emparée de mon manteau sur le dossier de ma chaise et l'ai enfilé aussi vite que possible. Julia a ouvert la porte et passé la tête dans le couloir. Elle s'est retournée vers moi d'un air étonné.

– Tu es venue toute seule aujourd'hui ? C'est un gros progrès. Je suis contente.

Ce jour-là, mes parents m'avaient laissée venir seule à la séance. Voilà à quel degré de sensations fortes j'en étais maintenant réduite dans ma vie.

– On progresse, Rory, on progresse, s'est-elle félicitée.

Elle mentait. J'imagine qu'on est tous obligé de mentir parfois. D'ailleurs j'allais en faire autant.

– Oui, c'est clair, ai-je confirmé en enfonçant les doigts dans mes gants.

2

Je n'allais pas pouvoir supporter encore très longtemps ces séances.

J'aime bien parler. C'est un peu mon truc. Si parler avait été une option sportive à Wexford, j'aurais été capitaine d'équipe. Mais le sport implique toujours de courir, sauter ou agiter les bras dans tous les sens. Remuer la mâchoire avec rapidité ne rapporte aucun point en éducation physique.

Trois fois par semaine, on m'envoyait parler à Julia. Et trois fois par semaine, je devais *éviter* de lui parler, ou du moins passer sous silence ce qui m'était réellement arrivé.

Comment voulez-vous raconter à votre psy que vous avez été poignardée par un fantôme ?

À quoi bon lui expliquer que vous avez pu voir ledit fantôme car vous aviez développé une capacité à voir les morts depuis que vous vous étiez étranglée avec un morceau de bœuf au cours d'un dîner ?

Dites un dixième de tout ça et vous vous retrouverez en camisole de force enfermée dans une pièce aux murs capitonnés avec interdiction à vie de retoucher à une paire de ciseaux. Et si en prime vous confiez avoir des amis dans la brigade des Ombres, la police secrète de Londres, mais que vous n'êtes absolument pas censée en parler parce qu'un type du gouvernement vous a fait signer une copie de la loi relative aux secrets d'État et fait promettre de ne jamais révéler l'existence de ces amis, vous ne ferez qu'aggraver votre cas. Il est clair que ça ne jouera pas du tout en votre faveur. Le psy ajoutera « délires paranoïaques au sujet d'agences gouvernementales secrètes » à la liste déjà assez longue de vos problèmes et ensuite ce sera l'asile pour vous, espèce de folle.

Le ciel était de la même couleur qu'un parpaing et je n'avais pas de parapluie pour me protéger du nuage noir qui avançait visiblement dans notre direction. À vrai dire, maintenant que j'étais dehors, je ne savais pas où aller. J'ai aperçu un café. Voilà ce que j'allais faire. J'allais prendre un café et ensuite rentrer chez moi. C'était une bonne idée, rien de plus normal. J'allais faire ça et peut-être qu'après... je ferais autre chose.

Ce qu'il y a de drôle quand on ne sort pas de chez soi pendant un moment, c'est qu'on redécouvre le monde extérieur comme un touriste. J'ai regardé fixement les clients qui s'échinaient sur leur ordinateur portable, étudiaient ou écrivaient dans un calepin. J'ai caressé l'idée de balancer sans réfléchir « Je suis la fille qui s'est fait agresser par l'Éventreur » au type qui préparait mon café au lait. J'aurais pu soulever brusquement mon tee-shirt pour lui montrer la plaie en cours de cicatrisation. Une vilaine ligne comme celle qui s'étirait en travers de mon ventre, ça ne s'inventait pas. Enfin si, peut-être, mais pour ça, encore aurait-il fallu être expert en maquillage d'effets spéciaux. Et puis, les gens qui viennent se planter devant le comptoir d'un café pour soulever leur tee-shirt face aux serveurs ont généralement d'autres soucis.

J'ai attrapé mon café et filé avant qu'une drôle d'idée me passe encore par la tête.

Mon Dieu ce que j'avais besoin de parler à quelqu'un !

Je ne sais pas vous, mais moi quand il m'arrive un truc – qu'il soit sympa, grave, ou même sans intérêt, peu importe – il *faut* que je le raconte à quelqu'un pour que ça ait un sens. Ça ne sert à rien qu'il se passe des choses dans votre vie si vous ne pouvez pas en parler. Et ce qui m'arrivait en ce moment était le truc le plus important de toute ma vie. Je mourais d'envie de le raconter à quelqu'un. Sans rire, ça me faisait littéralement souffrir de rester assise pendant une heure en gardant tout pour moi à chaque séance. J'avais dû contracter les muscles de mon ventre pendant cette dernière séance, parce que j'avais maintenant des élancements qui me parcouraient l'abdomen. Parfois, la nuit, quand je n'arrivais pas à fermer l'œil, j'étais tentée de contacter une cellule de crise anonyme et de me confier à un inconnu, mais je savais ce qui se passerait. On m'écouterait jusqu'au bout et ensuite on me conseillerait d'aller voir… un psy. Car mon histoire n'avait ni queue ni tête.

Version officielle :

Un individu décide de semer la terreur dans les rues de Londres en reproduisant les meurtres de Jack l'Éventreur. Il assassine quatre personnes, dont une, manque de veine, précisément dans le square au pied de ma résidence scolaire. Ce soir-là, je suis en train de rentrer en douce d'une virée nocturne, quand je croise l'individu en question. Comme je suis devenue un témoin gênant pour lui, il décide de faire de moi sa dernière victime. À la date de l'ultime meurtre de Jack l'Éventreur, le suspect entre furtivement dans le bâtiment en pleine nuit et me poignarde. Je survis grâce au fait que quelqu'un signale à la police une intrusion suspecte dans la résidence. L'homme prend la fuite, la police se lance à ses trousses mais il saute dans la Tamise et se noie.

Version officieuse :

L'Éventreur était le fantôme d'un ancien membre de la brigade des Ombres. S'il m'a prise pour cible, c'est parce que j'avais la faculté de voir les revenants. Son but ultime était de mettre la main sur un terminus, l'instrument que la brigade des Ombres utilise pour chasser ses semblables. Les terminus (en fait, il en existait trois) étaient constitués de diamants qui, traversés par une décharge électrique, pulvérisaient les spectres. Stephen les avait raccordés dans des boîtiers de téléphone portable dont la batterie servait à déclencher la charge. Cette nuit-là, j'ai dû ma survie au fantôme d'une femme, Jo, qui s'est emparée du terminus que je tenais dans la main pour tuer l'Éventreur – trouvant ainsi elle-même la mort au passage.

Les seules personnes vraiment au courant de l'histoire de bout en bout étaient Stephen, Callum et Boo, mais j'avais interdiction à vie de leur reparler. C'était une des conditions à mon départ de Londres. Un agent du gouvernement m'a bel et bien fait signer un document relatif à la loi sur les secrets d'État. Des mesures ont été prises pour s'assurer que je ne puisse pas reprendre contact avec eux. Durant mon séjour à l'hôpital après l'agression, quelqu'un a subtilisé mon téléphone pendant que j'étais dans les pommes et a effacé tout son contenu.

« Motus et bouche cousue », qu'ils ont dit.

« Reprenez simplement le cours de votre vie. »

Alors voilà, maintenant je me retrouvais ici à Bristol, à traîner dans la maison que louaient mes parents. C'était une petite bicoque assez mignonne, perchée en haut d'une côte et disposant d'une belle vue sur la ville. Le mobilier qui la constituait sortait tout droit d'un catalogue. Ses murs étaient blancs, et la déco arborait des tons pastel.

Une maison sans en être une, idéale pour se rétablir. Pas de fantômes. Pas d'explosions. Un téléviseur, de la pluie et des heures passées à dormir ou glandouiller sur Internet, c'était tout. Ma vie ici n'évoluait pas et c'était tant mieux. J'avais eu ma dose d'émotions. Il fallait simplement que j'essaie d'oublier, de prendre goût à l'ennui, de lâcher prise.

Je me suis promenée sur les quais. Couche après couche, l'humidité de la brume imprégnait délicatement mes vêtements et mes cheveux, de plus en plus glaciale et pesante. Rien d'autre à faire que de marcher, aujourd'hui. J'allais marcher sans m'arrêter. Je remonterais peut-être tout le fleuve à pied jusqu'à une autre ville. Peut-être jusqu'à l'océan. Peut-être même que je rentrerais en Louisiane à la nage.

J'étais tellement préoccupée par mes lamentations que j'ai failli passer devant lui sans le voir, mais quelque chose dans son costume a dû attirer mon attention. La coupe de son veston… elle avait un aspect curieux. Je ne suis pas experte en costumes d'homme mais celui-ci, bizarrement, sortait du lot, avec sa couleur grise très terne et son revers étroit. Et je ne parle pas du col. Très étrange, ce col. Il avait des lunettes à monture écaille et une coupe de cheveux assez courte agrémentée de favoris bien droits. Tout chez lui était décalé, conforme à tous ces petits points de repère qui vous font dire que quelque chose cloche chez quelqu'un.

C'était un fantôme.

Cette capacité à les voir, ce « don », était la conséquence de deux facteurs : j'avais une faculté innée et j'avais frôlé la mort. Ce n'était pas de la magie. Ni un pouvoir surnaturel. C'était plutôt, pour reprendre la formule préférée de Stephen, une « capacité d'identification et d'interaction avec l'énergie résiduelle d'une personne décédée qui continue toutefois d'exister sous la forme d'un spectre, généralement invisible aux yeux des humains ». Oui, Stephen parlait vraiment comme ça.

En clair, voilà ce que cela signifiait : quand elles meurent, certaines personnes ne s'éjectent pas complètement de ce monde. Quelque chose se détraque au cours du décès, un peu comme quand on essaie d'éteindre un ordinateur et qu'il se met à enchaîner les messages d'erreur. Ces malchanceux restent coincés à un certain seuil d'existence qui côtoie le nôtre. La plupart sont faibles, à peine capables d'interagir avec notre monde physique. D'autres sont un peu plus robustes. Et certains veinards comme moi ont la possibilité de les voir, de leur parler et de les toucher.

Voilà pourquoi les quantités d'heures que j'avais passées à regarder des émissions sur les chasseurs de fantômes (j'avais *énormément* regardé la télévision à Bristol) avaient fini par me mettre hors de moi. Non seulement ces émissions étaient ridicules et évidemment bidon, mais en plus elles étaient complètement absurdes. Ces gens-là débarquaient dans des maisons avec leur étrange caméra à vision nocturne harnachée sur la tête et leur prétendu capteur thermique, puis installaient des appareils photo, éteignaient toutes les lumières et attendaient que la nuit tombe (oui parce que apparemment les fantômes se soucient du fait que la lumière soit allumée ou pas et qu'il fasse jour ou nuit). Après quoi ces champions tâtonnent dans l'obscurité en braillant : « Esprit, si tu es là, manifeste-toi ! » Ça équivaut grosso modo à un car de touristes qui s'arrêterait au beau milieu d'une ville étrangère où tous les voyageurs descendraient, coiffés de leurs chapeaux insolites et caméra au poing, en criant : « You-hou, on est là ! Exécutez-nous une petite danse, vous les natifs du coin ! On aimerait vous filmer ! » Et naturellement, il ne se passe rien. Mais ensuite on entend toujours un bruit sourd dans le fond, le grincement habituel d'une marche ou quelque chose du genre, et alors ils l'amplifient au moins dix millions de fois, prétendent avoir trouvé la preuve d'activité paranormale, puis lèvent le camp pour aller boire une mousse bien fraîche, tout contents d'eux.

Pendant quelques instants, j'ai tourné autour du fantôme pour l'observer sous tous les angles et m'assurer que mes yeux ne me jouaient pas des tours. Je me suis demandé quelle était la probabilité pour que je croise un fantôme dès ma première promenade seule dans Bristol. Visiblement, il faut croire que j'avais toutes mes chances. Cent pour cent, en fait. C'était plutôt logique que j'en croise un à cet endroit. Je longeais un fleuve, or, comme me l'avait expliqué Stephen un jour, les voies navigables sont à l'origine de nombreuses morts. Les navires coulent et des gens se jettent des ponts. Cours d'eau et fantômes vont de pair.

Je suis repassée devant lui en faisant mine de parler au téléphone. Il avait un regard immobile, vide, le regard de quelqu'un qui n'avait littéralement rien d'autre à faire que simplement *exister*. Je l'ai fixé. Quand on dévisage quelqu'un, bien souvent il vous dévisage en retour. Parce que c'est bizarre de dévisager quelqu'un. Mais les fantômes ont l'habitude que les gens les regardent sans les voir. Comme je m'en doutais, mon regard insistant l'a laissé complètement de marbre. Il avait un côté morose et esseulé qui était palpable. Invisible, ignoré, délaissé. Il était toujours de ce monde, mais sans raison.

Aucun doute, c'était un fantôme.

Je me suis dit qu'il pourrait avoir un ami. Quelqu'un avec qui partager cette existence. Quelque chose est monté en moi, un grand sentiment de compassion, de générosité, un élan de l'âme. Je pourrais prendre part à sa vie et en retour il pourrait aussi m'aider. Qui que fût cet homme, *je pourrais lui raconter la vérité.* Non, il ne me connaissait pas, mais ça n'avait presque pas d'importance. Il s'apprêtait à faire ma connaissance. On allait devenir amis. Oui, c'est ça. On serait amis. On était faits pour se rencontrer. Pour la première fois depuis des semaines, j'avais une voie à suivre : une voie logique, dégagée, accessible. Et la première étape de ce parcours consistait à m'asseoir sur le banc.

– Salut, ai-je dit.

Il n'a pas bougé.

– Bonjour, ai-je répété. Oui, c'est à vous que je parle. Le monsieur sur le banc. Là. À côté de moi. Vous m'entendez ?

Il s'est tourné vers moi, les yeux écarquillés de stupeur.

– Je parie que ça vous en bouche un coin, ai-je souri. Je sais. C'est bizarre. Mais je vous vois. Je m'appelle Rory, et vous ?

Pas de réponse. Seulement un regard fixe, éberlué.

– Je viens d'arriver ici. À Bristol. J'étais à Londres avant. Je suis américaine, mais ça j'imagine que vous l'aviez deviné à mon accent, non ? Je suis venue étudier ici et…

L'homme s'est levé d'un bond. Les fantômes se déplacent avec une fluidité totalement étrangère aux vivants : la masse qu'ils forment reste compacte et pourtant ils filent comme l'air. Je ne voulais pas qu'il s'en aille, aussi je me suis levée brusquement en tendant la main pour essayer de le retenir par son manteau. À la seconde où je l'ai touché, j'ai senti mes doigts être aspirés dans son corps comme si je les avais enfoncés dans l'embout d'un aspirateur. Une onde d'énergie a remonté mon bras, me reliant désormais à lui avec une force inexorable, puis un souffle d'air a tourbillonné, bien plus fort que n'importe quelle brise marine. Ensuite il y a eu un jet de lumière et ce troublant parfum de fleurs.

Et l'homme a disparu.

3

Cette faculté d'anéantir les revenants d'un simple contact était postérieure à mon don pour les voir. Ça s'était déjà produit une fois, le jour de mon départ de Wexford. J'étais tombée sur une femme étrange dans les toilettes du rez-de-chaussée où j'avais été poignardée. Elle aussi avait semblé effrayée de me voir. J'avais tendu le bras et, de la même manière, elle avait disparu d'un seul coup dans le néant. À l'époque, j'avais essayé de me rassurer en me disant que c'était un pur hasard, sans doute en rapport avec l'endroit où on se trouvait. C'était dans ces toilettes que l'Éventreur m'avait coincée. Et là aussi que le terminus avait explosé. J'avais fini par me convaincre que c'était la faute à cette *pièce*, pas la mienne.

Mais en fait non. C'était bien moi.

Mal à l'aise et flageolante, je suis rentrée chez moi à pied, un trajet tout en montées. Une fois à la maison, je suis allée me réfugier dans le « jardin d'hiver » – qui n'était au fond qu'une simple véranda. Assise par terre les jambes repliées, le front posé sur les genoux, je me suis repassé la scène je ne sais combien de fois dans ma tête. Inévitablement, la pluie a commencé à tomber, tapotant sur le toit, ruisselant sur les carreaux.

J'avais essayé de me faire un nouvel ami, et résultat, je l'avais tué.

On m'avait dit de ne pas piper mot et j'avais obéi. Mais ça ne pouvait plus durer. J'avais besoin de revoir Stephen, Callum et Boo. De les informer de ce qui m'arrivait. J'avais effectué quelques minces tentatives pour les retrouver la semaine précédente. Sans grande conviction, à vrai dire : j'avais simplement cherché leurs profils sur des sites de réseaux sociaux. Aucune correspondance. Ça, je m'y attendais.

Aujourd'hui j'allais pousser un peu les recherches. J'ai tapé tour à tour leur nom dans Google. Plusieurs liens directement liés à Callum sont apparus. Ce dernier avait effectivement évoqué ses prouesses au football. Ce qu'il avait omis de me dire, c'est qu'il avait fait partie de l'équipe des moins de seize ans d'Arsenal, un club de minimes de première division. Il avait suivi une formation pour devenir footballeur professionnel. Formation qui avait brutalement pris fin lorsqu'un jour, quand il avait quinze ans, un fantôme malveillant avait laissé un câble électrique mal isolé tomber dans la flaque d'eau au milieu de laquelle se trouvait Callum. Il avait survécu à l'électrocution et s'était rétabli, mais quelque chose en lui avait à jamais changé. Problème physique ou psychologique, personne ne pouvait dire, mais le fait est qu'il n'avait jamais pu retaper dans un ballon. Le charme était rompu. Callum haïssait les fantômes. Il voulait les voir brûler *vif*.

Néanmoins, en termes de coordonnées, il n'y avait aucune information.

Je suis passée à Boo, alias Bhuvana Chodhari. Elle avait été envoyée à Wexford pour devenir ma colocataire après ma première confrontation avec l'Éventreur. C'était sa première mission au sein de la brigade. Il y avait des tas de Chodhari à Londres et même pas mal de Bhuvana

Chodhari. Je savais que Boo avait eu un grave accident de voiture par le passé, mais je n'ai rien trouvé à ce sujet. Ni à son sujet tout court, d'ailleurs. Ça m'a étonnée. Des trois, c'est surtout son nom que je m'attendais à voir apparaître quelque part. Mais je suppose que du jour où on entre dans la brigade, c'en est fini de Facebook.

J'ai terminé par une recherche sur Stephen. Je savais très peu de choses sur son passé. Je crois me souvenir qu'un jour il avait dit être originaire du Kent, mais ce comté est très étendu. Il avait été élève à Eton. Et membre de l'équipe d'aviron durant sa scolarité. J'ai commencé par ça et fini par tomber sur la photo d'une équipe de rameurs sur laquelle il apparaissait distinctement à l'arrière du bateau. C'était un des plus grands, avec sa crinière brune et son regard rivé sur l'objectif. Il faisait partie de ceux qui ne souriaient pas. En fait, il était même le moins souriant de la photo. Comme chacun de ses camarades, il avait les bras croisés sur la poitrine, sauf que lui n'avait vraiment pas l'air de rigoler.

Mais là encore, aucune information ne me permettait de reprendre contact.

Pendant un bon moment, j'ai contemplé la photo de Stephen puis le plafond vitré de la véranda, qui était couvert d'une épaisse couche de buée et de grosses gouttes d'eau. Je savais que Stephen et Callum partageaient un appartement situé dans une petite rue londonienne appelée Goodwin's Court. J'y étais déjà allée. En revanche je n'avais jamais fait attention au numéro de l'immeuble. Lors de mes brefs passages là-bas, j'entrais toujours en emboîtant le pas à quelqu'un et bien souvent en étant complètement bouleversée.

J'ai affiché un plan et quelques images de la rue en question. Le problème, c'est que Goodwin's Court est une ruelle très pittoresque et étroite, où toutes les façades se ressemblent plus ou moins : assez sombres, en briques foncées, et avec des moulures noires aux fenêtres ; et il m'était difficile de distinguer les numéros. J'ai trouvé une photo pas très nette qui me semblait tout de même correspondre à leur immeuble mais dont le numéro était illisible.

Mon téléphone a sonné. C'était Jerome. Il m'appelait souvent à l'intercours. Jerome avait été ce que je pourrais sans douter appeler mon « amourette » de Wexford. Mais, depuis mon départ, il était devenu bien plus que ça. Je ne pouvais pas me confier à lui comme je l'aurais voulu, mais c'était quand même sympa d'avoir une sorte de petit copain imaginaire que je ne voyais jamais. On avait prévu de se voir dans quelques semaines pendant les vacances de Noël, sans doute pour une seule journée. C'était mieux que rien.

– Salut, l'affreuse ! a-t-il lancé.

Jerome et moi avions développé un langage codé pour exprimer nos sentiments l'un pour l'autre. Au lieu de dire « tu me plais » ou n'importe quelle autre formule gnangnan ayant cette signification, on avait pris l'habitude de se lancer des petites vannes pas bien méchantes. Tous nos échanges étaient un chapelet d'affronts venant du fond du cœur.

– Qu'est-ce qui va pas ?

– Rien, ai-je aussitôt répondu. Rien du tout.

– T'as une drôle de voix.

– T'as pas vu la tienne, ai-je répliqué du tac au tac.

J'entendais l'agitation de Wexford à l'arrière-plan. Non pas que l'agitation de Wexford ait un bruit caractéristique. C'était du bruit, point. Des gens. Des voix – masculines, notamment.

Il parlait à toute vitesse pour me raconter l'histoire d'un interne de sa résidence qui s'était fait choper pour avoir prétendu se rendre à un entretien dans une université alors qu'en réalité il était parti voir sa petite copine en Espagne, et comme quelqu'un l'avait balancé, Jerome avait alors eu la lourde tâche de le signaler. Un truc comme ça.

Je n'écoutais qu'à moitié. Je me suis frotté les jambes en contemplant les photos de Goodwin's Court. Ça faisait trois semaines que je ne m'étais pas épilée, ce qui était un problème autrement plus captivant. Au début de ma convalescence, je ne pouvais pas à me pencher complètement, ni mouiller ma plaie, donc me raser n'était pas envisageable. Mes poils ont poussé et ils étaient plutôt mignons. Alors je me suis contentée de les laisser vivre leur vie pour voir ce qui se passerait ensuite, et résultat je me suis retrouvée avec un beau tapis de poils longs et fins sur toute la longueur des jambes, que je pouvais ébouriffer en regardant la télévision comme d'autres caressent distraitement leurs chats. J'étais une petite boule de poils affectueuse à moi toute seule.

La photo était vraiment floue.

– Allô ? s'est impatienté Jerome.

– Je t'écoute, ai-je menti.

J'imagine qu'il avait fini son récit.

– Il faut que je te laisse, a-t-il annoncé. Tu me dégoûtes, sache-le.

– Paraît qu'on a donné ton nom à un champignon, ai-je répliqué. Pauvre champignon…

– C'est immonde.

– Dégueu.

Après avoir raccroché, j'ai rapproché l'ordinateur pour examiner l'image de plus près. J'ai d'abord fait pivoter de gauche à droite la photo de la rangée de maisonnettes sombres, dont les portes d'entrée étaient ornées de lampes à gaz hors de prix et de petites pancartes signalant un système d'alarme. Puis de droite à gauche. Et c'est alors que j'ai aperçu quelque chose. Une minuscule plaque sur l'une des façades, juste au-dessus de la sonnette. Et pas n'importe laquelle. Cette plaque, je la connaissais. C'était celui-ci, leur immeuble. Je me souvenais qu'au premier il y avait une sorte d'agence de graphisme ou de photographie, quelque chose comme ça. Les caractères étaient impossibles à déchiffrer sur la photo mais la première lettre était un D. Ça au moins c'était clair. Dico, Ding… Din-quelque chose.

C'était un début, assez pour lancer d'autres recherches sur Internet. J'ai essayé toutes les combinaisons possibles avec la lettre *D* et les mots *agence*, *art*, *photographie* et *graphisme*. Ça a pris du temps mais j'ai fini par obtenir un résultat : Dynamic Design. Ainsi qu'un numéro de téléphone. J'ai entré l'adresse dans Google Maps et, effectivement, c'était bien le bon immeuble.

Il ne me restait plus qu'à téléphoner pour leur demander… *je sais pas quoi*. De monter frapper chez eux. De laisser un mot sur leur porte. Je n'aurais qu'à dire que c'était urgent, qu'ils devaient rappeler Rory et je leur laisserais mon numéro de téléphone. Hyper simple, hyper malin.

Alors j'ai appelé, et Dynamic Design a décroché. Enfin, une femme. Pas toute l'agence.

– Bonjour, ai-je fait, j'essaie de joindre un locataire de cet immeuble. C'est un peu urgent. Navrée de vous déranger. Vous connaissez ces jeunes ? Qui vivent à l'étage ? Au-dessus de chez vous ?

– Deux jeunes hommes ? a confirmé la femme. De dix-neuf, vingt ans, environ ?

– C'est ça.

– Ils ont déménagé il y a à peu près dix jours.

– Ah…

– C'est urgent, vous dites ? Vous avez un autre moyen de les contacter ou…

– Ça ne fait rien, ai-je coupé court. Merci.

Alors c'était ça, me suis-je dit en rayant cette option de ma liste. Ils avaient déménagé. À cause de moi ? Parce que je savais où ils habitaient ? Peut-être qu'ils effaçaient bel et bien leurs traces pour qu'on ne puisse plus jamais les retrouver.

J'ai entendu quelqu'un rentrer. Je me suis empressée de cliquer sur un lien vers les infos de la BBC et de faire mine d'être extrêmement absorbée par la situation internationale. Ma mère est arrivée dans la cuisine.

– On a des chaises, tu sais.

– J'aime bien être par terre, ai-je répondu. Je m'y sens à l'aise.

– Tu travailles un peu ? s'est-elle enquise.

Mes parents n'étaient pas idiots. Ils savaient que j'avais un peu décroché question cours et devoirs, pour autant ils ne m'avaient mis aucune pression. J'étais en convalescence. Tout le monde était gentil avec moi. Voix douces. Plateau-repas à la demande. Mainmise sur la télécommande. Cependant, il y avait une toute petite note d'espoir dans sa voix et je m'en voulais d'avance à l'idée de la décevoir.

– Oui, un peu, ai-je menti.

– Je viens de recevoir un coup de fil de Julia. Elle nous demande de venir tous les trois demain pour une séance de groupe. Ça te va ?

J'ai caressé du pouce le bord de mon ordinateur. Non, ça ne m'allait pas. On ne pratiquait pas les séances de groupe avec Julia. Préparait-elle une « intervention » ? Ça y ressemblait, du moins à en croire celles que j'avais vues à la télé. On fait venir votre famille et un psychologue, puis on vous installe dans une salle en vous disant que c'est plus possible, il faut que ça change. Coûte que coûte. Sauf qu'en l'occurrence… je ne touchais ni à l'alcool ni à la drogue, donc je ne voyais pas très bien à quel propos ils comptaient intervenir. On ne peut pas empêcher quelqu'un une bonne fois pour toutes de ne *rien* faire.

J'ai repensé à cet homme… à la main que je lui avais tendue. Peut-être la première qu'on lui tendait depuis des années. Cette main même qui l'a rayé de la carte. Si on peut dire.

– Comme tu veux, ai-je répondu, légèrement ahurie.

Le lendemain midi, mon père, ma mère et moi avons patienté dans la salle d'attente de Julia en fixant les réducteurs de bruit en forme de détecteurs de fumée qui jalonnaient le couloir. C'est à ça qu'on reconnaît un cabinet de psychothérapeute. Ces petits appareils isolants y surgissent de terre naturellement, comme les champignons après une pluie torrentielle.

– Bien, a commencé Julia, une fois qu'on fut tous trois entassés sur son divan. J'aimerais discuter avec vous des progrès que nous avons accomplis et aussi parler brièvement du procédé. Le procédé pour se remettre d'un tel trauma. Il n'existe pas une seule et même méthode qui convienne à tout le monde. Je veux que tu le saches, Rory, et que tu le comprennes… Je pense que Rory est une jeune fille très, très solide. Elle a du ressort et du potentiel.

Ces compliments étaient censés me faire du bien et pourtant je bouillonnais... De colère, d'embarras ou de ressentiment. J'ai senti mes joues s'empourprer. Ça, c'était le comble. Rougir, maintenant, comme ça. J'avais survécu à l'agression. À plein d'autres trucs encore plus dingues. Mais à présent j'étais une *victime*. J'aurais eu le mot tatoué sur le front que ça n'aurait pas été pire. Et les victimes, ça attire les regards curieux et les psychologues. Les victimes, ça doit rester assis entre son père et sa mère pendant qu'on leur explique à quel point elles sont « solides ».

– J'ai pour ma part... la conviction intime... que Rory devrait retourner à Wexford.

J'ai sérieusement failli tomber du divan.

– P-pardon ? a bafouillé ma mère, choquée. Vous dites qu'elle devrait y retourner ?

– J'ai conscience que cette idée puisse aller à l'encontre de tous vos instincts, a désamorcé Julia, mais laissez-moi vous expliquer. Quand une personne survit à une violente agression, elle perd un certain contrôle sur sa vie. L'objectif de la thérapie est de redonner aux victimes le sentiment de contrôler leur existence. On a retiré Rory du lycée, on l'a éloignée de ses amis, sortie de son quotidien, de sa vie d'étudiante. Je crois qu'elle a besoin de rentrer. Sa vie lui appartient et on ne peut pas laisser son agresseur la lui prendre.

L'expression de mon père me rappelait un tableau que j'avais vu un jour à la National Gallery. La peinture représentait un homme face à un ange qui venait de faire irruption au travers de son plafond et qui rayonnait à présent, plein d'espoir, dans un coin de la pièce. L'expression de cet homme était celle de la *stupeur.*

– Je comprends parfaitement que cette perspective soit difficile à envisager pour vous, a continué Julia en s'adressant surtout à mes parents. Si au final vous êtes contre, ce n'est absolument pas grave. Mais j'estimais être de mon devoir de vous en parler… Rory et moi avons énormément travaillé au cours de nos séances. Je ne dis pas qu'on en a fini. Mais simplement que, dans la logique des choses, l'étape suivante consisterait à ce qu'elle reprenne le cours normal de sa vie.

Elle mentait. À cet instant précis, Julia mentait. Qui plus est en me regardant droit dans les yeux, comme pour me mettre au défi de la contredire. L'une comme l'autre, on savait parfaitement que j'avais été muette comme une carpe pendant ces séances. Alors pourquoi affirmer le contraire ? Me serais-je confiée à elle sans même m'en rendre compte ?

– Elle peut tout à fait mener une vie normale ici, a objecté ma mère.

– Oui mais ce n'est pas son quotidien habituel. C'est suite à son agression qu'elle est là. Dans l'immédiat, tenir Rory à l'écart d'un environnement scolaire est une mesure pénalisante. Il ne s'agit pas de renvoyer Rory vivre dans un environnement sauvage et dangereux : on parle de la structure du lycée où elle trouvera tout ce qu'il faut pour pouvoir reprendre le cours normal de sa vie.

– Ce même lycée où elle a été poignardée, a souligné mon père.

– C'est vrai. Mais cette affaire avait un caractère tout à fait exceptionnel. Il faut que vous distinguiez vos craintes des véritables risques encourus. Ce qui est arrivé ne se reproduira pas. Son agresseur est mort.

Leur conversation est devenue un bourdonnement sourd semblable au bruit de fond censé parcourir l'univers. Il était évident que je n'allais pas pouvoir repartir. Mes parents n'allaient jamais accepter. Il m'avait fallu une semaine pour les convaincre que j'étais capable de sortir toute seule dans la rue. Ils n'allaient certainement pas me laisser retourner au lycée, à Londres, sur le lieu même de mon agression. Julia aurait aussi bien pu me demander si je voulais aller vivre dans les nuages ou chevaucher un Pégase. Ce n'était pas près d'arriver.

Néanmoins, tout ce débat avait beau être ridicule, s'il y avait bien un élément susceptible d'influencer mes parents, c'était l'avis d'un professionnel. Le témoignage d'un expert. Ma mère comme mon père avaient affaire à eux tout le temps et tous deux savaient tenir compte de leur discernement et de leurs conseils. Julia était une experte et, d'après elle, j'avais besoin de ce nouveau départ. Mes parents demeuraient attentifs.

– J'ai été en contact avec la direction de l'établissement, a poursuivi Julia. Ils ont mis en place un nouveau dispositif de sécurité. Un système de surveillance dernier cri qui coûte apparemment un demi-million de livres.

– Ils auraient dû y penser avant, a commenté mon père.

– Mieux vaut anticiper l'avenir que ressasser le passé, a répliqué gentiment Julia. Ce nouveau système comprend des digicodes biométriques et quarante nouvelles caméras de surveillance reliées en permanence à un poste de contrôle. Les horaires du couvre-feu ont changé. Et la police inclut désormais Wexford dans ses zones de patrouille, ne serait-ce qu'à cause de tout le tapage qu'il y a eu autour de cette affaire. En vérité, à l'heure actuelle, c'est sans doute l'environnement le plus sécurisé où Rory pourrait se trouver. Le trimestre se termine dans à peine deux semaines. Ce court laps de temps lui permettrait de se réintégrer. C'est une période d'essai idéale pour qu'elle reprenne un quotidien plus normal.

Si vous aviez entendu le silence qui régnait dans la pièce ! Le silence puissance mille. Je pouvais entendre le tic-tac de cette stupide pendule.

– Tu te sens vraiment prête ? s'est inquiétée ma mère. Ne laisse personne t'en persuader si tu as l'impression du contraire.

Sa question n'était pas formulée exactement de cette façon, elle cherchait plutôt à être incitative. Ils voulaient m'entendre dire que je n'étais pas prête à sortir de notre routine actuelle : raisonnable, sécurisante, immuable.

Et pourtant, contre toute attente, la situation était en train de changer. Ils allaient accepter. Me laisser repartir. Toutefois l'idée était loin de les enchanter et allait effectivement à l'encontre de tous leurs instincts... et peut-être même des miens.

4

Je ne sais pas trop ce que je m'attendais à voir tandis que la voiture bringuebalait sur l'allée pavée débouchant sur Hawthorne. Je m'imaginais peut-être que depuis le temps Wexford serait envahi de plantes rampantes ou à moitié tombé en ruine. C'était sans doute un peu excessif pour trois semaines, quoique d'un point de vue scolaire ce soit *long*, trois semaines, surtout quand on vit, mange et dort dans ladite école. Manquez trois semaines de cours et, à votre retour, tout a changé.

D'abord, il y avait des décorations de Noël dans les rues. Des pubs de Noël sur les abribus. Des vitrines de Noël dans les boutiques. Il était 3 heures de l'après-midi mais le ciel avait revêtu un sombre manteau et l'éclairage de la porte d'entrée était allumé. Claudia, la responsable aux grosses mains de notre résidence, passionnée de hockey, m'a accueillie sur le perron comme elle l'avait fait le tout premier jour de mon arrivée. Sauf que cette fois, elle a descendu les marches pour me broyer dans ses bras.

– Aurora ! Je suis heureuse de te voir. Ainsi que tes parents… Appelez-moi Claudia. Je suis la responsable d'Hawthorne.

Claudia a géré la séquence retour et au revoir du début à la fin en assurant à mes parents par tous les moyens imaginables (excepté le mime) que tout irait bien, qu'on prendrait soin de moi et que reprendre les cours était vraiment le mieux pour moi. Avant de partir, mes parents ont passé en revue les règles qu'on avait établies entre nous. Je les appellerais tous les jours. En aucun cas je ne prendrais le métro après 21 heures. Je porterais toujours sur moi un sifflet anti-viol qui m'avait déjà été fourni et qui était déjà noué à mon sac.

Claudia les a reconduits à la voiture. J'ai finalement compris pourquoi elle exerçait ce métier : elle savait y faire avec les parents. La femme qui murmurait à l'oreille des parents, c'était elle.

– Sache qu'à mes yeux, a-t-elle dit une fois que nous fûmes seules et de retour dans son bureau, tu fais preuve d'un courage hors du commun en revenant ici, et tout Wexford te soutient. Ce qui s'est passé… appartient au passé. Tu es ici pour reprendre ta vie là où tu l'as laissée et la suite de ton trimestre va très bien se dérouler. Je te recommande de profiter des services de notre infirmerie. M. Maxwell, le responsable du dispensaire, est un précieux conseiller. Il a aidé de nombreux élèves…

– Je suis déjà suivie par quelqu'un, ai-je coupé. À Bristol.

– Mais tu aimerais peut-être l'être ici ? Auquel cas n'hésite pas à aller le voir quand tu veux. Mais assez parlé de ça. Où en es-tu côté cours ?

– Je suis un peu… à la traîne.

– Ce qui est tout à fait compréhensible, a-t-elle commenté aussi gentiment que possible, si tant est qu'elle fût capable de dire quelque chose gentiment. On va t'aider à te remettre à jour dans toutes les matières. Charlotte s'est déjà portée volontaire et tes professeurs sont évidemment au courant de la situation. Pour l'instant, on va mettre tes entraînements de hockey entre parenthèses pour que tu profites de ce temps libre pour rattraper les cours.

J'ai fait mine d'être triste.

– Ne t'inquiète pas, a-t-elle ajouté. Au trimestre prochain, tu retourneras sur le terrain.

Je réglerais ce problème plus tard. Il n'était pas question que je remette un pied sur ce terrain.

– Bien, a-t-elle repris, le trimestre touche presque à sa fin. La semaine prochaine auront lieu les derniers cours. Ensuite ce sera révisions pendant le week-end et jusqu'au lundi de la semaine suivante, et examens mardi et mercredi. Il est évident que tu as manqué trop de cours pour passer un examen complet, mais on a mis quelque chose au point pour toi. Ton niveau actuel sera évalué par chacun de tes professeurs par le biais à la fois de travaux dirigés et de contrôles informels, et tu recevras une version modifiée des examens. Si besoin, tu pourras emporter les questionnaires chez toi pour les compléter pendant les vacances de Noël. Tes professeurs sont prêts à t'épauler à condition que tu y mettes du tien. D'accord ?

Claudia a farfouillé dans le tiroir du haut de son bureau et sorti un petit boîtier noir. Elle l'a raccordé à son ordinateur et poussé vers moi.

– Tu es droitière ? a-t-elle demandé.

J'ai hoché la tête.

– Pose ton index droit sur le tampon, là, et ne bouge pas un instant.

Sur le dessus du boîtier figurait un carré délimité en blanc. J'ai posé le doigt dessus pendant qu'elle cliquait plusieurs fois sur sa souris.

– Fichu machin, a-t-elle marmonné. Ça prend toujours des… Ah, ça y est. Bien, laisse-moi t'expliquer comment ça marche.

Nous sommes ressorties pour nous rendre sur le perron, où elle m'a montré un petit pavé tactile.

– Essaie-le pour voir si ton empreinte digitale est acceptée.

J'ai posé le doigt sur le pavé. Une lumière violette s'est allumée puis un clic s'est fait entendre.

– Ah, parfait. Parfois la mémorisation ne marche pas du premier coup. Voilà comment on entre et sort désormais. Tu as un intervalle de dix secondes, sinon il faut recommencer. Le système surveille les allées et venues de tous les élèves. On sait donc à quel moment vous entrez ou sortez du bâtiment. Et personne n'entre ni ne sort entre 23 heures et 5 heures du matin. Bien, maintenant, si tu montais te réinstaller là-haut ?

Les escaliers d'Hawthorne ont émis un grincement musical prononcé tandis que je montais à ma chambre. Le couloir de mon palier était bien plus étroit que dans mon souvenir et j'ai avancé jusqu'à ma chambre en traînant mon dernier sac avec un bruit sourd. M. Franks, le vieux gardien, s'était déjà chargé de monter tout le reste pendant que j'étais dans le bureau de Claudia. La pièce était étrangement vide. Toutes les affaires de Jazza étaient au fond dans un coin ; des deux autres lits – celui de Boo et le mien – ne restait que le matelas. À sa place je me serais étalée dans tous les sens, mais Jazza s'était cantonnée à son tiers de la chambre avec un dévouement qui m'a un peu fendu le cœur. On aurait dit qu'elle refusait d'accepter notre départ. La seule chose qu'elle avait ajoutée était un nouveau lampadaire, un machin bancal avec un abat-jour en plastique à l'envers. Il a donné une lueur chaleureuse à la pièce quand je l'ai allumé.

Je me suis approchée de la fenêtre pour contempler le square. Ce square où la police avait découvert le corps de la fille. Celui que j'avais traversé en courant la nuit de ma rencontre avec l'Éventreur. Tout était lié à son souvenir. Julia m'avait fait tout un exposé sur le fait de se forger de nouveaux liens psychiques avec les gens et les objets. Elle avait dit qu'au bout d'un moment l'Éventreur et tout ce qui s'y rapportait revêtiraient moins d'importance et qu'en observant bien Wexford de nouvelles pensées plus positives me viendraient à l'esprit.

Elle avait aussi dit que ça pourrait prendre du temps.

Le bâtiment était glacial. Dans la journée, ils coupaient le chauffage pour économiser l'électricité. Ils le remettaient le soir jusqu'en fin de matinée, mais il ne faisait jamais vraiment très chaud dans la résidence. À Bristol, mes parents chauffaient tellement la maison que les fenêtres se couvraient de buée. C'était considéré comme très américain, toutefois, à notre décharge, on est des gens du Sud. On a vite froid, nous.

Je n'allais pas faire ma gamine parce qu'il faisait un peu frisquet. J'ai enfilé ma polaire et entrepris de vider mes cartons et mes sacs. J'ai rempli à nouveau ma commode en essayant de me rappeler la façon précise dont j'avais agencé mes affaires avant mon départ prématuré, puis empilé tous mes manuels scolaires par ordre de matière. Maths avancées, français, littérature anglaise (de 1711 à 1847), histoire de l'art et histoire tout court. J'ai reculé d'un pas pour examiner le travail. Parfait. Ça, c'étaient mes livres. À la fois familiers et étrangers, une mine d'informations cachées derrière chaque tranche.

Maintenant il me restait à évaluer l'ampleur de mon retard. Autrement dit, il fallait que je passe en revue toutes les notes que m'avaient envoyées mes professeurs durant mon absence, que je coche les chapitres à lire et compte les devoirs à rendre.

J'ai sorti les listes qu'on m'avait fournies : les pages que j'étais censée avoir lues, les dissertations à rédiger, les équations de maths à résoudre. J'ai fait le calcul. Ça a été très rapide. Zéro plus zéro plus zéro égale zéro. Quand serait-il préférable d'avouer à mes professeurs qu'en réalité *je n'en avais pas fichu une* depuis mon départ ?

J'ai basculé mon classeur pour revenir à la première page et regarder le planning trimestriel. Plus que deux petites semaines. C'était tout ce qu'il restait du trimestre. Les examens démarraient dans moins de quinze jours... Oui, bon, et alors ?

J'ai refermé le classeur. Une chose à la fois. L'étape d'aujourd'hui consistait simplement à revenir au lycée. Inutile de se précipiter pour tout gérer en même temps.

Je me suis penchée sur d'autres questions. Je ne savais toujours pas où étaient Stephen, Callum et Boo mais maintenant que j'étais de retour à Londres, il me semblait que j'aurais beaucoup plus de chances de les retrouver. Peut-être. Comment, ça, je ne savais pas trop. Ils n'avaient pas vraiment de secteurs attitrés ou de routine connue. Le seul qui se trouvait toujours plus ou moins au même endroit, c'était Callum. Il assurait la surveillance du métro. Je pouvais toujours sillonner le réseau pendant des heures dans l'espoir de l'apercevoir à une station. Mouais. Ce n'était pas génial comme plan. Londres était une ville immense, une des plus grandes au monde ; le métro s'étendait sur des centaines de kilomètres et abritait des dizaines de stations et des millions de voyageurs.

Je trouverais bien une idée. En attendant, il fallait que je m'occupe, que je parle à quelqu'un. Et il existait quelqu'un ici avec qui je pourrais faire un brin de causette. Mais pour ça, il fallait d'abord que je renfile l'uniforme. C'était reparti pour la jupe grise et le chemisier blanc. Au contact du tissu – du léger crissement de la jupe en polyester et du col raide du chemisier – je me suis sentie redevenir une élève de Wexford. Mais à mes yeux, c'était la cravate qui faisait tout. Je l'ai passée autour du cou et tripotée gauchement quelques instants jusqu'à ce qu'elle soit bien mise.

Alistair passait le plus clair de son temps à la bibliothèque parce qu'il trouvait que ça sentait mauvais à Aldshot. Il adorait se planquer dans les rayons de l'étage, section poésie romantique, dans un petit recoin sombre près d'une fenêtre en verre dépoli. C'est exactement là que je l'ai trouvé, étendu de tout son long comme à son habitude.

Alistair était mort dans les années 1980, à l'époque où la mode voulait que les coupes de cheveux soient aussi volumineuses que les manteaux devaient l'être. Il était habitué à ce que les gens passent devant lui sans le voir ou lui marchent dessus, si bien qu'il ne m'a pas vraiment prêté attention quand je me suis plantée près de ses Doc Martens.

J'ai pris soin de ne pas m'approcher trop près de lui. Faire accidentellement sauter un ami potentiel, bon, ça pouvait arriver. En faire sauter un autre serait de la pure négligence.

– Salut, Alistair, ai-je lancé.

Lentement, il a redressé la tête.

– Tiens, t'es revenue, a-t-il constaté.

– Oui.

– Boo a dit qu'on t'avait emmenée à Bristol. Que tu reviendrais jamais.

– Eh bien, tu vois, je suis là.

Alistair n'était pas du genre à vous prendre dans ses bras, mais j'ai considéré que le fait qu'il n'ait pas déjà repris sa lecture était signe que ma présence était la bienvenue. Je me suis laissée glisser contre le mur et assise par terre en repliant les jambes pour éviter qu'on se cogne.

– Juste un conseil, ai-je précisé : ne me touche pas. Ne t'approche même jamais de moi.

– Ravi de te revoir aussi.

– Non, ce que je veux dire, c'est que… il m'arrive un truc bizarre. Et maintenant je suis un danger pour toi. Je t'assure. C'est pas une blague.

– Un danger pour moi ?

Allez expliquer à quelqu'un que vous pouvez l'éliminer d'un simple contact physique… C'est vraiment pas évident. C'est le genre de sujet qu'il vaut mieux ne jamais mettre sur le tapis.

– J'ai la poisse, ai-je ajouté pour essayer de faire diversion. J'attire les barjos et les ennuis.

– Dans ce cas, pourquoi t'es revenue ?

– Pourquoi pas ?

– Parce que tu t'es fait agresser, par exemple ? a-t-il proposé, ironique.

– Je m'en suis remise. Et puis je m'ennuyais à force de rester assise sans rien faire à la maison.

– Du coup t'es revenue ici ? Pourquoi ne pas être rentrée aux États-Unis ?

– On a des locataires chez nous, ai-je expliqué. Et ma psy a dit que je devais revenir ici pour reprendre une vie normale.

– *Normale* ?

L'adjectif m'a valu un petit ricanement sarcastique.

Alistair était toujours aussi boute-en-train, ça faisait plaisir.

– Alors cet Éventreur ? a-t-il repris. Aux infos, ils ont dit qu'il était mort en sautant d'un pont. Tu parles. Ils ont étouffé toute l'affaire, oui. Le coup classique. Les médias mentent. Le gouvernement aussi. Ils préfèrent laisser les gens dans l'ignorance.

Il a frotté la semelle en caoutchouc de sa chaussure sur le sol de la bibliothèque. Ça ne s'est pas entendu.

– Je crois que peu de gens au gouvernement savent ce qu'il s'est réellement passé.

– Oh si, ils savent, a-t-il persisté. Thatcher et les gens de son espèce savent toujours tout.

– Thatcher n'est plus au pouvoir.

– Elle ou un autre... tous les mêmes. Que des menteurs.

J'ai entendu des bruits de pas se rapprocher. La bibliothèque n'était pas très fréquentée en journée et les élèves qui se faisaient un plaisir de venir dans cette section du premier étage se comptaient pour ainsi dire sur les doigts d'une main. Raison pour laquelle Alistair appréciait particulièrement cet endroit. C'était le coin littérature, truffé d'ouvrages critiques. Et puis il y faisait un peu sombre et froid.

Qui que ce fût, celui ou celle qui approchait semblait chercher précisément ce rayon car il marchait d'un pas vif et assuré. La personne a appuyé sur un interrupteur pour éclairer l'allée, dont les plafonniers se sont rallumés un à un dans un vacillement réticent.

– Je savais bien que je te trouverais ici.

J'ai reconnu Jerome évidemment ; cela dit, il avait quelque chose de très étrange, de presque étranger. Sa coupe de cheveux était à présent un brin ébouriffée avec une sorte de raie au milieu. Sa cravate était un peu desserrée. Visiblement, il mesurait environ cinq centimètres de plus que dans mon souvenir et il se tenait voûté. Ses yeux étaient plus petits, aussi. Mais pas dans un sens péjoratif. Ma mémoire détraquée avait rajusté toutes ses mensurations à sa guise.

– Oh purée, a râlé Alistair. Pas déjà ?

Je m'étais habituée à ne pas voir Jerome et, bizarrement, l'éloignement nous avait rapprochés. Notre relation était devenue vraiment plus sérieuse ces deux dernières semaines, même si tout s'était passé par téléphone ou écran interposés. Je m'étais faite à l'idée que sa présence soit incarnée par des textos, alors c'était un peu troublant de le voir en ce moment même se laisser glisser contre le mur pour s'asseoir à côté de moi. Troublant mais un peu excitant aussi.

– Bienvenue à nouveau parmi nous, petite idiote, a-t-il fait.

– Merci, gros bêta.

Jerome a bougé un peu pour se rapprocher de moi. Il embaumait le détergent de la blanchisserie de Wexford. Il a contemplé ma main posée sur ma cuisse, puis a tendu le bras pour l'effleurer et tapoter doucement dessus du bout des doigts. On a tous les deux observé son geste comme si c'étaient nos mains qui s'animaient d'elles-mêmes. Comme s'il s'agissait d'enfants qui nous présentaient un spectacle, et que nous, parents complaisants, étions des spectateurs.

– En venant ici, j'ai vu quelqu'un pisser contre un mur, ai-je raconté. Ça m'a fait penser à toi.

– Normal, c'était moi, a répliqué Jerome. J'écrivais un poème sur ta beauté.

– Je vous déteste tous les deux, a marmonné Alistair depuis un recoin de la pénombre.

Je n'ai pas relevé et laissé plutôt Jerome écarter une mèche devant mes yeux. Chaque fois que quelqu'un me touche les cheveux, en gros, je fonds. Si c'est un ami ou si je suis chez le coiffeur, je m'endors. Mais quand Jerome l'a fait, une sensation tout à fait différente m'a parcouru le corps, une onde de chaleur et de vibrations.

Les plafonniers de l'allée se sont éteints avec un petit déclic. C'était automatique au bout de trois minutes. J'ai tressailli. En réalité, j'ai même fait plus que ça : j'ai carrément sursauté et laissé échapper un petit cri aigu.

– Tout va bien, a soufflé Jerome en levant le bras pour me laisser la place de me blottir contre lui.

J'ai accepté son invitation et il a passé son bras autour de mes épaules.

Voilà une manie absolument géniale que j'ai : quand je commence à avoir le trac, je me mets à raconter des histoires complètement hors de propos et souvent très déplacées. Ça me vient comme ça, de façon incontrôlée. À cet instant, j'ai senti que l'une d'elles n'allait pas tarder à sortir, une anecdote ressurgie de je ne sais où au fond de moi, là où je planque tous mes tics nerveux et les pires sujets pour engager la conversation.

– Autrefois on avait un voisin qui appelait son chien Tête-de-pioche… ai-je commencé.

Depuis le temps, Jerome était relativement habitué à mes divagations, alors il a judicieusement soulevé mon menton d'une main pour tourner mon visage face au sien. Du bout du nez, il m'a caressé la joue et s'est approché lentement de mes lèvres. Les vibrations dans mon corps ont empiré et j'ai tendu le cou. Jerome y a déposé un baiser et j'ai émis un petit son, un faible gémissement de bien-être complètement involontaire. Jerome l'a tout de suite interprété comme un signal pour m'embrasser de plus belle et a enfoui sa bouche au creux de mon oreille.

– Vous en avez encore pour longtemps ? a ronchonné Alistair. Je sais bien que vous n'allez pas me répondre mais si vous avez décidé de vous bécoter pendant des heures, vous ne pourriez pas faire ça ailleurs ?

La seule raison pour laquelle j'ai rouvert les yeux, c'est parce que Alistair me semblait un peu trop près. Il s'est avéré que j'ai bien fait car, en fait, il était littéralement campé au-dessus de nous. Nombreux sont ceux qui seraient dissuadés de se lancer dans une petite séance de câlins en voyant un fantôme furieux surgir juste au-dessus de leurs têtes avec ses cheveux hérissés et ses Doc. Mais moi, ce qui me terrifiait, c'était qu'Alistair se tenait à environ cinq centimètres de mes pieds. J'ai aussitôt écarté brusquement les jambes. Ce faisant, j'ai bien failli donner un coup de genou à Jerome, dans son entrejambe, mais d'instinct il s'est protégé les parties comme le font tous les garçons dans ces circonstances.

– Mais qu'est-ce qui te prend ? s'est agacé Alistair.

On aurait dit qu'il allait s'approcher encore plus près pour essayer de comprendre la raison de mes gesticulations.

– T'approche pas !

– Quoi ?

Honnêtement, j'ignore lequel des deux a répondu. Ça pouvait être l'un ou l'autre. Ou les deux en même temps. Alistair a légèrement reculé, ce qui m'a permis d'atteindre mon objectif premier, à savoir ne pas tuer un de mes amis. Entre-temps, Jerome s'était écarté en crabe et remis tant bien que mal debout. Il a parcouru l'allée des yeux, l'air pour le moins déboussolé. Je venais de brailler « T'approche pas ! ». Quiconque se trouvant à proximité allait venir s'assurer que je n'étais pas en train de me faire agresser dans la pénombre des rayonnages. Avoir une petite amie qui sursaute dès que la minuterie s'enclenche et qui se blottit ensuite contre vous pour que vous l'embrassiez est une chose. Mais quand la petite amie en question se recroqueville comme une crevette dans une poêle chaude quand vous essayez de l'embrasser et manque de vous balancer un coup dans les roubignoles au passage, c'est tout à fait différent. Et si en plus elle se met à hurler « T'approche pas ! », je vous raconte pas…

La crise, pour dire les choses avec autant de diplomatie que possible, était passée.

– Je suis désolé, a fait Jerome, et il avait l'air sincèrement alarmé, comme s'il m'avait fait du mal. Je suis vraiment, vraiment désolé…

– Mais non, t'as pas à t'excuser, l'ai-je rassuré en m'efforçant de sourire. Vraiment, je t'assure, tout va bien. C'est pas grave.

Alistair a croisé les bras et m'a regardée m'empêtrer dans ma tentative d'explication. *Le salaud.* Près du mur, Jerome gardait ses distances dans une posture semblable à celle d'un gardien de but : les genoux légèrement pliés, les bras le long du corps, prêt à contrer. Le boulet de canon qui allait peut-être lui arriver en pleine figure, c'était moi.

– Je… j'ai pas beaucoup dormi la nuit dernière, ai-je prétexté. Pas du tout, en fait. (Gros pipeau. J'avais dormi treize heures d'affilée.) Du coup, je suis un peu… enfin… tu sais ce que c'est quand on dort mal. Sincèrement, je ne sais pas ce qui m'a pris. J'ai entendu du bruit et disons que… je suis un peu à cran.

– Je vois ça.

– Et affamée aussi ! C'est presque l'heure de dîner.

– Je sais comment t'es quand t'as faim.

– C'est clair ! ai-je plaisanté. Bon, alors… on n'est pas fâchés ?

– Bien sûr que non. Je suis désolé si je t'ai…

– Pas du tout.

– Je veux pas que tu penses que…

– Je pense absolument rien, ai-je coupé.

Et c'était la chose la plus sincère que j'aie dite depuis *très* longtemps.

– Alors allons dîner, a-t-il proposé. Tout le monde va être content de te revoir.

Jerome s'est détendu un peu et écarté du mur. Puis il m'a pris par la main. Fermement, j'entends. Il l'a serrée, façon « on est ensemble ». Comme une déclaration. Comme pour dire « Tu peux compter sur moi. Et aussi, toi et moi on forme… quelque chose. » L'incident était clos. On finirait par en rire – pas dans l'immédiat, mais plus tard dans la soirée.

– Vous avez tout l'établissement pour vous ! a lancé Alistair tandis qu'on s'éloignait. Toute la ville, même. Il faut vraiment que vous continuiez à venir faire vos petites affaires ici ? Hein ?

Le ciel revêtait une nuance pourpre particulièrement éclatante, presque électrique. La flèche qui couronnait le réfectoire se détachait nettement et les vitraux rutilaient. Dehors, l'air s'était agréablement rafraîchi et des monticules de feuilles mortes s'étaient formés un peu partout. Même depuis l'extérieur du bâtiment, j'entendais le brouhaha du dîner. Lorsqu'on a poussé la lourde porte en bois, tous les prospectus et affichettes punaisés sur le tableau d'affichage du hall d'entrée se sont mis à voleter. Restait à franchir une autre porte à deux battants aux vitres en forme de losange. Et derrière se trouvait tout Wexford... ou du moins... la majeure partie.

Voilà, on y était. C'était l'heure de faire mon retour en grande pompe au lycée, retour amorcé par l'odeur du bœuf haché bon marché et du détergent pour sols. Mis à part ces points de détail, le lieu, abrité dans une vieille église toute en pierre, était vraiment impressionnant. Le cadre conférait à nos repas un caractère solennel, sans comparaison possible avec la cantine de mon ancien lycée. Peu importe si on mangeait de la purée lyophilisée et buvait du café tiède, ici, prendre son repas semblait être une affaire singulièrement sérieuse. Pourvues de bancs, les tables étaient agencées dans le sens de la longueur, ce sont donc des dizaines de têtes de profil que je vis en m'avançant dans la salle.

Et... personne n'a vraiment eu l'air de me remarquer. J'avais sans doute cru que tout le monde se retournerait, qu'un silence parcourrait le réfectoire, qu'une fourchette tomberait sur le sol en pierre dans un bruit métallique.

Mais non. Jerome et moi sommes simplement entrés et nous nous sommes dirigés vers le fond de la salle, là où sont empilés les plateaux. La file du self se trouvait en fait dans une petite salle voisine. Les premières à avoir accueilli mon retour ont été les femmes de service, notamment Helen, celle qui servait les plats chauds.

– Rory ! T'es revenue ! s'est-elle exclamée. Comment vas-tu ?

– Ça va, ai-je répondu. Bien. Ça va... bien.

– Oh, ça me fait plaisir de te voir, ma chérie !

Ses collègues se sont joints à elle en poussant quelques acclamations. Quand on est ressortis de la salle, des visages se sont tournés dans notre direction. Je n'ai pas eu droit à une salve d'applaudissements à proprement parler, mais il y a bel et bien eu quelques murmures d'intérêt.

– Rory !

Ça, c'était Gaenor, une fille de mon palier. À moitié debout, elle me faisait signe d'approcher. Elle et sa copine Eloise m'ont fait une petite place dans laquelle je ne rentrais pas vraiment, mais je me suis assise sur le banc du mieux que j'ai pu. Jerome s'est installé de l'autre côté de la table, quelques places plus loin. L'ensemble des filles de mon étage a afflué. Même Charlotte a passé sa tignasse rousse par-dessus mon épaule au moment même où j'enfournais un morceau de saucisse plein de sauce dans ma bouche.

– Rory.

J'ai bien essayé de ressortir la fourchette, toutefois j'avais déjà commencé à engloutir ladite saucisse, je n'ai donc pas eu d'autre choix que de laisser Charlotte se coller à mon dos et me serrer bizarrement dans ses bras. Et assez longtemps, je dois dire. Vu notre position, je me serais attendue à une petite accolade rapide ; on pourrait par exemple compter jusqu'à trois et basta. Or son étreinte a duré au moins dix secondes. Ce n'était pas une simple reprise de contact. C'était un engagement. Un lien. Je me suis dépêchée de finir de mâcher et d'avaler.

– Salut Charlotte, ai-je fait en me dégageant mine de rien d'un mouvement d'épaules.

C'est là que j'ai entendu un cri perçant et compris que Jazza était arrivée. En me retournant, je l'ai vue remonter l'allée à toute allure vers nous. Jazza me faisait toujours un peu penser à un golden retriever. C'est un compliment, hein. Simplement à cause de la façon dont ses longs cheveux (lisses et brillants en toute circonstance, bizarrement) rebondissaient joyeusement quand elle se précipitait pour m'accueillir et parce qu'elle respirait sincèrement le bonheur. Elle a bien failli me faire tomber à la renverse en m'enlaçant de toutes ses forces.

– T'es revenue ! s'est-elle écriée. T'es revenue, t'es revenue, t'es revenue, t'es revenue…

Oui, c'était officiel : j'étais revenue.

5

Je dormais à poings fermés quand mon téléphone a bipé. Machinalement, j'ai tendu le bras pour le faire taire en tapant dessus. Puis je l'ai attrapé et approché sous mon nez. Il était 1 h 34 du matin et j'avais un texto non lu en attente. Ça disait :

Retrouve-moi en bas. S.

J'ai cligné des yeux.

Stephen, c'est toi ? j'ai répondu.

Quelques secondes plus tard, réponse :

Oui. Mets des chaussures.

Je me suis agenouillée sur mon lit pour regarder par la fenêtre mais n'ai vu personne. Personne à part le square et le trottoir vides. Londres, ville déserte, emmitouflée pour la nuit. Ce calme ne m'a pas inspiré confiance. Je n'étais pas d'humeur à recevoir des textos étranges me demandant de sortir au beau milieu de la nuit, surtout alors que je ne voyais personne par la fenêtre.

Mais évidemment, j'allais quand même y aller. Parce que c'était Stephen.

Je me suis levée aussi discrètement que possible, ai attrapé mes baskets au pied de mon lit, décroché ma polaire à la patère près de la porte et suis sortie à pas de loup en refermant sans bruit la porte derrière moi. Jazza n'a pas remué d'un pouce. Au rez-de-chaussée, les lumières du hall étaient allumées, bien qu'il n'y eût personne dans les parages. Avant, la nuit, tout était éteint. Ça faisait peut-être partie des nouvelles consignes de sécurité : toujours faire mine d'être debout, présent, toujours laisser les parties communes éclairées. Aucun bruit ne filtrait de la chambre de Claudia quand je suis passée devant. Je me suis souvenue du système d'alarme une fois devant la porte d'entrée. Si j'essayais de sortir, elle se déclencherait. Dehors, Stephen me faisait signe de la tête. Il a levé le pouce d'un air enthousiaste. J'ai souri et levé le pouce à mon tour. Alors il a fait non de la tête et pianoté sur son téléphone.

Ouvre la porte, a-t-il envoyé par texto.

Je peux pas. Ça va déclencher l'alarme.

De nouveau, il a secoué la tête et tapé un autre message.

Ouvre, j'te dis.

J'ai inspiré un bon coup et poussé la porte. Elle s'est ouverte sans tapage ni grincement ou lueur soudaine, et sans qu'aucune grille métallique ne s'abaisse brutalement. Je me suis enfoncée dans la fraîcheur de la nuit. À chaque expiration, un grand panache de brouillard se formait devant mon visage.

J'avais l'habitude de voir Stephen en tenue de policier, or aujourd'hui il était vêtu d'un pull noir et d'un jean. Il avait une écharpe nouée en couches épaisses autour du cou, de la même manière, semble-t-il, que tous les Anglais nouent leurs écharpes (nœud qui m'a toujours échappé malgré toutes mes tentatives pour l'imiter). Et bien qu'il fît très froid, il ne portait pas de manteau. J'ai l'impression que certains Anglais estiment que les manteaux, c'est pour les frileux.

J'avais oublié à quel point il était grand et aussi cet air toujours *soucieux* qu'il affichait. Ses sourcils noirs, très fins et droits, étaient en permanence légèrement froncés et formaient un pli inquiet au-dessus de son nez, comme s'il venait d'apprendre un truc plus ou moins problématique, ni atroce ou tragique mais simplement contrariant et difficile à régler. Il a tourné ce regard vaguement préoccupé vers moi – son souci le plus récent et le plus urgent.

– Salut, ai-je chuchoté. Alors t'as appris que j'étais revenue ?

Depuis le début, mes rapports avec Stephen ont toujours été étranges. Pour bien des raisons, il n'était pas quelqu'un de particulièrement ouvert. Cependant il était là. Je crois que quelque part je m'attendais à sa venue. Ma première envie a été de l'attraper par sa longue taille efflanquée et de le serrer dans mes bras jusqu'à ce que sa tête saute comme un bouchon, mais Stephen n'était pas un grand fan des effusions.

J'ai décidé de le prendre quand même dans mes bras. Il l'a relativement bien supporté, sans toutefois me rendre la pareille. Sans doute espérais-je un sourire ou une quelconque réaction, mais ce n'était pas non plus quelqu'un de très souriant.

– Ta colocataire, Julianne, a-t-il plutôt répondu. Elle dort ? Les lumières de votre chambre sont éteintes depuis une demi-heure.

Ni de très bavard, d'ailleurs.

– Tu observes ma fenêtre depuis une demi-heure ?

– Ça répond pas à ma question.

– Oui, elle dort, ai-je confirmé. Du moins, je crois. Elle n'a pas bronché quand je me suis levée.

– D'habitude, si ?

– Moi aussi je suis contente de te voir. Ils disaient que ce système de sécurité était infaillible mais pas tant que ça visiblement, hein ?

– Si, il est plutôt fiable.

– Dans ce cas, pourquoi rien ne s'est déclenché ?

– Désarmer le système d'alarme d'un bâtiment scolaire n'est pas franchement l'opération la plus délicate que les services de sécurité aient eu à effectuer.

– Les services de sécurité...

– Restons pas là.

– Quoi ?

– Suis-moi.

– Mais...

Stephen avait déjà glissé un bras dans mon dos d'un geste de professionnel pour me faire remonter l'allée pavée et tourner à l'angle de la rue. C'était la seule personne au monde de la part de laquelle je tolérais ce genre d'agissements car s'il y avait bien une chose que je savais, c'est que s'il me tirait du lit pour une virée en pleine nuit, il y avait une bonne raison. Et avec lui je ne risquais rien.

Une voiture rouge était stationnée et j'ai entendu les portières se déverrouiller quand Stephen a pointé la télécommande vers elle.

– C'est pas une voiture de police, ça, ai-je constaté, soulignant l'évidence.

– Si, mais banalisée. Monte.

– Où est-ce qu'on va ?

– Je t'expliquerai en route.

Une silhouette était assise devant, côté passager. J'ai tout de suite reconnu ce casque de cheveux blancs et le visage vraiment trop jeune qui allait avec. C'était M. Thorpe, ce haut fonctionnaire qui était venu me voir à l'hôpital. Celui qui m'avait interdit de révéler quoi que ce soit à quiconque.

– Qu'est-ce qu'il...

– T'inquiète pas, a fait Stephen en m'ouvrant la portière arrière. Grimpe.

Il l'a tenue ouverte jusqu'à ce que j'obtempère.

– Aurora, a salué M. Thorpe en se retournant. Ravi de vous voir. Navré de vous tirer du lit comme ça en pleine nuit.

– Qu'est-ce qui se passe ? ai-je demandé.

– Il faut qu'on parle.

Stephen a démarré.

– Où est-ce qu'on va ? ai-je insisté.

– Tu es contente d'être revenue ? a répondu Thorpe.

Il ne semblait pas exactement du genre à se soucier de savoir si oui ou non je m'adaptais bien à ma situation, et Stephen a paru subitement très concentré sur la route.

– Ça va, ai-je répondu mollement. Je viens d'arriver. Comme vous le savez sûrement.

– En effet.

– Pourquoi est-ce que j'ai le sentiment que mon retour a quelque chose à voir avec vous ?

– Parce que c'est le cas, a-t-il admis sans détour. Mais j'espère que ça te fait plaisir.

– Où est-ce qu'on va ?

– Faire un petit tour, c'est tout. Pas de quoi t'inquiéter.

Stephen m'a glissé un coup d'œil dans le rétroviseur et rassuré d'un signe de tête. J'ai croisé et serré les bras contre moi en frissonnant. Il a mis le chauffage.

Les deux ou trois premières rues dans lesquelles on a tourné, je les connaissais et je savais encore plus ou moins où on était : dans le quartier de Wexford, en direction du sud. Ensuite on s'est engouffrés dans un dédale de petites rues étroites pendant un moment, avant de ressortir près de King William Street, là où se trouvait l'ancien quartier général de la brigade et où on avait tenu tête à l'Éventreur. On a bifurqué assez vite pour emprunter une avenue qui longeait un quai de la Tamise. Il était clair qu'on se dirigeait vers l'ouest. Autrement dit, vers le centre de Londres. Les taxis noirs sont devenus plus nombreux, la chaussée, plus large, bordée d'arbres et de bâtiments imposants, les lumières sur la rive opposée, plus vives. J'ai eu le temps d'apercevoir l'Œil de Londres, la grande roue qui brillait de mille feux dans la nuit, et ensuite on a pris à droite, vers le cœur même de la ville.

On s'est arrêtés dans l'allée circulaire de ce que j'ai d'abord pris pour l'entrée d'un hôtel. Il s'est écoulé quelques instants avant que je remarque le panneau du métro, ce cercle rouge caractéristique barré d'un trait bleu. On était à la gare de Charing Cross. Stephen s'est garé devant l'entrée. Thorpe est sorti le premier et Stephen m'a ouvert la portière.

– Viens ! a lancé le fonctionnaire. Par ici. Entre.

Une policière se tenait en faction près de l'une des portes. Elle l'a ouverte à notre approche, d'un geste leste, comme si elle nous attendait depuis un moment et que sa mission la plus importante de la soirée était d'ouvrir cette porte.

Charing Cross était une grande gare proche du centre, qui reliait lignes de chemin de fer et de métro. Elle disposait d'un vaste hall central bordé de boutiques et guichets et surmonté d'une verrière entrecroisée de treillis métallique. Une femme en tailleur noir nous attendait à mi-chemin.

– Les caméras de surveillance sont éteintes ? lui a discrètement demandé Thorpe.

Elle a acquiescé.

– Restez dans la salle de contrôle. Que personne ne descende.

J'ai lancé un coup d'œil interloqué à Stephen, qui s'est contenté de me faire comprendre du regard que tout allait bien, vraiment, aucun souci.

– On va juste descendre sur les quais, a annoncé Thorpe. Par ici.

Il s'est élancé vers le couloir indiquant UNDERGROUND. On l'a suivi dans l'escalier. Les portiques avaient été laissés ouverts pour nous permettre de passer sans encombre. La station de métro de Charing Cross était un endroit relativement sinistre, au sol et aux murs carrelés dans un même dégradé de marron ; les distributeurs de titres de transport alignés contre le mur étaient d'un vert-jaune électrique angoissant. Comme les escalators ne fonctionnaient pas, nous avons dû descendre à pied jusqu'aux quais, Stephen en tête et Thorpe juste derrière moi. C'était troublant d'être dans une station de métro après l'heure de fermeture. On ne sentait pas l'habituelle chaleur corporelle brassée par la bousculade de milliers de voyageurs et on n'entendait ni musiciens en train de jouer, ni conversations, ni rires, ni grondements de rames. Chacun de nos pas sur les lames de métal des marches était nettement audible à mesure qu'on descendait.

– Bakerloo ? a demandé Thorpe.

Stephen a fait oui de la tête.

J'ai levé le nez vers le panneau aux caractères marron qui indiquaient la ligne Bakerloo. La ligne Bakerloo à la station Charing Cross... ça me rappelait vaguement quelque chose. Mais ce n'est qu'une fois sur le quai que j'ai compris.

– Est-ce que tu vois quelqu'un ? m'a interrogé Thorpe.

Tout au bout du quai, il y avait une femme. Ses cheveux blond argenté rejetés en arrière formaient comme deux grandes ailes de part et d'autre de son visage. Elle était vêtue d'un pull noir à col boule et d'une jupe grise – une tenue plutôt banale. C'est à ses chaussures, je crois, que j'ai deviné qu'elle appartenait à une autre époque. Elles étaient grosses, et compensées. La femme se tenait juste au bord du quai, les yeux rivés sur le mur d'en face. La dernière fois que je lui avais parlé, elle n'avait qu'une phrase à la bouche, qu'elle m'avait murmurée je ne sais combien de fois d'une petite voix crispée : « J'ai sauté. » Elle était vulnérable, blême et, franchement, déprimante à voir. Rien que de l'approcher, ça me donnait le cafard.

– Cette femme, ai-je répondu en lançant un regard à Stephen, je l'ai déjà rencontrée.

Thorpe a fait signe de la tête à Stephen, qui s'est éclairci doucement la voix.

– Allons lui parler, a-t-il suggéré.

– Mais pourquoi ? Qu'est-ce qu'on fabrique ici ? ai-je chuchoté avec impatience.

– Un truc important, je te promets. Je ne t'aurais pas fait venir, sinon. Je te demande simplement de parler à cette femme.

J'ai balayé du regard le quai désert sur toute sa longueur, m'arrêtant sur la gueule béante du tunnel silencieux devant laquelle se tenait la femme. Elle s'était tournée vers nous d'un air plein d'attente. Lentement, Stephen a commencé à s'avancer vers elle en m'invitant à le suivre. Cette femme ne pouvait rien me faire, j'en avais conscience. Elle ne me faisait pas peur. Le problème, c'était plus la tristesse flagrante qu'elle dégageait, qui allait même au-delà de la tristesse, à un point extrême de l'existence. Elle incarnait à elle seule la mélancolie dans toutes ses nuances et je n'avais aucune envie de l'approcher.

– C'est vous, a-t-elle murmuré quand on l'a rejointe.

– Oui, a acquiescé Stephen. Je suis venu il y a quelques jours.

– Vous êtes revenu. Avec elle.

– Comme promis. Rory, je te présente Diane.

– Bonjour, ai-je dit.

Je suis restée un mètre ou deux derrière lui à observer la femme.

– Il a dit que vous m'aideriez.

Le désespoir se lisait dans les yeux de Diane.

– Vous allez m'aider ?

– Vous aider à quoi ? ai-je fait.

– À y mettre fin. Il a dit que vous pourriez y mettre fin.

Au début, je n'ai pas voulu croire ce que je venais d'entendre. L'idée seule me donnait vaguement la nausée. Stephen ne m'aurait pas fait venir jusqu'ici pour ça. Il ne savait même pas que j'en avais le pouvoir...

– Tu n'es pas obligée de le faire si tu n'en as pas envie, a précisé ce dernier. Mais elle souffre.

Sauf que de toute évidence, si : *il savait*.

– Pitié, a insisté Diane. Je vous en supplie, je ne peux pas continuer comme ça. Pitié, pitié ! Je n'ai jamais voulu me retrouver ici. Je croyais que ce serait rapide. C'est facile de sauter. Sauf que je ne suis jamais partie. J'ai sauté... mais je ne suis jamais partie.

Je m'étais déjà servie d'un terminus, donc, d'un point de vue général, je n'étais pas totalement opposée à cette idée. Et s'il y avait bien un fantôme qui en avait besoin, c'était de toute évidence cette pauvre femme, bloquée sur un quai de métro depuis trente ou quarante ans, coincée à jamais sur le lieu de son suicide. Cette femme blême et triste…

Et pourtant. On m'avait amenée ici en cachette. Stephen savait des choses à mon sujet qu'il n'aurait pas dû connaître. Thorpe assistait au spectacle depuis l'autre extrémité du quai. C'était l'impression que ça me donnait : un spectacle. Je me suis légèrement éloignée de Diane en faisant signe à Stephen d'approcher. Le menton rentré, il n'arrivait pas à me regarder en face.

– Comment as-tu su ? ai-je soufflé suffisamment bas pour que Thorpe n'entende pas.

– Je t'ai surveillée à Bristol, a répondu calmement Stephen.

– Surveillée ? Tu m'as suivie ? Sans rien me dire ?

– Je voulais m'assurer que…

– Et t'es allé raconter ça à Thorpe ? T'as dit à cette femme que j'allais arranger son cas ? Tu m'as fait venir ici pour me mettre à l'épreuve, un truc du genre ?

– Tu n'es obligée de rien, a-t-il répété en relevant un peu la tête. Si tu veux, on repart sur-le-champ.

– Bah voyons.

– Je t'assure. Tu n'as qu'un mot à dire et on s'en va.

L'espace d'un instant, j'ai observé Diane dans mon dos, mais j'ai vite été forcée de me détourner. Elle était le désespoir personnifié. Elle méritait d'être libérée. Mais pas maintenant. Pas dans ces conditions, alors que j'avais été amenée ici de cette façon.

– Bien, ai-je décrété en me redressant de tout mon haut. On s'en va. Sur-le-champ.

Il a cligné lentement des yeux.

– Si c'est ce que tu souhaites.

– Je te le confirme.

Stephen m'a étudiée quelques secondes en se balançant un peu d'avant en arrière sur ses talons. On se tenait très près l'un de l'autre, les orteils quasiment collés.

– Très bien, a-t-il finalement acquiescé.

Diane devait nous écouter car elle a poussé un gémissement. C'était désagréable à entendre, alors je me suis bouché les oreilles. Je suis repartie à l'autre bout du quai vers Thorpe en laissant Stephen se débrouiller pour la raisonner. C'était sa faute. Sa promesse. À lui d'expliquer pourquoi il n'allait pas pouvoir la tenir.

– Qu'est-ce qui se passe ? s'est enquis Thorpe.

– Rien, ai-je rétorqué. Je m'en vais.

– C'est fait ?

– Eh non.

– Vous n'êtes pas en mesure de… satisfaire sa requête ?

– Non, je…

– Rory ! a hurlé Stephen.

À cet instant j'ai senti quelque chose dans mon dos. On aurait dit une rafale de vent, froide et violente. Un coup de jus m'a parcouru la colonne vertébrale, je ne pouvais plus bouger, ni parler.

Ce n'était pas très différent de la sensation qu'on éprouve au sommet d'une montagne russe, au moment précis où on entend le roulement métallique qui nous a hissés jusqu'en haut s'arrêter puis quelque chose lâcher prise, et alors on comprend que cette sensation est sur le point de sérieusement s'intensifier et d'être même poussée à l'extrême. Tout grimpe brusquement : le pouls, le sang à la tête, même nos organes ont l'air de faire des bonds alors que ça dégringole dans tous les sens. L'air arrive dans nos poumons à toute vitesse sans qu'on ait le temps de l'évacuer et, l'espace de quelques secondes, on s'étrangle.

J'entendais mon propre cœur cogner dans mes oreilles, le sang fouetter mes veines. Tout est devenu blanc. Puis ma tension est redescendue aussi vite qu'elle était montée, j'ai senti cette odeur de fleurs, et le monde a repris son apparence habituelle.

Je suis tombée à genoux sur le quai en me cramponnant in extremis au bord pour ne pas basculer tête la première sur les rails. Puis j'ai senti sur ma taille des mains me ramener doucement en arrière jusqu'à me faire asseoir.

– Tout va bien, a chuchoté Stephen. Tout va bien. Elle est arrivée dans ton dos. Elle t'a attrapée. Ça s'est passé trop vite. J'ai pas pu la stopper.

Thorpe a accouru.

– Il s'est passé quelque chose ? a-t-il questionné, ahuri.

Pour toute réponse, je me suis penchée par-dessus le segment jaune plein de petites bosses qui borde le quai et me suis mise à vomir sur les rails. Quelqu'un – Stephen, j'imagine – m'a tenue pour s'assurer que je ne perde pas l'équilibre. Les vomissements n'ont pas duré et m'ont instantanément éclairci les idées. Je me suis redressée et assise sur les talons en m'essuyant la bouche.

– Je n'y suis pour rien, ai-je dit une fois que j'ai eu repris mon souffle.

– Quoi ? s'est étonné Thorpe.

– C'est fait, a annoncé Stephen. Mais c'est la femme qui a touché Rory, pas l'inverse. C'est ce qu'elle veut dire.

– Mais vous êtes sûr : c'est réglé ?

– Aucun doute possible, a confirmé Stephen un peu sèchement…

– Dans ce cas, raccompagnez-la au lycée et assurez-vous qu'elle aille bien.

– Viens, m'a dit gentiment Stephen. Tu peux te lever ?

Je n'ai pas répondu et quand il a tendu la main pour m'aider à me relever, je l'ai repoussée et suis partie. Je savais qu'il me suivait à distance, calme, nerveux. Dans les couloirs, j'ai vu plusieurs souris se carapater le long des murs et dans les escaliers, déroutées par notre irruption. La nuit, le métro était leur territoire.

Une fois dehors, j'ai fait une pause devant la station pour inspirer de grandes bouffées d'air frais. La policière m'a observée de loin, impassible. Normal, elle ne pouvait pas avoir la moindre idée de ce que je faisais ici ou venais d'accomplir. J'ai tenté de comprendre ce que je ressentais. Ce n'était pas de la colère mais ça s'en rapprochait. Était-ce de l'épuisement ? Peut-être même du soulagement ? C'était sans doute tout ça à la fois et pourtant je préférais ne pas y penser, alors j'ai décidé de tout refouler et de m'efforcer plutôt de respirer tranquillement.

Stephen est sorti de Charing Cross un instant plus tard. Il s'est dirigé droit vers la voiture et m'a tenu la portière côté passager ouverte.

– On n'attend pas Thorpe ?

J'avais la voix légèrement rauque, principalement du fait d'avoir vomi. Ça donnait l'impression que j'étais très fâchée. Ce qui ne me dérangeait pas.

– Non, il rentrera avec l'autre agent. La priorité est de te raccompagner.

Je suis montée dans le véhicule et il a refermé la portière. Il a démarré et mis le chauffage à fond. Des rafales d'air tiède sont sorties en mugissant des ventilations, directement dans mon visage. J'ai tendu la main pour le couper.

– Je pensais que tu avais peut-être froid.

– C'est le cas. Mais ça fait du bien.

– Elle m'a pris de court, a-t-il encore expliqué. Ils sont parfois très rapides, beaucoup plus que nous. Je n'ai pas pu la retenir.

Ça, je m'en étais rendu compte. Je savais que c'était vrai. Il n'avait rien pu faire pour l'arrêter, elle avait décidé d'être plus rapide que lui. Les fantômes sont de vraies fusées quand ils veulent.

Pour autant, je n'allais pas le laisser s'en tirer aussi facilement. Je suis restée silencieuse et inflexible pendant un moment.

– Tu peux être furieuse contre moi si tu veux, s'est-il défendu. Mais si j'ai fait tout ça, c'était pour de bonnes raisons.

– Exemple ?

Il a retiré ses lunettes noires pour les frotter sur sa jambe ; cette dernière faisait des petits bonds nerveux.

– Écoute, Rory, je... c'est très compliqué.

– Essaie toujours.

– Rory...

– Qu'est-ce que Thorpe fabrique ? ai-je lancé. Là-bas, devant l'entrée ?

Thorpe n'était pas devant l'entrée. J'avais juste dit ça pour détourner son attention. Et j'ai arraché les clés du contact.

– Je t'écoute, ai-je insisté en les glissant dans le V de mon tee-shirt et en les tenant serrées contre moi. Explique-moi sinon on n'ira nulle part. Sinon je hurle. Tu veux que j'ameute le quartier au sujet de ce qui se passe ici, c'est ça ? J'en suis capable, je te préviens.

Gros soupir de Stephen. Lentement, il a laissé sa tête retomber contre l'appui-tête et a fixé le plafond de la voiture.

– Ils allaient fermer définitivement la section. Ils étaient contents des résultats pour l'affaire de l'Éventreur, mais, sans terminus, ils ne voyaient pas comment la boutique allait continuer de tourner.

– Il vous en reste un pourtant, non ? Celui des toilettes ? Dont Jo s'est servi pour tuer Newman ?

Il a plongé la main dans sa poche pour en sortir une petite fiole en plastique, puis il a allumé le plafonnier pour me la montrer. Elle contenait un caillou gris.

– Voilà ce qu'il en reste. Comme tu vois, le diamant s'est taché. Il ne fonctionne plus. On a tout essayé. C'est comme une ampoule grillée.

– Et les deux autres, dans le fleuve ? Tu peux pas les récupérer ? On retrouve plein de choses dans la Tamise – des pistolets, des preuves et tout, non ?

– Des pistolets, oui, ça arrive, les bons jours. Mais deux petites pierres minuscules, non. La Tamise est un fleuve à fortes marées. Les diamants ont sans doute dérivé un peu avant de couler et maintenant ils sont mélangés quelque part aux milliers de tonnes de sédiments et de vase. Tu es donc le seul terminus restant. J'ai vu ce qui t'est arrivé... il fallait que je prouve à Thorpe qu'il restait une solution. Et il me fallait aussi une bonne excuse pour te faire revenir. L'idée qu'on t'ait éloignée, comme ça, sans aucun soutien, m'a toujours dérangé. Ça a réglé les deux problèmes. Ils vont nous laisser continuer nos activités quelque temps maintenant qu'il t'a vue à l'œuvre.

Stephen avait raison. Je n'aurais pas pu m'éterniser là-bas toute seule sans personne à qui parler. Il a tendu le bras pour reprendre la fiole et la ranger dans sa poche.

– Et comment tu t'y es pris pour me faire revenir ?

– C'est Thorpe qui s'en est chargé. Honnêtement, j'ignore comment il a monté son coup. Je sais juste qu'il a vivement recommandé à ta psy de te renvoyer à Londres. Il ne m'a pas donné de détails.

Évidemment. Tout était clair à présent : le fait que Julia ait subitement décrété que je ferais mieux de retourner à Wexford ; son mensonge flagrant au sujet du travail colossal que j'avais fourni au cours des séances.

– Ça tenait qu'à toi, a précisé Stephen. On t'a demandé si tu souhaitais rentrer et tu as accepté.

– Mais j'ai jamais dit que je... que je serais prête à me donner en spectacle devant Thorpe ou à achever une pauvre femme. Tu aurais pu me dire où on allait quand même !

– Je n'étais pas sûr que... tu accepterais de le faire. Mais je me suis dit que si tu voyais combien Diane souffrait... C'était une bonne action, Rory. Elle souffrait le martyre. Voilà, tu sais tout. Maintenant rends-moi les clés. Dépêche.

Les clés étaient collées à ma poitrine, couvertes de sueur. D'un petit coup je les ai fait tomber avec grâce entre mes cuisses. Je les ai ramassées et rendues à Stephen. Il a redémarré, enclenché la marche arrière, puis s'est arrêté.

– Boo et Callum, a-t-il ajouté d'une voix à nouveau douce et posée. Ils savent que t'es revenue. Je peux t'emmener les voir maintenant et on discutera de tout ça avec eux. Comme tu veux. On peut y aller tout de suite ou remettre ça à une autre fois. À toi de me dire comment tu te sens.

Changement d'humeur soudain, regard fuyant... Stephen culpabilisait encore beaucoup. Il avait peut-être de bonnes raisons mais il s'en voulait encore de s'être servi de moi de cette façon et de m'avoir caché des choses.

Bien sûr que j'avais envie de voir Boo et Callum. Pour être franche, même après le coup qu'il venait de me faire, ça me faisait toujours aussi plaisir de voir Stephen à cet instant. Et pour être tout à fait franche, ça m'amusait un tout petit peu de le torturer. Et après ces dernières semaines, j'avais bien mérité de m'amuser un peu, quelle que soit la manière.

– Allons-y maintenant, ai-je décidé tout bas en frottant un petit pan de ma vitre embuée pour voir au travers.

6

Au détour d'à peine quelques rues, on s'est retrouvés en direction du cadran jaune rutilant de l'horloge au sommet de Big Ben. Le Parlement était illuminé pour la nuit et de l'autre côté de l'eau se dressait l'Œil de Londres, grande roue aux néons violets tirant sur le bleu tournant lentement sur elle-même. Dans cette partie de la ville, tout était éclairé. On a traversé le pont à proximité du palais de Westminster et continué tout droit vers la rive sud du fleuve.

Après avoir contourné la gare de Waterloo, on a bifurqué derrière, dans des artères résidentielles assez calmes. Stephen s'est engagé dans une rue flanquée d'une friterie à l'angle, puis il a garé la voiture à la seule place disponible le long du trottoir et coupé le moteur.

– On a déménagé… a-t-il commencé à dire.

– Je sais.

Ça a eu l'air de l'étonner. Il savait des choses à mon sujet, mais l'inverse était vrai aussi.

– Ah. OK. En fait, le propriétaire de notre ancien appart a décidé qu'il était temps de recommencer à nous faire payer trois mille livres par mois de loyer. Alors voilà. Puisqu'on avait fait du bon boulot avec l'Éventreur, le gouvernement de sa Majesté nous a fourni des locaux officiels où travailler et vivre. C'est juste ici.

Du doigt, il a indiqué un des nombreux bâtiments quasi identiques qui bordaient la rue, des rangées de maisons en briques quelconques comme on en trouve dans toute la ville. Nettement moins chic que l'ancien immeuble.

– Encore une chose, a-t-il fait. J'ai dit à Callum et Boo que j'avais une réunion ce soir mais sans préciser à quel sujet. Et pour deux raisons. Un, je ne savais pas ce qui allait se passer. Il se pouvait que tu n'ailles pas jusqu'au bout ou que ça ne marche pas. Et deux, à cause de Boo. Elle n'aurait jamais été pour. Et je ne pouvais pas tenir Callum informé et pas elle. Ils n'ont jamais su qu'on était passés à deux doigts de la fermeture.

– Tu gardes beaucoup de secrets, on dirait, ai-je fait remarquer.

– Ça fait partie du boulot. Allez, viens.

On a pénétré un vestibule très étroit en piétinant une pile de courriers et de prospectus à mesure qu'on avançait à l'intérieur. Il y avait un papier peint d'une texture bizarre au mur et une lampe au plafond qui ne remplissait pas vraiment ses fonctions. Elle luisait en formant un rond de lumière au sol mais les escaliers restaient plongés dans l'obscurité. Il n'y avait pas de rampe et la moquette qui tapissait les marches était devenue glissante à force d'avoir été foulée. Je me suis aidée du mur pour guider ma montée, parcourant des doigts le braille du papier peint. Nouveau cliquetis de clés. J'ai entendu des voix provenant de l'appartement sur le palier : l'une grave, amusée. L'autre aiguë et insistante : celle-là, je la connaissais par cœur. J'avais vécu avec.

Quand Stephen a ouvert la porte et que j'ai passé la tête à l'intérieur, j'ai reconnu beaucoup de meubles de l'ancien appartement, y compris les deux vieux canapés et la table de cuisine bancale aux chaises dépareillées. L'autre appartement était plus grand, donc ici tout le mobilier était entassé et on avait à peine la place de circuler autour. Des colonnes de livres de hauteurs variées étaient amoncelées par terre d'un bout à l'autre des murs. Parmi elles, des boîtes d'archives aussi, et des piles de gros classeurs. Des plans et des notes étaient scotchés un peu partout aux murs, lesquels étaient recouverts d'un papier peint plus granité, cette fois jaune moutarde. C'était particulièrement criard associé aux rideaux en tissu écossais rouge méticuleusement tirés devant les fenêtres donnant sur la rue.

Une tête a surgi au sommet du canapé, puis le reste du corps de Callum est apparu quand il a escaladé en vitesse le dossier pour venir jusqu'à moi.

– Tiens ! s'est-il exclamé. Regardez qui voilà !

Il m'a enlacée bien fort, refermant ses imposants biceps autour de moi. Boo était sur l'autre canapé, une jambe dans le plâtre étendue devant elle. Elle avait essayé de me défendre face à l'Éventreur et il l'avait projetée sous les roues d'une voiture.

– Lâche-la, espèce de pervers ! a-t-elle lancé à Callum. Et toi, approche !

J'ai traversé la pièce pour aller la serrer dans mes bras. Boo avait apporté une nouvelle touche d'originalité à sa coupe de cheveux. Jusque-là elle arborait un carré brun très court façon Louise Brooks, balayé d'une mèche rouge profond. Elle avait ajouté une pointe de violet au bord de sa frange, de sorte qu'une ligne pourpre s'ébauchait juste au-dessus de ses yeux. On aurait dit une cicatrice de lobotomie version branchée.

– Tu vas le garder encore longtemps ? me suis-je inquiétée en montrant son plâtre du doigt.

– Non, plus que quelques jours mais je commence à m'y habituer. Je suis obligée de me traîner sur les fesses pour monter l'escalier…

– Très drôle à voir, a raillé Callum.

– Prépare-nous du thé, a ordonné Boo. Le mien a refroidi et Rory a bien besoin d'une tasse.

– Vivement qu'on t'enlève ce truc, a-t-il bougonné.

– Fais-m'en une tasse aussi, a ajouté Stephen.

Boo m'a tirée par le bras pour me faire basculer à côté d'elle sur le canapé.

– Alors, comment tu vas ? a-t-elle demandé.

– Bien.

– Honnêtement ?

– Honnêtement. Ça va pas trop mal. Et toi ?

– On fait aller, a-t-elle répondu en haussant les épaules.

Jo était la meilleure amie de Boo, et sa mort – du moins, *définitive* – avait été un coup terrible pour elle. Sa peine se lisait encore sur son visage mais, comme moi, elle s'efforçait tant bien que mal d'aller de l'avant.

– J'effectue des recherches en ce moment, a-t-elle enchaîné en tapotant des classeurs posés à côté d'elle. Dès que je serai débarrassée de ce plâtre, je commencerai ma formation. Soit je vais postuler pour travailler dans le métro comme Callum, soit je vais faire un apprentissage à la compagnie du gaz.

Boo m'a parlé un peu plus de ses projets professionnels en me montrant des brochures sur papier glacé de personnes en bleus de travail qui fixaient, l'air absorbé, des tuyaux et des câbles, et descendaient des échelles dans des galeries très sombres. Cette perspective semblait réellement l'enchanter. Stephen s'est éloigné vers le bureau près de la fenêtre et a tripoté son ordinateur portable d'un geste qui laissait entendre qu'il essayait simplement de rester en dehors de notre conversation quelques instants.

– Les employés du gaz ont leurs entrées partout, a-t-elle expliqué : dans tous les bons espaces en sous-sol. Je serais pas mal avec un casque de protection sur la tête et une ceinture à outils, pas vrai ?

– T'as même pas besoin d'outils, s'est immiscé Callum en passant avec des tasses de thé en équilibre sur un grand livre. T'as vu tes griffes ? Tu pourrais sûrement forcer une bouche d'égout avec ces machins.

Boo a tendu les doigts en les écartant pour exhiber ses longs faux ongles rouges puis, par jeu, lui a flanqué un coup sur la hanche. Elle a réceptionné les tasses en m'en passant une, et Callum est parti voir Stephen.

– C'est mon atlas, ça, s'est agacé Stephen en remarquant l'objet que Callum utilisait comme plateau.

– Désolé, mon chou.

– Je t'ai déjà dit que j'y tenais.

– Oh, mais plus personne n'a besoin d'un atlas de nos jours, a râlé Callum en lui passant la dernière tasse. Avec Internet, tout ça... Tiens, ton thé.

Stephen est venu se joindre à nous et, tout de suite, l'ambiance dans la pièce a pris une tournure plus sérieuse.

– Bien, a-t-il lancé. Donc ce soir, on a vu Thorpe...

– Je ne comprends toujours pas pourquoi il fallait que tu le voies à 2 heures du matin, a commenté Boo.

– Parce qu'il fallait que ce soit à cette heure-là.

Callum a lancé un regard à Boo.

– Et c'est désormais officiel : on est autorisés à poursuivre nos activités.

– Autorisés ? s'est étonnée Boo. Pourquoi, ils comptaient nous fermer ?

– Des discussions étaient en cours.

– Et tu nous as rien dit ?

– Ils étaient préoccupés par le fait qu'on n'avait plus de terminus, a justifié Stephen.

– Ils sont pas les seuls, a souligné Callum avec une pointe d'irritation dans la voix. Rassure-moi : ils comptent nous en fournir des nouveaux, c'est ça leur solution ?

– Oui, a acquiescé Stephen. Cette solution s'appelle Rory.

Callum et Boo m'ont dévisagée d'un air d'attendre quelque chose. Stephen s'est éclairci un peu la voix.

– Le terminus… c'est elle.

Je ne peux pas en vouloir à Boo et Callum d'être restés sans voix.

– Tu déconnes ? a réagi ce dernier au bout de quelques secondes.

– Pas du tout. Ma seule hypothèse, c'est que ça s'est produit à un instant T, juste après la dernière attaque de l'Éventreur. Voilà pourquoi il faut que tu nous racontes précisément tout ce qui t'est arrivé à partir du coup de couteau, Rory.

D'un seul coup, je suis redevenue le centre d'attention. Cela faisait des semaines que Julia essayait de m'amener à parler de cet épisode, quand la pointe du couteau s'est enfoncée et que je suis restée plusieurs minutes écroulée par terre à regarder le sang couler de mon propre ventre. Cet instant précis où l'Éventreur – qui s'appelait Alexander Newman – m'a dit que j'allais mourir.

Ce n'était pas un sujet sur lequel j'avais envie de m'étendre. Mais une raison impérieuse semblait pourtant m'y pousser : leur en parler devenait logique.

– Il m'a ouvert le ventre, ai-je commencé. Il a expliqué qu'il m'avait entaillée de sorte que j'allais me vider lentement de mon sang et mourir à petit feu. Ensuite il m'a mis le terminus dans les mains.

– *De lui-même* ? s'est étonné Callum.

– J'étais incapable de bouger. C'est là qu'il a développé sa théorie : si une personne dotée de notre faculté meurt en étant reliée à un terminus, elle est susceptible de revenir... car lui est mort dans ces circonstances. Il voulait voir ce qui se passerait quand je rendrais mon dernier souffle. Et c'est là que... Jo a passé la porte.

– Mais la porte était verrouillée, non ? a fait Stephen.

– Elle est littéralement passée *au travers*.

– Elle a dû souffrir, a dit doucement Boo. Elle m'avait dit que c'était très douloureux. Comme de se faire déchiqueter en morceaux.

Par respect pour ça, je me suis interrompue un instant. J'ignorais que Jo était sensible à la douleur physique et qu'elle avait souffert en me venant en aide.

– Et une fois que Jo est entrée dans les toilettes ? a dit Stephen pour m'inciter à continuer.

– Elle m'a pris le terminus des mains et s'est jetée sur Newman. C'est là que... tout a explosé. Il y a eu une grande lumière très vive et les miroirs ont volé en éclats. Ensuite ils ont disparu dans le néant et je suis tombée dans les pommes.

– Quand as-tu découvert ton nouveau don ? a-t-il questionné. Est-ce que c'était sur ce banc, à Bristol ?

Callum et Boo m'ont toisée, l'air confus, mais au final ils ont préféré me laisser poursuivre sans intervenir. Cette histoire contenait décidément un tas de rebondissements étranges.

– Non, ai-je avoué. C'était déjà arrivé une fois, le jour de mon départ de Wexford. J'ai croisé une femme dans les toilettes où tout était arrivé. J'y suis passée avant de partir, juste pour jeter un dernier coup d'œil à la pièce, et je l'ai trouvée cachée dans un W-C.

– Tu l'avais déjà vue à cet endroit ?

– Non. Ni là ni ailleurs. Je ne sais pas d'où elle sortait. Elle était planquée dans ce W-C et avait l'air terrorisée. Elle n'a rien dit. À croire qu'elle était muette. J'ai simplement tendu la main vers elle… je lui disais de ne pas s'inquiéter. Je l'ai à peine touchée. Et c'est arrivé.

– Mais tu l'as touchée d'une manière précise ? a voulu savoir Callum. Je veux dire : est-ce que tu as laissé ta main posée sur elle, quelque chose comme ça ?

– Je sais plus. Je lui ai juste touché l'épaule, je crois. L'effet a été immédiat.

– Des sensations physiques, après ? a enchaîné Stephen.

– Mon bras a picoté.

– C'est tout ?

– Non.

– Ça fait mal ?

– Non, ai-je répété. Ce n'est pas douloureux. J'ai surtout l'impression que mon bras est aspiré dans quelque chose et ensuite il se met à trembler. Comme s'il avait pris… un coup de jus, je dirais. Sinon c'est comme d'habitude avec les terminus : jet de lumière, odeur de fleurs. Mais rien d'autre.

– En revanche ce soir t'as été malade, a souligné Stephen.

– Ce soir ? est intervenue Boo. Alors c'est *là* que vous étiez ? Et si c'était dangereux ou nocif pour elle ?

– J'y ai pensé, a répondu Stephen. Mais je doute qu'un jour on ait une réponse claire sur ce point. Tout comme notre faculté de vision, il se peut que ce don soit indétectable quels que soient les examens. Cela dit, rien ne nous empêche de programmer un bilan de santé complet…

Maintenant que Boo avait soulevé la question, cette nouvelle éventualité allait m'obséder. Et si c'était réellement nocif pour moi ? Si le fait d'être un terminus ambulant était comme d'avoir un cancer ?

Ou si au contraire ça me donnait une santé de fer ?

Bon sang, ce que j'étais fatiguée !

– Stop, ai-je fait en levant la main. On peut arrêter… deux secondes ? J'ai assez donné dans les trucs médicaux ces derniers temps, alors… non merci, pas de bilan.

Ça a mis un terme au débat et tout le monde a paru très mal à l'aise. Même dans cette bande d'amis d'un genre particulier, j'étais un phénomène à part.

– OK, mais qu'on soit bien d'accord sur un point, a repris Stephen : Rory n'est pas une arme. L'usage qu'elle fera de sa nouvelle faculté ne dépend que d'elle.

– D'accord, a consenti Callum, mais on n'est pas une force de police si on n'a aucun moyen d'action. Même si Rory est un terminus à elle seule, ça ne règle pas le problème. Qu'est-ce qui se passera pour nous si elle n'est pas là ou si – ne le prends pas mal, Rory –, si elle n'est pas disposée ou apte à agir ?

– Exactement la même chose que depuis des semaines, a rétorqué Boo. On peut toujours faire notre boulot mais sans armes, c'est tout. Les flics normaux n'ont pas de pistolet sur eux.

– Non, mais si besoin, ils ont des collègues armés à leur disposition. Je me trompe ? Ça s'appelle des unités d'intervention rapide.

– Callum n'a pas tort, a concédé Stephen, mais je suis d'accord avec toi, Boo. Notre brigade existait avant l'invention des terminus. D'après ce que j'ai lu dans les archives, ce n'est que dans les années 1970 qu'ils ont fait leur apparition.

– Qui les a inventés ? ai-je demandé.

– Ça, mystère, a admis Stephen en se grattant le menton.

– Ils ont bien dû sortir de quelque part.

– De quelque part, oui, c'est sûr, mais *d'où* exactement, personne ne le sait. On trouve des diamants à divers endroits de la planète. En Afrique. En Inde. En Russie. Au Canada.

– Peu importe, a coupé Callum. Le fait est qu'aujourd'hui on ne les a plus alors qu'on en a vraiment besoin. Je n'arrête pas d'être appelé depuis des semaines. Toutes sortes de problèmes dans le métro. Des trains retardés, des situations dangereuses où des voyageurs pourraient être blessés ou même tués.

– Ça fait des années que les rames circulent sans qu'on élimine personne, a objecté Boo. Ils n'ont pas besoin de nous pour gérer le bon fonctionnement du métro. Et en cas de problèmes, on ira s'occuper d'eux. En leur *parlant*.

– Et s'ils ne nous écoutent pas ? Tu crois qu'il était ouvert à la discussion, Newman – lui ou le prochain tordu dans son genre ?

– Ce n'est pas le débat de ce soir, a tranché Stephen d'un ton sans appel. Il est tard et il faut que je ramène Rory avant que quelqu'un s'aperçoive de son absence. On réglera nos soucis de procédure une autre fois.

Je leur ai dit au revoir. On s'est à nouveau serrés longuement dans les bras avec Callum et Boo pendant que

Stephen attendait devant la porte, clés en main. Puis retour dans la voiture, en route pour Wexford.

– Alors il se passe quoi maintenant ? ai-je demandé.

– Tu continues ta vie, a-t-il répondu. Tu retournes en cours.

J'ai tapoté sur le carreau du bout des doigts.

– Tu veux dire que si quelque chose se produisait, un truc grave, comme avec l'Éventreur, personne ne me forcerait à le traquer ?

– Il n'y a plus d'Éventreur. Newman est mort.

– Mais un problème du même genre ?

– Il y a peu de chance pour que ça se reproduise, mais dans l'idée, c'est ça : personne ne t'obligerait à rien.

– Excepté Thorpe, ai-je nuancé. Lui, il m'y obligerait.

– Te préoccupe pas de lui. Il a vu ce qu'il avait besoin de voir.

– Il a rien vu *du tout*, ai-je fait remarquer.

– Si, il a vu ta réaction. C'était pas du cinéma. Il le sait. N'importe comment, Thorpe, c'est mon problème, pas le tien. Je ne sais pas d'où tu tiens ce nouveau don mais au final… à toi de voir ce que t'en fais. La décision n'appartient qu'à toi.

– Thorpe pourrait te rendre la vie infernale.

– Pour ça il faudrait qu'elle ne le soit pas déjà, a-t-il répliqué avec un semblant de sourire.

Je crois qu'il disait ça pour rire. Difficile de savoir avec lui.

On était presque arrivés à Wexford quand il s'est arrêté à un feu rouge devant un pub qui continuait à proposer des spécialités Jack l'Éventreur, exemple : deux Bloody Mary (son « cocktail de prédilection ») pour le prix d'un. Tout ça n'était qu'une blague à présent. Des personnes avaient été tuées et tout le monde s'en fichait. C'était comme ça avec Jack l'Éventreur, mais maintenant il était mort, alors c'était drôle de boire des Bloody Mary et de se faire prendre en photo étendu par terre sur les lieux du crime.

– Au fait… l'affaire de l'Éventreur, ai-je fait. Comment ça s'est soldé ?

– C'est-à-dire ?

– Comment ils ont réussi à étouffer toute l'histoire ?

– C'était pas très difficile. Personne à part nous n'a vu ce qui s'était *réellement* passé. Tu es la seule à avoir assisté au dénouement final.

– Mais comment est-ce qu'ils ont justifié les toilettes en ruine ?

– Ils ont présumé qu'une dispute avait eu lieu – une violente bagarre. Sans doute que l'agresseur avait cassé les miroirs et la fenêtre.

– Mais aux infos ils ont dit que la police était partie à sa poursuite, ai-je objecté. Qu'ils avaient repêché un corps.

– Simple mise en scène. Des patrouilles ont été envoyées à la recherche d'un individu suspect.

– Et le cadavre ?

– Un inconnu sorti de la morgue. Ils lui ont donné une identité et une histoire. Les consignes sont venues de très haut. La plupart des intéressés croyaient réellement prendre part à une chasse à l'homme.

– Mais si jamais quelqu'un tente d'écrire un papier sur lui ?

– C'est prévu, a assuré Stephen. L'histoire dit que c'était un simple marginal, un type qui vivait dans la rue. Pas de voisin. Aucun parent encore en vie. Personne à interviewer. Un pauvre malheureux mentalement dérangé, point.

– Et les séquences filmées par les caméras de surveillance sur lesquelles aucun suspect n'apparaissait ?

– Toutes truquées. Ça a été prouvé.

– Mais c'est faux.

– Eh bien désormais… *c'est vrai*. C'étaient des trucages.

– Et la fissure dans le sol ? ai-je persisté.

– Quelle fissure ?

– Ils l'ont expliqué comment, ça ? C'est vrai, après tout : qu'une fenêtre ou un miroir soit cassé au cours d'une bagarre, passe encore, mais une fissure dans le sol, comment tu l'expliques ?

– Tu veux dire qu'elle n'y était pas avant ?

– Exactement. Elle est apparue ce soir-là. L'explosion a été violente.

– Dans ce cas on a vraiment de la chance que t'aies survécu, a soupiré Stephen.

On était arrivés à Wexford. Il s'est garé tout au bout de l'allée pavée.

– D'ici je pourrai te voir marcher jusqu'à l'entrée. En principe la porte est ouverte. On a déverrouillé le bâtiment et posté quelqu'un sur place pour s'assurer que personne n'entre avant que le système soit remis en marche. Je partirai une fois que tu seras à l'intérieur.

J'avais le sentiment qu'on aurait dû se quitter de façon un peu plus chaleureuse que ça, mais je ne savais pas trop quoi dire. Je l'avais déjà pris une fois dans mes bras ce soir.

– D'accord, ai-je bredouillé en débouclant ma ceinture de sécurité. OK. Parfait. Bon alors… à un de ces jours ?

– Je reste joignable en permanence, a-t-il ajouté. En cas de besoin.

– OK. Parfait. Bon…

J'ai remonté l'allée toute seule. Comme promis, la porte d'entrée s'est ouverte, j'ai jeté un coup d'œil dans mon dos au bout de l'allée et levé la main pour lui dire une dernière fois au revoir. Lui, je ne le distinguais pas très bien, la rue où il était stationné était trop sombre. Mais sa voiture était toujours là. Je voyais ses phares, deux yeux flamboyants braqués sur moi, attendant que je rentre me mettre à l'abri.

7

— Bien, commençons, a fait Mark en éteignant les lumières de la classe le lendemain matin. John Constable, peintre romantique anglais, vécut de 1776 à 1837…

Le cours d'histoire de l'art était long : trois heures entrecoupées de deux pauses de dix minutes qui, en vrai, en comptaient plutôt quinze, mais quand même. C'était long. J'ai noté des titres de tableaux et regardé les diapositives mais j'avais la tête complètement ailleurs. Sur le quai de Charing Cross. Dans la voiture avec Stephen et à l'appartement avec Callum et Boo.

Hormis la nausée, une autre sensation m'avait envahie la nuit dernière. Comme une évidence. Une certaine excitation… peut-être ? J'ai eu l'impression d'être à nouveau comblée. Sans compter que je sentais Jerome coller sa jambe à la mienne. John Constable, peintre romantique anglais de son état, n'avait aucune chance. (En outre, je signale au passage que quand on évoque un « romantique », on est en droit de s'attendre à des anecdotes érotiques, je trouve. Mais non, en réalité « romantique » fait référence à des types en chemises bouffantes qui ont sans doute connu des tas de moments érotiques dans leur vie mais qui ont peint presque exclusivement des petites collines ou des modèles dans des postures dramatiques faisant par exemple mine d'être Ophélie noyée dans un marais. Moi, clairement, j'appelle ça de l'arnaque.)

Trois heures plus tard, on est sortis de cours, des images de ciel, de paysages humides et de spleen plein la tête. Une fois dehors, Jerome s'est balancé un peu d'un pied sur l'autre, comme s'il était en équilibre sur une surface instable.

– Quoi ? ai-je lâché de but en blanc.

– Qu'est-ce que t'as prévu de faire aujourd'hui ?

– Bosser. Enfin… je crois. Parce que je suis un peu à la traîne.

– Moi aussi j'ai des trucs prévus cette aprèm mais je me disais que… on pourrait sortir tous les deux ? Un vrai rendez-vous dans les règles. Ce soir ?

– Un rendez-vous ?

Je n'avais jamais eu de vrais rendez-vous amoureux. Il m'était arrivé d'aller dans des endroits avec des gens – des garçons – mais c'était toujours un peu… merdique, disons. Les « rendez-vous » me semblaient être un rituel qui n'existait qu'au cinéma, dans les émissions télé ou à une époque plus rétro où les jeunes filles étaient courtisées au lycée, se mariaient à l'obtention de leur diplôme et donnaient aussitôt naissance à une dizaine de bambins. Un rituel qui n'était pas destiné aux filles comme moi. Et pourtant j'étais là, mon quasi-petit ami en train de me dire qu'il voulait m'emmener faire une vraie sortie en amoureux, et moi en train de le fixer, imperturbable, comme un cheval toisant un mime qui ferait semblant d'avancer péniblement face au vent.

– D'accord, ai-je fait. Un rendez-vous.

– OK. Cool, a dit Jerome. Alors, peut-être que… on pourrait sortir ?

– Pourquoi pas.
– Tu veux aller au restaurant... au ciné ?
– D'accord.
– Qu'est-ce que tu préfères ?
– Je sais pas. N'importe.
– OK, bon, on verra sur le moment.
– D'accord.
– OK.

On s'est quittés un peu gauchement en hochant la tête.

J'avais un rancard. Un rancard. Un rancard ! J'ai répété le mot dans ma tête en appuyant mon index sur le pavé tactile et en grimpant d'un pas léger l'escalier d'Hawthorne. Le mot battait la mesure avec les grincements du bois. Un rancard... J'ai ouvert la première porte coupe-feu en respirant cette étrange odeur de moquette aseptisée qui n'existait qu'entre les portes coupe-feu... Ouvert la seconde porte... un rancard. Un rancard avec mon homme. Mon copain. Mon mec. Ou petit ami ? Peu importe. Il existait un terme pour désigner la soirée qui m'attendait et ce terme, c'était « rancard ».

Jazza était sortie, donc j'avais la chambre pour moi. Je me suis assise à mon bureau en contemplant ma pile de manuels. J'ai écouté les radiateurs siffler et émettre leur léger son métallique. Dans le couloir, j'ai entendu des filles rentrer, des portes s'ouvrir et se fermer, des bribes de conversation. Tous ces bruits et ces odeurs typiques de Wexford, et ce petit mot qui résonnait... « rancard ».

Mes rêveries ont été interrompues quand on a frappé à la porte. J'ai crié au visiteur d'entrer et Charlotte est apparue d'un pas nonchalant. Je dirais que c'est la première chose qui m'a frappée car Charlotte et la nonchalance, ça faisait deux. Charlotte allait directement d'un point A à un point B, comme un train à grande vitesse. Qu'elle se rende en cours, au réfectoire, aux toilettes, qu'elle se brosse les dents ou se passe la main dans les cheveux : elle agissait toujours d'un air décidé.

– Coucou, a-t-elle fait.

Elle s'est assise sur le lit de Jazza, a serré les genoux et posé les mains dessus. Elle a d'abord regardé ses mains, puis moi. Visiblement la discussion s'annonçait sérieuse. Je n'avais jamais eu de discussion sérieuse avec elle et je n'étais pas sûre d'être prête ou disposée à ce que ça arrive. Mais j'avais appris au moins une chose de la vie d'interne : rien n'était prévisible.

– Je sais pas si j'aurais pu revenir à ta place, a-t-elle commencé.

– Oh, eh bien… tu sais.

Prenant cette réponse vide de sens pour une remarque profonde, Charlotte a hoché la tête d'un air compatissant. J'ai commencé à me demander si elle était vraiment dans son état normal. Après tout l'Éventreur l'avait assommée à coups de lampe en pleine tête, le soir de mon agression.

– Toi, ça va ? me suis-je inquiétée.

– Mieux maintenant, a-t-elle avoué. Pendant une semaine je n'ai pas fermé l'œil de la nuit. J'étais épuisée, je pleurais beaucoup. Je faisais des crises d'angoisse. Je me mettais à trembler des pieds à la tête et mes pensées fusaient dans tous les sens. Mes parents ont envisagé de me retirer de l'école pendant un temps… Et puis j'ai fait la connaissance de cette femme épatante. Notre rencontre a tout changé.

L'espace d'un effroyable instant, j'ai cru que Charlotte allait me raconter que depuis qu'elle avait pris ces coups de lampe sur la tête elle voyait des fantômes. Ça ne m'aurait franchement pas amusée.

– C'est une thérapeute.

– Ah, ai-je fait en m'affaissant, soulagée. J'en vois une aussi. Ça ne m'a pas beaucoup aidée.

– La mienne est vraiment unique. Elle a changé ma vie. C'est entièrement grâce à elle si j'ai réussi à poursuivre le trimestre. Je me sens vraiment mieux après nos séances. Pour tout te dire, je reviens à l'instant de chez elle. Je me sens hyper bien.

Curieusement, je la croyais. Quelque chose dans son regard, sa posture décontractée, prouvait qu'elle était sereine.

– Elle est au courant pour toi et elle dit que si tu en as envie, tu peux l'appeler. Elle exerce dans le privé mais elle ne fait pas payer.

– Comment ça ?

– À mon avis, elle a une fortune personnelle. Elle ne prend que les patients adressés par des confrères et soigne les victimes de violence, en particulier. Je l'ai rencontrée par l'intermédiaire d'une amie d'Eloise.

La porte s'est ouverte et Jazza est arrivée en traînant son étui à violoncelle.

– Ah… salut, a-t-elle murmuré en voyant Charlotte assise sur son lit.

Confuse, elle s'est attardée à l'entrée de la chambre en se cramponnant à son instrument pour se protéger. Charlotte s'est levée lentement puis s'est étirée.

– Ça me fait vraiment plaisir que tu sois revenue, a-t-elle conclu. Tiens. Je voulais juste te passer sa carte au cas où tu en éprouverais le besoin.

Elle a rejeté sa crinière rousse en arrière et salué Jazza de la tête avant de s'éclipser.

– Qu'est-ce qu'elle te voulait ? s'est étonnée Jaz.

– Me refiler sa psy, ai-je répondu en lui montrant la carte de visite.

Jazza a poussé un grognement. Littéralement.

– Elle joue les grandes victimes, a-t-elle raconté. Elle doit être furieuse que tu sois revenue lui piquer la vedette.

Bizarrement, c'était réconfortant de voir que quelqu'un d'autre était traumatisé par cette agression – et bien plus que moi apparemment. Mais d'un autre côté c'était un peu agaçant aussi. Si quelqu'un avait de quoi être traumatisé, c'était moi. À moins que moi aussi je joue un rôle ? La fille tantôt écorchée vive, tantôt complètement sûre d'elle, à l'humeur aussi instable qu'une vieille lampe de vide-greniers ?

– Tu l'as pas trouvée bizarre ? Genre, détendue ?

– J'en sais rien, a-t-elle soufflé, exaspérée, en traînant son violoncelle dans la pièce pour le caler dans un coin près de sa penderie.

Jazza s'intéressait à tout le monde, sauf à Charlotte. En cause, une vieille querelle qui datait d'avant mon arrivée. Charlotte était la pleine lune qui réveillait le loup-garou en Jaz.

J'ai jeté un coup d'œil à la carte. Si cette femme avait réussi à apaiser Charlotte, à l'évidence c'est qu'elle était douée, mais au final ce n'était qu'une thérapeute de plus à qui je ne pouvais rien dire. J'ai fourré la carte dans le tiroir du haut de mon bureau.

– J'ai un rancard ce soir, ai-je annoncé. Un vrai.

– On dirait que ça te surprend.

– Non, ai-je fait en m'étendant sur mon lit. C'est juste que… un rancard : ça fait tellement sérieux, dit comme ça.

– Et ça l'est ?

– Je crois qu'on va aller au restaurant.

On allait dîner et ensuite… peut-être se bécoter pour rattraper le fiasco de la veille. Pendant quelques minutes, j'ai pris plaisir à m'imaginer ce qui pourrait se passer. J'en suis venue au moment où la main imaginaire se glissait sous mon chemisier imaginaire…

Et tombait sur ma cicatrice. Cette horrible cicatrice en dents de scie, terriblement vilaine. La main imaginaire s'écartait, horrifiée. J'ai passé ma vraie main sous le bas de mon chemisier pour voir si la balafre était aussi déplaisante à toucher qu'à voir. On la sentait bien, ça c'était sûr. Comment allait réagir mon petit ami en la voyant ? Ce petit ami étiqueté comme tel depuis peu, qui ne s'était de toute façon aventuré que timidement dans cette zone. J'ignorais dans combien de temps on allait passer au stade torses nus. Peut-être que ça n'arriverait jamais parce que maintenant, en plus des attraits habituels, on savait tous les deux ce qui se cachait là-dessous.

– Je voudrais te montrer quelque chose, ai-je lancé à Jazza, et que tu me dises franchement ce que t'en penses. D'accord ?

– Pas de problème.

– Mais *franchement*, hein.

Je me suis mise debout et j'ai soulevé mon chemisier jusque sous ma poitrine, découvrant mon ventre. Je m'étais habituée à cette grande balafre. Ça faisait forcément un choc de la voir pour la première fois, avec son côté Frankenstein, hachurée de sutures sur toute la longueur.

– C'est moche à voir, ai-je commenté en tapotant dessus, mais je sens plus rien.

– C'est pas si… moche. Pas tant que ça.

Si, c'était très moche. Je le devinais à son air peiné, ses yeux écarquillés et son ton embarrassé. Mieux valait changer de sujet.

– En réalité, j'ai vu pire, comme cicatrices, ai-je fait en rabaissant mon chemisier. Je t'ai raconté la fois où ma grand-mère s'est fait refaire les seins par un charlatan à Baton Rouge il y a quelques années ?

– Non ?

– Elle se les était fait refaire parce qu'elle avait un bon de réduction. *Vingt pour cent.* Un bon de réduction pour une opération de chirurgie esthétique. Elle a eu ses nouveaux nénés en promo. Ces cicatrices-là étaient pires.

C'était à moitié vrai. Ma grand-mère s'était effectivement fait refaire les seins en utilisant un bon de réduction de vingt pour cent trouvé dans un journal local. On était assez horrifiés quand on l'a découvert, mais on l'a découvert assez tard, une fois l'opération et sa convalescence de deux semaines terminées. Mais je ne crois pas qu'elle en ait gardé de vilaines cicatrices. Ça, c'était l'aspect inventé de l'histoire.

– On a l'impression que ce sont des faux, c'est sûr, ai-je continué. Ils bougent pas. Ils sont plus gros et bien droits. Chaque fois qu'elle en parle, autrement dit très souvent, elle les appelle *mon nouveau balcon*. « Mon nouveau balcon prend un peu le soleil », qu'elle dit en s'exhibant dans un petit haut décolleté.

Ça, c'était véridique.

– Ce que j'en pense, a repris Jazza en changeant de position pour se redresser, c'est que tu es très courageuse.

Et ta cicatrice est bien. Elle est pas moche. Vraiment. C'est... un trait, c'est tout.

– Mais je peux faire une croix sur ma carrière de mannequin de maillots de bain, ai-je plaisanté. Sauf si c'est pour un modèle avec des motifs de pirate. Les gens s'en fichent que tu aies une cicatrice de folie quand t'es en bikini sexy de pirate. Ce serait génial. Un petit emblème tête de mort sur chaque néné...

Jazza m'a coupée en levant la main, sans doute parce que j'utilisais un peu trop le mot « néné ».

– T'es pas obligée de tourner ça en dérision, a-t-elle dit gentiment. Tu es retournée au rez-de-chaussée ? Là où ça s'est passé ?

– Je me suis abstenue.

– Tu veux qu'on y aille maintenant ? a proposé Jazza en me tendant la main. Toi et moi, ensemble ?

Quelque chose chez Jazza Benton faisait du monde un endroit où raison et harmonie cohabitaient. Elle pouvait avoir une allure folle vêtue d'un pull-over tout bête tout en vous marmonnant quelque chose en allemand. Sa bouille joufflue et ses yeux de petit animal des bois m'avaient manqué.

Je suis descendue au rez-de-chaussée avec elle.

Les toilettes se situaient au bout du couloir, quelques portes après la salle commune. Alors même qu'on commençait à avancer dans leur direction, j'eus l'impression d'être dans un autre monde, un monde où je m'enfonçais dans un lieu silencieux, siège de mes peurs. La porte était neuve. J'avais entendu dire que l'ancienne avait été défoncée, carrément arrachée de ses gonds, lors de l'irruption de la police. Je l'ai ouverte.

La lumière était allumée. Avant, la pièce était équipée d'un interrupteur, mais désormais, elle était apparemment éclairée en permanence.

Voilà, elles étaient là. De simples toilettes. La fenêtre qui avait volé en éclats avait été remplacée, tout comme les miroirs. Il y avait aussi une légère odeur de peinture fraîche. La fissure dans le sol était toujours visible, bien qu'apparemment on eût essayé de la reboucher à l'aide d'un apprêt blanc. L'endroit où j'avais été poignardée se situait au fond, près des lavabos. Je m'en suis approchée et me suis arrêtée un instant en passant la main sur le mur. C'était là que je m'étais écroulée. J'avais glissé par terre. Je me souvenais avoir parcouru la pièce du regard en me disant que ce serait le lieu de ma mort.

Sauf que j'ai survécu.

J'ai traversé la pièce jusqu'à la cabine où j'avais vu – et accidentellement foudroyé – cette femme. J'ai poussé la porte.

Il y avait un W-C. Rien d'autre.

– Ce sont juste des toilettes, ai-je soufflé.

– Juste des toilettes, a acquiescé Jazza.

J'ai contemplé la fissure dans le sol. Elle ressemblait beaucoup à ma cicatrice. Tout comme moi, cette pièce avait été dévastée et gardait un souvenir de ce qui lui était arrivé assez semblable au mien. Mais aujourd'hui, si l'Éventreur revenait – ce que je lui déconseillais –, je le réduirais en une gigantesque boule de lumière blanche et de fumée. Un simple effleurement de ma part et ce serait réglé. Cette histoire m'avait rendue plus forte, au sens propre. Voilà le souvenir que je devais garder. J'étais plus coriace et plus mauvaise que tous les fantômes qui croisaient mon chemin. C'était la première fois que je voyais les choses sous cet angle : les revenants feraient bien de me craindre. Je n'avais jamais suscité la crainte jusqu'à ce jour.

– Tu te sens mieux ? a demandé Jazza.

– Oui, ai-je acquiescé en lui adressant le plus beau sourire dont j'étais capable compte tenu des circonstances. Je crois que oui.

8

Ce soir-là, après que Jazza fut partie à une séance d'immersion linguistique en allemand organisée dans un pub, je me suis préparée pour mon rendez-vous. Préparation qui a principalement consisté à décider de ce que j'allais porter parmi mon choix restreint de tenues assorties, et à attacher mes cheveux pour finalement les détacher.

Une fois prête (cheveux attachés et vêtue d'un jean), j'ai passé quinze minutes à regarder par la fenêtre en attendant de voir Jerome traverser le square depuis Aldshot. Je n'avais pas envie de poireauter dehors. Ça me paraissait bien plus cool d'arriver en descendant majestueusement les marches du perron comme une Scarlett O'Hara en pull-over lançant un mélodramatique : « Suis-je en retard ? » (J'avais remarqué que j'avais un truc qui jouait en ma faveur : mes amis anglais avaient l'air d'adorer ça quand j'amplifiais mon côté fille du Sud. Quiconque m'entendrait parler comme ça en Louisiane se demanderait ce qui me prend de parler subitement comme une propriétaire de plantation entourée de domestiques entrelaçant des magnolias dans ses cheveux. Mes amis anglais ne faisaient pas la différence entre le véritable accent du Sud et ses nombreuses caricatures, et moi, je trouvais ça irrésistible.)

Jerome est apparu à sept heures moins cinq, sa tête bouclée dodelinant en chemin, une écharpe négligemment nouée autour du cou. Je l'ai vu se poster au pied de la résidence mais j'ai quand même attendu encore cinq minutes.

– Bon, alors je me suis dit qu'on pourrait aller manger un bout… a-t-il annoncé en se balançant d'avant en arrière sur ses talons. Et… je sais pas. On va où tu veux.

– Où vont les gens en général ?

– J'en sais rien. Un restau, ça te dit ? T'as faim ?

– Toujours, ai-je acquiescé.

– Quel genre de cuisine ?

– N'importe. Ce qui te fait plaisir.

– Moi, tout me va, a-t-il répondu. Comme tu préfères.

– Et toi, tu as faim ?

– Oui.

Une fois établi le fait que nous avions tous les deux faim, il nous a fallu encore cinq minutes pour spécifier cette envie et opter d'un commun accord pour de la cuisine italienne, puis dix de plus pour chercher sur le téléphone de Jerome d'éventuels endroits où trouver ladite cuisine. Le restaurant sur lequel on avait jeté notre dévolu se situait près du marché de Spitalfields, le quartier où pour ainsi dire tout le monde va le samedi soir. Tous les pubs étaient pleins à craquer et les clients se déversaient dans la rue. On s'est faufilés pour contourner une bande de filles très imbibées qui gloussaient et étaient toutes coiffées de bibis semblables à de minuscules hauts-de-forme, sauf une qui arborait une voilette de mariée.

Le lieu était très petit, aménagé d'une dizaine de tables. Les petits restaurants, me suis-je rendu compte, étaient angoissants. Dans ce genre d'endroits, on vous observe. On attend quelque chose de vous. Vous devez sortir du lot en tant qu'individu, or je n'étais pas sûre de vouloir me distinguer pour l'instant. On nous a installés à une table pour deux. Quand on m'a demandé si je souhaitais un verre de vin en apéritif, j'ai éclaté de rire ; le garçon m'a simplement regardée avant de s'éloigner d'un pas nonchalant. Une petite assiette de pain a pris place entre nous et le serveur a débarrassé nos verres à vin d'un geste vif qui m'a paru un peu désobligeant.

J'avais l'intention de commander le truc le moins cher, ou presque, lequel s'est avéré être un plat de spaghettis aux boulettes de viande. Jerome a opté pour du risotto, ce qui semblait franchement plus cool. Mon plat faisait penser à ceux qu'on commande pour les enfants. Qui sait ? on allait peut-être m'apporter des crayons de couleurs avec.

– Alors ce retour ? Comment ça se passe pour l'instant ? a questionné Jerome.

– Bien.

– Vraiment ?

– Oui, ai-je assuré. Enfin, je me suis pas encore vraiment remise au boulot alors bon... on verra.

Bien qu'on se soit parlé tous les jours, je n'avais jamais confié à Jerome que je ne faisais aucun des devoirs que m'envoyait le lycée. On n'abordait jamais ce sujet. À croire que mes études, ou en l'occurrence mon laisser-aller, était un sujet tabou et obscène chez moi, par opposition aux conversations mièvres ou parfois un peu crues qu'on avait. C'était mon secret honteux à moi.

– Et toi, quoi de neuf ? ai-je enchaîné.

– Les inscriptions pour Oxford et Cambridge se clôturaient en octobre. Je n'ai pas postulé. Pour Bristol et Durham, on a jusqu'à fin janvier mais... j'ai envie de m'accorder une année pour essayer de monter ma petite affaire, on verra bien si ça marche.

– Quel genre d'affaire ?

– Des excursions, a-t-il précisé. J'ai commencé à organiser des circuits Jack l'Éventreur quand t'étais partie. Je ne voulais pas t'en parler parce que… enfin bref, je n'ai pas parlé de toi. Il y avait tout le temps plein de curieux autour du lycée. Ils voulaient visiter le quartier, alors…

– Je comprends, l'ai-je rassuré.

Et j'étais sincère. L'affaire de l'Éventreur le passionnait depuis le début.

– Je me dis qu'avant d'entrer à la fac, a-t-il poursuivi, je pourrais rester à Londres et travailler pendant un an en indépendant en organisant des visites de la ville. Mon oncle est prêt à me loger dans la chambre d'amis de sa maison d'Islington. Je pourrais gagner largement de quoi payer les frais d'université. Ce n'est pas l'année sabbatique la plus excitante qui soit mais ça m'évitera de me retrouver sur la paille… Et toi, des projets ?

– Je vais rentrer chez moi, j'imagine… et je…

À cet instant, j'ai été interrompue par l'arrivée d'une assiette qui contenait des spaghettis très fins et trois boulettes d'une grosseur suggestive.

Les dossiers d'inscription en fac. J'étais censée commencer à les retirer. Censée avoir passé le test d'entrée à l'université dans un centre d'examen à distance au mois de novembre. Censée commencer à solliciter des lettres de recommandation auprès de mes professeurs. Beaucoup de choses s'étaient passées en mon absence. Le gouffre béant baptisé « mon avenir » s'était ouvert davantage.

Si ça se trouve j'allais rentrer en Louisiane et tout simplement redoubler. Ou bien travailler à l'épicerie de Miss Gina et suivre l'exemple de Jerome en mettant des sous de côté pendant un an. Ou alors j'allais me réintégrer dans ce patchwork déjanté qu'était Bénouville et ne jamais plus en repartir. Après tout, cette ville était un marécage. Et les marécages, c'est bien connu, ça engloutit les gens.

– Pour l'instant je crois que je vais improviser un peu, ai-je résumé en jouant avec mes spaghettis.

Le serveur nous tournait autour, changeant notre corbeille de pain de place et s'attardant à notre table sans raison ou pour s'enquérir toutes les cinq minutes de notre degré de satisfaction alors qu'on avait la bouche pleine. Si c'était ça un rendez-vous amoureux, je trouvais ça un peu bizarre. J'avais le sentiment qu'on épiait tous mes faits et gestes. Je crois que Jerome était aussi mal à l'aise que moi, alors on a sauté le dessert, réglé la note et décidé d'aller se promener sur la place du marché. Ensuite, main dans la main, on a traversé les rues bondées en décrivant de grandes boucles. Jerome me racontait des choses qui se passaient au sein de sa résidence et c'était chouette de simplement écouter, ça me changeait un peu.

On est rentrés par le chemin le plus long en remontant Bishopsgate Street parmi les foules de gens qui entraient et sortaient de la gare de Liverpool Street. Puis on a bifurqué sur Artillery Lane, une petite rue très étroite comme dans les romans de Dickens, qui longeait le campus de Wexford. Il n'y avait pas un chat à l'horizon et on ne pouvait pour ainsi dire pas être plus près du lycée sans pour autant être à nouveau dans son enceinte. On s'est tous les deux arrêtés dans un coin en retrait à deux pas d'une des résidences, un renfoncement donnant sur la ruelle où ils rangeaient les bennes à ordures. Les ruelles qui servent à entreposer les poubelles, c'est bien aussi comme endroit pour s'embrasser. Je veux dire, on parle toujours du sommet de la tour Eiffel et de plages tropicales au coucher de soleil, mais à mon sens ces sites-là ont quelque chose de contraignant, comme s'ils exigeaient quelque chose de votre part en échange. Ça fait juste *trop*, comme toile de fond. Une allée de poubelles londonienne mal éclairée, ça, c'est de l'intimité, et ça vous juge pas. Elles doivent être contentes, ces allées, qu'on vienne s'y embrasser car elles assistent sûrement à des scènes bien plus sordides tous les soirs. En témoignaient les bouteilles de vodka vides, le tee-shirt abandonné et la basket toute seule, entassés dans un recoin encore plus sombre.

Je me suis adossée contre le mur en sentant la fraîcheur des briques me frôler la nuque. Jerome a repoussé mes cheveux en arrière car le vent s'était un peu levé et m'avait glissé quelques mèches dans la bouche. (Ah, les cheveux et la bouche : une passion de longue date. Les cheveux visent toujours la bouche. Il suffit qu'on l'ouvre pour que les cheveux s'écrient « Vite, les gars ! À l'eau ! » comme des spéléo-plongeurs survoltés.)

– T'es bien… là ? a soufflé timidement Jerome.

Il parlait de cette voix cajoleuse universelle très grave, un peu voilée.

– Hein ? ai-je fait, sexy que je suis.

– Ce qui se passe, là… a-t-il murmuré. Tu es… d'accord ?

– Ah, ça. Oui. Non. Enfin, si, pas de problème. Tout va bien. Continue.

Là ça devenait tordu. Ne vous faites jamais agresser : toutes les situations vous paraissent tordues, après.

Lentement, il s'est penché, et je me suis retrouvée tiraillée entre deux émotions très contradictoires. D'un côté, les bouffées de chaleur, l'excitation diffuse, les picotements. De l'autre, le sentiment brutal que le fait d'embrasser quelqu'un est un acte un peu bizarre. Les yeux se ferment à moitié. La bouche s'arrondit en O. On entrevoit l'intérieur des lèvres de son partenaire quand il les plisse en vue d'un baiser.

Il s'est figé à deux centimètres de mon visage.

– T'as pas l'air bien.

– Mais si, ai-je insisté. Je t'assure. Viens là.

Je l'ai attiré contre moi pour coller sa bouche contre la mienne. Je crois que la vigueur du geste lui a plu, quoique, j'y suis peut-être allée un peu fort car j'ai senti nos dents s'entrechoquer dans un délicat tintement. Au bout de quelques instants, j'ai commencé à me détendre et puis j'ai fermé complètement les yeux, glissant la main dans ses cheveux, absorbée par la chaleur diffuse de cette étreinte. Tout se passait à merveille jusqu'à ce que deux garçons d'Aldshot passent par là et se mettent à ricaner, et qu'ensuite l'un d'eux nous interrompe pour signaler à Jerome que la poignée de sa porte était cassée.

– Je crois qu'on ferait mieux de rentrer, a-t-il soupiré.

Sur le chemin de Wexford, on est passés devant le pub du coin, le *Royal Gunpowder.* Le trottoir qui bordait l'établissement était couvert de fleurs et de bougies plantées dans des bouteilles de vin.

– C'est quoi, tout ça ? ai-je demandé.

– Ah oui. C'est vrai. C'est arrivé après ton départ.

– Quoi donc ?

– Un des employés a assassiné le gérant.

– Un meurtre a eu lieu près du lycée ?

– Rien à voir avec les précédents. Le type mis en cause était un ancien toxico. Les journalistes en ont fait tout un plat à cause de l'affaire de l'Éventreur et des circonstances de l'époque, mais bon, ce sont des choses qui arrivent.

« Des choses qui arrivent » n'est sans doute pas la formule la plus appropriée pour parler d'un meurtre, mais je comprenais ce qu'il voulait dire et essayait de faire. Qu'un meurtre ait eu lieu au coin de la rue, c'était curieux et fâcheux. Julia avait évoqué l'hypothèse qu'en entendant parler d'autres faits de violence aux informations, il se pourrait que je fasse des rapprochements ou que des mauvais souvenirs ressurgissent. Mais je comprenais : ce sont des choses qui arrivent, c'est vrai. Des choses tragiques, mais parfois sans rapport entre elles. J'étais zen à ce sujet.

Enfin je crois. Je me suis peut-être éloignée un peu hâtivement, mais sinon, j'étais zen.

On aurait pu rester un petit peu dehors ; ce n'était pas encore l'heure du couvre-feu. Seulement j'avais le sentiment que la soirée était terminée. Aller au restaurant, bavarder : tout ça m'avait épuisée. Le baiser était agréable pour ce qu'il avait duré mais on avait un peu ramé pour s'y mettre. Et pour clore la soirée, on était passés devant une scène de crime. Bref, il était grand temps pour Rory d'aller au dodo.

On a échangé un petit bisou rapide devant Hawthorne, pas à pleine bouche mais ça a suffi à attirer l'attention de tous ceux qui se trouvaient dans les parages. C'était un baiser officiel. Après quoi je suis remontée dans ma chambre par l'escalier grinçant. Jazza n'était pas encore rentrée de ses réjouissances germaniques, donc j'avais la chambre pour moi au moins pour un petit moment. J'ai enfilé mon pyjama et me suis glissée bien au chaud dans mon lit.

Pourquoi cette soirée avait-elle été aussi bizarre ?

Un sentiment très désagréable me travaillait : je ne savais pas trop *pourquoi* Jerome me plaisait, en dehors du fait que moi je lui plaisais. Et qu'il était anglais. Et mignon. Plutôt mignon ? Qu'est-ce qu'il avait de « mignon » en fait ?

Sa tête était un peu grosse.

Non mais *d'où* est-ce que je sortais une idée pareille ? Selon quel critère est-ce que je me permettais de juger ? Sa tête était très bien comme ça. Quelle importance, la beauté, de toute façon ? J'aimais bien qu'on s'embrasse. Et aussi le fait qu'on formait un couple et que ça se savait à Wexford. Dans l'ensemble, toute cette histoire avec lui me plaisait.

C'était peut-être ça, le principe d'une relation amoureuse.

Je cogitais trop. Mes séances avec Julia ne m'avaient pas apporté grand-chose, mais elle m'avait prévenue que j'aurais peut-être des réactions étranges dans des « situations intimes sur le plan affectif et physique ». Les choses me paraîtraient peut-être bizarres à première vue. Tout compte fait, je me débrouillais bien. (Il faut dire qu'à l'évidence j'avais été extrêmement attentive à ce que Julia disait. Elle m'avait bien cernée.)

Je me suis relevée et traînée bruyamment chez mes voisines. Gaenor et Angela étaient là. Ces deux-là étaient de loin les filles les plus bruyantes du palier, voire de la résidence. Et de la planète, peut-être. Ça ne les dérangeait jamais que je débarque dans leur chambre pour papoter un peu. Voilà comment j'allais chasser mes idées noires : en faisant comme tout le monde.

Me fondre dans la masse, voilà. C'est tout ce que j'avais à faire.

9

À mon réveil le dimanche, Jazza était partie. En même temps je m'étais réveillée à midi.

Chez moi, je me réveillais tout le temps à midi le week-end, mais à Wexford, ça ne m'était encore jamais arrivé. À moins d'être malade, personne ne se levait à midi ici. Ça avait un côté effroyablement décadent. J'avais l'impression d'être une dévergondée, comme si je devais me balader dans le lycée affublée de l'affreuse robe de chambre en polyester et soie que ma grand-mère m'avait offerte pour mon anniversaire. En gros, quelles que soient les tenues que porte la star Disney du moment, ma grand-mère les porte aussi, et elle a tendance à m'acheter des articles ; parmi lesquels ladite robe de chambre en soie, des pyjamas à base de shorty et débardeur, des bodys en dentelle transparents et des bas résille. Je n'avais pas emporté cette robe de chambre à Wexford car, à mon sens, ces braves Anglais n'avaient pas vraiment besoin d'avoir le contour en polyester et soie de mes cuisses sous le nez quand je déambulais dans les couloirs le matin.

De plus, encore une fois, je me suis rendu compte que j'étais seule. Avant, j'entends : à une époque qui me paraît à des années-lumière et très différente d'aujourd'hui, je n'avais jamais le sentiment d'avoir la moindre intimité ici. Il y avait toujours quelqu'un d'autre dans la chambre. Jazza, bien souvent, et surtout Boo qui me suivait partout comme mon ombre. Mais désormais Jazza s'absentait souvent. Après tout, on était à une semaine des examens et son agenda était rempli de groupes d'étude et de répétitions. La chambre 27 était donc tout à moi. Elle était grande, déserte et froide. J'ai enfilé ma polaire, qui me faisait office de peignoir, mon blouson et mon plaid.

En remontant le couloir, j'ai été surprise par le calme qui régnait. Quelques élèves avaient leur porte entrebâillée et, en jetant un coup d'œil à l'intérieur, j'ai vu qu'elles étaient plongées dans leurs révisions, penchées sur des ordinateurs et des livres. J'étais la seule qui errait tranquillement dans le couloir, réveillée depuis peu. Je me suis douchée et habillée et j'ai essayé de prendre petit à petit le rythme imposé par mes camarades. J'ai laissé ma porte légèrement entrouverte et me suis installée à mon bureau. (La porte entrouverte était une invitation à entrer, et en outre, quelque chose me disait que j'avais plus de chances de m'y mettre sérieusement si tout le monde pouvait me voir.)

Et effectivement, je m'y suis mise. J'ai lu un peu. Effectué deux trois exercices de français. Résolu quelques problèmes de maths.

J'ai fait une pause quand je me suis aperçue qu'il faisait plus sombre ; pas nuit, mais le jour offrait à présent une lumière faible, une pâle lueur que le ciel couvert n'arrangeait pas. 3 heures de l'après-midi et on avait déjà l'impression d'être à la tombée de la nuit. J'ai fait le point sur le travail accompli, feuilletant les pages lues et dénombrant les devoirs terminés. J'avais relativement bien bossé, toujours mieux que les semaines précédentes, mais j'étais encore très, très loin du compte.

Il m'est alors venu à l'esprit, de façon claire et nette, que j'allais me planter sur toute la ligne. J'avais déjà eu cette angoisse. Il m'était même arrivé de l'exprimer tout haut. Mais je n'avais jamais vraiment vécu, senti, goûté la défaite.

L'échec, le vrai, c'était *ça*. Faire tout son possible tout en sachant pourtant que ça n'allait tout simplement pas suffire.

J'ai fermé brusquement ma porte pour paniquer seule.

Qu'est-ce que je fichais ici, au juste ? On m'avait fait revenir et maintenant, quoi ? qu'est-ce qu'on attendait de moi ? J'avais l'impression que ma vie ici était une énorme imposture, comme si je jouais le rôle d'une élève sans en être une. J'avais le déguisement et les accessoires mais pas vraiment ma place ici. J'avais punaisé des notes sur le stupide renfoncement en liège de mon bureau et surligné des choses… Mais tout ça était complètement absurde.

Pendant environ une heure, j'ai eu une envie dingue d'attraper mon sac, d'y fourrer trois trucs et de m'enfuir par le prochain train pour Bristol. Si je me mettais en route tout de suite, je pouvais être de retour sur le canapé de mes parents dans la soirée. Je n'aurais qu'à admettre que je n'étais pas prête, que le semestre était fichu d'avance. Mes parents seraient ravis, j'en étais certaine. Pas que mon semestre soit fichu, non, mais que je sois de retour à l'abri sous leur toit. Ce serait tellement simple. Cette perspective même me mettait du baume au cœur. Il n'y avait pas de mal à jeter l'éponge. J'avais été courageuse. C'était ce que tout le monde dirait.

Pourtant… au moment même où j'ai ouvert un tiroir de la commode en cherchant ce que j'allais emporter dans ce scénario hypothétique, je me suis souvenu du problème.

Les fantômes existeraient toujours.

Mon avenir aussi.

Et je retournerai de toute façon au lycée *un jour ou l'autre*. Ça ne sert à rien de se rouler en boule sur le canapé et de refuser indéfiniment de vivre. L'existence sera toujours une succession de moments casse-pieds, restait à savoir comment j'allais l'affronter : en me recroquevillant en position fœtale ou en faisant front comme une femme adulte et fière de l'être ? Je me suis mise en position fœtale sur le lit pour y réfléchir. En fin de compte, c'était très confortable comme posture.

Il fallait que quelqu'un m'aide.

Je me suis glissée au bout du lit et j'ai tendu le bras à fond pour farfouiller dans le tiroir du haut de mon bureau et remettre la main sur cette carte de visite. Jane Quaint. La thérapeute qui avait transformé Charlotte en une Charlotte flambant neuve. Celle grâce à qui Charlotte n'avait plus peur du lycée et de la vie. Du bout de l'ongle, j'ai donné quelques pichenettes dans la carte et frotté le bord contre mon menton. Une psy, j'en avais déjà consulté une, et ça avait été un fiasco. Une perte de temps. Une vraie galère du début à la fin. Mais cette femme avait fait des miracles avec Charlotte et aujourd'hui Charlotte était complètement requinquée. Peut-être que moi aussi elle pourrait me requinquer.

Dehors, l'obscurité s'accentuait. Mon Dieu. Si sombre. Si tôt. Des pavés entiers à lire. La confusion totale dans ma tête.

Ça ne coûtait rien d'appeler.

J'allais le faire.

Maintenant. J'allais appeler maintenant.

Les téléphones anglais émettent une double tonalité que je trouve toujours curieuse et charmante, un peu comme le coassement stridulant d'une petite grenouille.

L'appel en était à son troisième *tuuu-tuuut* et je m'apprêtais à raccrocher quand une voix étonnamment grave quoique clairement féminine a répondu.

– Bonjour. Je m'appelle Rory et...

– L'élève de Wexford ? a dit la femme.

– Euh. Oui.

– Je sais qui tu es, ma chérie. Une amie de Charlotte, c'est bien ça ?

Une « amie », c'était peut-être un peu exagéré mais je n'allais pas chercher la petite bête.

– C'est bien ça, ai-je confirmé.

– Eh bien, je suis très contente que tu appelles. J'espérais bien que tu le ferais.

– Ah oui ?

– Ce n'est pas rien ce que tu as traversé. Et à ta voix, il semblerait que ce ne soit pas la grande forme.

J'ai toussoté, gênée.

– Oui, on peut le dire, ai-je admis.

– Et si tu faisais un saut ici ?

– Quoi, maintenant ?

– Pourquoi pas ? a-t-elle proposé. C'est calme, ce dimanche. Passe me voir et on bavardera tranquillement, d'accord ?

Même d'après ce bref entretien, je comprenais mieux les impressions de Charlotte. Julia était gentille, mais froide. Quand on lui parlait, elle répondait d'un ton clair et ferme. Personne ne « passait voir » Julia. On avait rendez-vous à heure fixe, à la minute près. Cette Jane me faisait plus penser à une copine. Elle m'a donné une adresse dans le quartier de Chelsea et quand je lui ai demandé près de quelle station de métro ça se situait, sa réponse a été sans appel :

– Oh, ne t'embête pas, ma chérie, saute dans un taxi. Je paierai à ton arrivée.

– Ah bon ?... Vous êtes sûre ?

– Certaine. Viens vite. J'ai du temps devant moi.

Je regrettais déjà d'avoir appelé. J'avais accepté de rencontrer cette inconnue et maintenant j'étais obligée d'y aller. Elle allait même payer mon taxi, ce que je trouvais… drôlement curieux. Mais en Angleterre, tout ce qui avait trait à la santé était différent. Enfin voilà, c'était fait. J'avais appelé cette dame et maintenant il fallait que j'aille la voir. Je me suis dit que c'était toujours mieux que de rester là à tergiverser.

Pendant que mon taxi serpentait à travers la ville, il s'est mis à tomber des cordes. Chelsea se situait à l'ouest de Londres, très, très loin de Wexford. Et Londres est une ville particulièrement sinueuse. À mon avis il n'y a pas une seule ligne droite dans toute la métropole. L'eau ruisselait sur les vitres du taxi, à tel point que je n'arrivais même pas à voir où on était. J'ai simplement aperçu le reflet de certaines enseignes et le rouge des bus. Le temps que le taxi arrive à destination, la pluie était devenue si diluvienne que je ne savais pas trop comment j'allais faire pour rejoindre la maison depuis le trottoir. Voilà pourquoi les Anglais ne sortent jamais de chez eux sans parapluie. Grosse maligne.

La course s'élevait à trente-six livres. J'ai ressenti une pointe de panique à l'annonce de cette somme astronomique à payer pour une simple traversée de la ville. Je n'avais pas autant d'argent sur moi. J'étais montée dans ce taxi sur le conseil d'une personne à l'autre bout du fil. J'ai regardé la maison sans trop savoir quoi faire ; maison qui était construite en retrait de la route et gentiment gardée par un mur de brique orné d'un portail en fer noir. Derrière ce portail est arrivée une femme équipée d'un parapluie immense. J'ai présumé qu'il s'agissait de Jane, étant donné qu'elle s'est dirigée droit vers la fenêtre avant du véhicule. Alors qu'elle parlait au chauffeur et lui réglait la course, j'ai entendu sa voix. C'était bien elle.

Jane Quaint paraissait avoir la soixantaine. Ses cheveux d'un roux orangé criard contrastaient vivement avec l'extrême pâleur et délicatesse de sa peau. C'était forcément une teinture : hormis dans certains fruits et chez certains oiseaux tropicaux, cette nuance d'orange vif est peu répandue dans la nature. La tenue qu'elle portait consistait en une superposition de couches de laine grise raffinée qui plissaient et s'enroulaient autour d'elle dans au moins cinq directions différentes. Je n'arrivais pas à déterminer si c'était un châle, un tricot ou une robe. C'était bouffant jusqu'aux genoux et semblait ensuite former un pantalon. L'ensemble était attaché sur son épaule droite par une grande épingle en argent de la forme d'une flèche torsadée.

J'ai ouvert ma portière avec précaution tandis que Jane tendait le bras pour me faire une place sous son parapluie.

– Quel temps *épouvantable*, a-t-elle pesté. Rentrons vite nous mettre au sec.

Le portail entourait une petite esplanade pavée de brique, agrémentée de quelques arbustes en pot. La maison était immense au regard des critères londoniens, ça ne faisait pas de doute : trois étages de haut, trois grandes fenêtres en façade. Un impressionnant pavillon en brique orné d'un portique d'entrée.

Jane a déposé son parapluie dans un porte-parapluie dans le vaste vestibule de l'entrée où il faisait assez sombre.

Il était tapissé d'un papier peint noir somptueux rehaussé d'un motif éventail récurrent au coloris or métallisé. Dans l'ensemble, toutes les décorations étaient dans des teintes sombres, principalement du noir avec des touches dorées. Mon regard s'est posé sur un léopard grandeur nature dans un coin, couleur argenté et noir.

– Je suis restée très attachée à mes goûts de jeunesse, a-t-elle expliqué. J'étais un peu branchée rock'n'roll à l'époque. Quand cette phase m'est passée, je me suis lancée dans la psychologie. Mais je n'ai pas touché à la déco. Quand on garde les choses, j'ai constaté qu'elles finissaient souvent par revenir à la mode.

– J'aime bien, ai-je répondu.

– Merci, c'est gentil. Une de mes amies décrit ça comme une maison close de l'époque victorienne sur la planète Mars. J'ai toujours trouvé cette description assez plaisante. Viens donc dans la cuisine. On a bien mérité une tasse de thé.

Il faisait très bon dans la maison, ce que j'appréciais. Et encore meilleur dans la cuisine, qui était immense. Pas de noir dans cette pièce-là. Contrairement à la déco très marquée de l'entrée, la cuisine était d'un vert pimpant, pourvue d'une grande table et d'une vaste exposition d'assiettes aux murs. Jane s'est affairée avec la théière pendant que je prenais place sur un tabouret et essayais de trouver de quelle façon aborder l'aspect le plus gênant de toute cette affaire. Je me suis finalement décidée à poser simplement la question.

– À propos de vos honoraires, Charlotte a dit que…

– Je ne facture pas, a coupé Jane. Je suis une femme financièrement indépendante et j'exerce ce métier par vocation. Quand on peut se permettre de rendre service à la société, il faut le faire. C'est mon avis. Bien. Thé ou café ?

– Café, si possible ?

– Je t'apporte ça. Ah, et tiens...

Elle a indiqué le plan de travail sous la fenêtre sur lequel se trouvaient plusieurs Tupperware pleins de ce qui ressemblaient à des viennoiseries. Des montagnes de viennoiseries.

– Une de mes patientes est boulangère, a-t-elle expliqué. Je n'accepte pas l'argent mais certaines personnes m'apportent des choses, des petits cadeaux. Elle veille toujours à ce que mon stock de viennoiseries soit toujours bien fourni. J'espère que tu ne fais pas partie de ces filles qui ne mangent rien.

– Oh non. Ça, pour manger, je mange.

– Ravie de l'entendre. Ce n'est pas pour rien qu'on appelle ça des petites douceurs. Je ne dis pas qu'il faut en manger tous les jours, mais c'est vrai que certains aliments procurent un peu de douceur, de réconfort. Et si tu passes une mauvaise journée, un brownie est peut-être pile (ou exactement ?) ce qu'il te faut. Fais-toi donc plaisir, un peu de sucre te remontera le moral.

Elle m'a tendu un brownie présenté sur une magnifique petite assiette en porcelaine à motif chinois dans les tons roses et blancs.

– Goûte-moi ça, a-t-elle conseillé. Angela est plutôt douée. Elle utilise toutes sortes d'ingrédients exotiques dans ses pâtisseries : curry en poudre, thé, piments, herbes aromatiques. Des choses qu'on ne penserait jamais à associer avec des préparations sucrées. Elle a un talent remarquable dans ce domaine. Je crois qu'elle va passer à la télé dans une émission de cuisine... Faudra que je pense à regarder ça.

Elle a garni un plateau avec de quoi préparer thé et café – du vrai thé en feuilles pour elle et une jolie cafetière à piston monodose pour moi.

– Voilà, a-t-elle dit gaiement en soulevant le plateau. Suis-moi. Tiens, tu veux bien m'ouvrir la porte ?

Elle m'a conduite vers une porte à deux battants. Cette pièce-là était dans les tons blancs et argentés, complètement dépouillée. Il y avait un tapis blanc moelleux, des fauteuils en cuir blanc, un canapé blanc. Ici les murs étaient nus, exception faite de quelques diplômes ; on pouvait y distinguer les noms d'Oxford University et King's College. À une des extrémités du tapis se tenait un fauteuil ballon gris satiné semblable à un cocon géant dans lequel on pouvait grimper. Un cocon : voilà exactement ce dont j'avais envie à cet instant.

– Vas-y, a soufflé Jane en indiquant de la tête le fauteuil en question. Les gens adorent s'y installer.

Elle a pris place sur le canapé et s'est servi une tasse de thé.

– Bien, a-t-elle commencé, voilà ce que je te propose : je vais te dire ce que je sais de toi et tu me raconteras le reste si tu en as envie. Alors tu t'appelles donc Aurora, Rory pour certains, et tu as été harcelée et poignardée par l'Éventreur.

– C'est ça, ai-je acquiescé.

– Et les gens te posent tout le temps plein de questions sur ce que tu ressens, j'imagine. Sûrement... à mon avis, ça te met mal à l'aise. Mais à te voir, tu m'as l'air d'être une jeune femme tenace.

– Vraiment ?

– Eh bien, tu es retournée au lycée, où j'ai entendu dire – au cours d'une conversation tout ce qu'il y a d'ordinaire

– que tu avais l'air de bien surmonter tout ça. Charlotte pense beaucoup de bien de toi.

– Ah bon ?

– Absolument.

J'ai repris une grosse bouchée de brownie.

– Le truc, c'est que… j'ai déjà suivi une thérapie et je n'ai pas vraiment… Je n'aime pas trop parler de l'agression.

– Ça se comprend. Mais tu sais sans doute que, souvent, le meilleur moyen de régler un problème, c'est d'en parler ?

– Je sais bien. Mais… j'y arrive pas.

Julia se serait accrochée à cette idée pour la creuser et décortiquer peu à peu mon âme. Mais Jane, elle, s'est contentée de hausser les épaules en retirant ses chaussures et de replier ses pieds sous elle.

– Certaines personnes veulent raconter ce qui leur est arrivé pour l'analyser petit à petit. D'autres, pas. Si on discutait simplement de comment ça se passe depuis ton retour ? On peut parler de ce que tu veux. Par exemple, pourquoi m'as-tu appelée aujourd'hui ?

– J'étais en train de faire des devoirs et d'étudier, ai-je soupiré. Et puis je me suis rendu compte que j'étais morte.

– Morte, c'est peut-être un peu fort.

– Non, je crois pas.

– Tu veux en parler ?

C'est ce que j'ai fait. Je lui ai parlé du lycée et de tous ces devoirs que je recevais à Bristol mais auxquels je ne touchais jamais. Du fait que j'avais laissé mes livres s'entasser et que ça m'avait laissée indifférente pendant un temps jusqu'à ce que du jour au lendemain ce soit tout le contraire. Je lui ai parlé de ma peur de prendre du retard et de manière générale de ne pas avoir ma place à Wexford.

Or si je prenais du retard au lycée, je ne trouverai jamais ma place dans la société, et en ce moment mon avenir me paraissait vraiment flou, comme si je conduisais sous une grosse averse : j'étais peut-être sur la bonne voie mais il était plus probable que je sois en train de foncer dans un mur.

Je lui ai dit que j'avais le mal du pays mais aucunement envie de rentrer. Que j'étais tout excitée d'avoir un petit copain mais que parfois je ne savais même plus pourquoi il me plaisait.

Mon Dieu, ce que je parlais ! Même moi je trouvais que je parlais beaucoup. Je comprenais mieux maintenant quand Charlotte disait qu'on se sentait bien avec Jane : on pouvait parler de tout avec elle, ça se voyait. Sans compter qu'elle ne vérifiait pas l'heure sur une pendule, elle. Elle écoutait, tout simplement. Elle n'essayait pas de m'orienter dans une voie ou sur un sujet. Le seul moment où elle m'a interrompue, c'est quand j'ai dit : « J'aimerais tellement être normale. »

– Je vais te dire une chose... a déclaré Jane en se penchant et remuant la tasse de thé qu'elle avait finie depuis longtemps. La normalité, ça n'existe pas. Je n'ai jamais rencontré quelqu'un de *normal*. C'est un concept défectueux. Cela implique qu'il n'existe qu'une façon d'être fondamentale à laquelle les gens sont censés *se conformer*, et ça, ce n'est pas possible. L'expérience humaine est bien trop riche.

– Pourtant j'en connais, moi, des personnes normales, ai-je rétorqué. Je vous assure.

– Tu connais des personnes qui se débrouillent bien dans la vie, mais parmi ces personnes qui font preuve de la plus grande habileté, crois-moi, certaines sont loin d'être ce que la plupart des gens qualifieraient de *normales*. Alors la normalité, moi, je ne m'en préoccupe pas. En revanche, ce que je constate, c'est qu'il existe deux types de personnes sur terre : celles qui ont vu la mort de près… et les autres. Celles qui survivent, comme nous…

– *Nous ?*

– Oh, oui, a-t-elle confirmé en hochant la tête. Je suis comme toi. J'ai frôlé la mort moi aussi. C'est pour cette raison que je suis ici. Que j'exerce ce métier. Parce que je *sais*.

Elle s'est réinstallée un peu dans le canapé et a rajusté les plis de son indéchiffrable tenue.

– Là où j'ai grandi, dans le Yorkshire, il y avait un homme qui habitait en bas de notre rue et qui tenait un atelier de réparation de téléviseurs. Je ne l'ai jamais aimé. J'avais toujours l'impression qu'il me regardait bizarrement quand je passais devant chez lui. Je n'ai jamais vraiment pensé qu'il y avait un truc louche chez lui, simplement, sa façon de me regarder me mettait mal à l'aise. Un soir, à peu près à cette époque de l'année, il était tard et je rentrais à pied de chez une amie. J'ai pris un raccourci à travers champs. Ce genre de choses ne me faisait pas peur. Notre village avait toujours été tranquille, sans histoires. Et puis soudain je me suis rendu compte que je n'étais pas seule. L'homme marchait derrière moi. Je lui ai demandé ce qu'il faisait là. Il a répondu qu'il m'avait vue et suivie car il voulait s'assurer que je rentre chez moi en toute sécurité. Et là, je crois que j'ai su. J'ai tout de suite compris que si quelqu'un te suit à quelques mètres de distance, c'est généralement mauvais signe. Ça tient de notre instinct animal. Quand je l'ai entendu allonger le pas, j'ai pris la fuite. Il y avait des bois à la lisière du champ où nous nous trouvions, je m'y suis engouffrée. Mais il m'a poursuivie. Je vais te dire, il ne s'attendait pas à ce que je me défende comme je l'ai fait. Il y avait une grosse branche d'arbre qui était tombée par terre, je l'ai ramassée et lui ai flanqué un bon coup bien comme il faut. Je m'en souviendrai toujours car la lune brillait cette nuit-là et j'étais là à rouer un homme de coups avec une branche d'arbre et une force dont je ne soupçonnais même pas l'existence. J'ai bien failli avoir le dessus, d'ailleurs. Mais il a réussi à m'arracher la branche des mains. Je me suis enfuie en me mettant à hurler. Les autres maisons étaient assez loin mais je pense que mes cris ont dû porter de l'autre côté de ces champs. En tout cas les moutons, eux, ont sûrement eu une belle frayeur.

Le temps s'écoulait de façon très étrange. J'étais totalement absorbée dans son récit. J'avais l'impression d'y être. Je savais ce qu'elle avait ressenti en courant dans ce champ au clair de lune.

– On peut dire qu'il ne m'a pas ratée, a-t-elle poursuivi. Il m'a frappée en pleine tête à l'arrière du crâne. Ça m'a complètement étourdie. Je crois qu'à ce moment-là il a paniqué car il n'arrêtait pas de jurer et de chercher son souffle. Il m'a traînée à travers le champ dans la boue et les crottins, puis il m'a redonné un grand coup et fait rouler dans cette petite mare où les animaux s'abreuvaient. Elle faisait tout au plus un mètre de profondeur, mais ça suffisait pour se noyer. Je suis restée inconsciente pendant quelques instants, je crois, mais une petite voix au fond de moi me répétait : « Ne t'endors pas. » Et je l'ai écoutée. J'ai lutté pour ne pas sombrer. J'étais bonne nageuse et je savais flotter en faisant la planche, alors c'est ce que j'ai fait. Je lui ai fait croire que j'étais morte. Il est parti en courant, épouvanté, et je suis ressortie de la mare en m'écroulant dans l'herbe, j'ai contemplé le ciel et... tout avait changé. Après, j'ai eu l'impression d'avoir deux vies. D'un côté il y avait la fille que j'avais été avant l'agression, celle que les gens connaissaient et dont ils voulaient se rapprocher. Celle qu'ils souhaitaient réconforter et apaiser. Et puis il y avait l'autre, cette part de moi cachée que personne ne voyait jamais. Cette fille qui avait frôlé la mort. Cette fille-là savait des choses que les autres ignoraient. Tu connais ce sentiment ?

J'ai bien été obligée d'acquiescer. Je ressentais un léger élancement à la tête... Il fallait que je rentre. Il commençait à se faire tard.

– Je vais devoir partir. Je... me sens mieux maintenant.

– Tant mieux, je suis contente, a souri Jane.

Elle m'a raccompagnée à la porte. La pluie s'était transformée en un léger crachin, et le ciel était sombre et brillant. Les réverbères luisaient et répandaient leur lumière. Londres était une ville magnifique, vraiment. Et ça sentait si bon après la pluie.

– J'aimerais qu'on se revoie, a-t-elle ajouté. J'ai un principe : une fois que j'ai accepté quelqu'un comme patient, je me rends disponible pour lui. N'hésite jamais à venir ici quand ça ne va pas.

– Merci.

– Je suis sérieuse. J'espère bien te revoir. Prends un taxi pour rentrer.

Elle m'a glissé deux billets de vingt livres dans la main.

– Je ne peux pas accepter, ai-je protesté. Vous n'êtes pas obligée.

– Je sais bien, Rory. Mais j'y tiens, a-t-elle insisté en posant une main sur mon épaule. Une dernière chose : après mon agression, j'ai complètement changé, mais dans le bon sens. Je suis partie de chez moi. Je me suis installée à Londres. J'ai fait ce dont je rêvais. Rencontré des stars du rock. Plein de gens formidables. J'ai vécu une vie merveilleuse. Et tout ça parce que cette nuit-là, dans ce champ, j'ai vécu une expérience très puissante. Je l'ai senti dans mes tripes. J'ai survécu. Tout comme toi. Ce que la plupart des gens ne te diront ou ne comprendront peut-être jamais, c'est que ce qui nous est arrivé peut avoir une conséquence très positive : ça peut nous rendre forts.

Il s'est produit une chose très curieuse pendant que je m'éloignais de la maison de Jane : j'ai enfin eu les idées *claires*. Je comprenais mieux ce que voulait dire Charlotte. Jane savait redonner le sourire aux gens. Maintenant que j'avais discuté sérieusement d'une partie de mes problèmes, j'avais déblayé la poussière et les bêtises qui m'encombraient l'esprit et je pouvais réfléchir pour une fois. Ça sentait la pluie, une odeur très ferreuse. Le froid m'a réveillée mais en douceur. J'ai ri en voyant la buée blanche qui s'échappait de ma bouche. On aurait dit que je soufflais des fantômes. Je n'étais pas au pays des longues autoroutes en ligne droite, des centres commerciaux et des étés humides et chauds, interminables. J'étais à Londres, cité de pierre, pluvieuse et magique. Je comprenais mieux, par exemple, pourquoi ils aimaient tant le rouge ici. Les bus, les cabines téléphoniques, les boîtes aux lettres tranchaient brutalement avec la grisaille du ciel et des pavés. Le rouge était la couleur du sang et des cœurs qui battent.

Et moi j'étais forte.

10

Le lendemain matin fut le plus pluvieux que j'aie jamais vu et pourtant j'ai connu quelques ouragans dans ma vie. J'ignore s'il pleut effectivement plus en Angleterre ou si c'est simplement qu'ici on a l'impression que la pluie fait exprès de venir nous casser les pieds. Maussade, chaque goutte tombait sur la fenêtre d'un air de ronchonner : « Oups, je te dérange ? Ça te donne froid, toute cette eau, peut-être ? Désolée. » Le square était devenu une mare de gadoue et les pavés ronds, si glissants que j'ai failli me tuer au moins six fois rien qu'en me rendant à mon premier cours de la journée.

C'était un cours de maths avancées. Ces avancées se dirigeaient vers des mathématiqueries incompréhensibles. Ensuite cours de français, où j'ai découvert que mes camarades avaient entamé la lecture d'un roman. Un roman. En français. Bien évidemment je n'avais pas commencé à le lire et pour cause : je ne l'avais pas. Alors je suis restée là, bêtement. Gaenor est venue s'asseoir à côté de moi pour me faire profiter de son exemplaire, mais ça ne m'avançait pas à grand-chose : je n'avais encore rien lu de l'histoire et, sans dictionnaire, ma vitesse de traduction était limitée. Les jours de grande forme, il m'arrive de somnoler un peu en classe, mais aujourd'hui, j'étais fatiguée, il pleuvait, et on lisait un bouquin auquel je ne comprenais rien. Les mots s'entremêlaient sur la page et le bruit de la pluie résonnait en cadence dans ma tête. Il faisait si bon dans la salle…

Je me suis réveillée quand Gaenor m'a donné un petit coup de coude dans les côtes. En périphérie de la zone de ma cicatrice, et je crois qu'elle s'en est rendu compte car elle a plaqué la main sur sa bouche. Pas grave, je n'avais rien senti. La prof avait les yeux rivés sur nous. La scène n'avait pas pu lui échapper. J'ai essayé de faire comme si de rien n'était. Si ça se trouve, mes yeux ne s'étaient jamais fermés ?

Tu parles. À qui je voulais faire croire ça ? J'étais tombée K-O, oui.

– Vous vous sentez bien ? a demandé Mme Loos à l'autre bout de la classe.

– C'est que… c'est les calmants, ai-je bredouillé. Il a fallu que j'en prenne un. Désolée.

Quelle menteuse je faisais. Ça m'était venu si vite que c'en était inquiétant. Mais le fait est que « calmant » était le mot magique. J'ai eu droit à un hochement de tête laconique et c'en est resté là. Personne n'avait l'intention de questionner la petite étripée au sujet de ses calmants.

Ensuite je suis allée en cours de littérature anglaise et rebelote, même calvaire. J'avais pris tellement de retard dans mes lectures que je ne saisissais aucune des références évoquées. J'ai feuilleté l'anthologie qui constituait notre principal livre de lecture et j'ai compté le nombre de pages qui visiblement me manquait. À vue de nez, environ cent cinquante. Il n'y avait pas le choix : j'allais devoir les lire. J'allais devoir lire pendant des heures et des heures jusqu'à en avoir les yeux tout secs. Parce que lire des essais et des poèmes écrits en 1770, ce n'est pas tout à fait la même chose que de se laisser happer par un roman qui vient de sortir. Ça nécessite plus de concentration et de pauses pour espérer capter de quoi ça parle.

Subitement à cran, je me suis mise à griffonner le dessin d'un cheval hilare gambadant comme un cabri tout en m'efforçant de paraître très absorbée. J'allais devoir me mettre à boire beaucoup plus de café. Toute la journée, tous les jours.

Il y avait une chose curieuse, cependant, c'est que dans l'ensemble je me sentais vraiment plus légère vis-à-vis de ma situation. Jane y était pour quelque chose. La réalité était la même, mais mon état d'esprit était plus positif. J'étais fatiguée et à la traîne, et alors ? Qu'est-ce que ça pouvait faire ? J'avais survécu. Je continuais d'avancer dans la vie. Alors j'allais me mettre à mon ordinateur, boire du café et bûcher. Le café rendait prétendument alerte. Et j'avais l'après-midi devant moi pour travailler. Si on essaie vraiment, on peut accomplir beaucoup de choses en un après-midi.

En allant me chercher le café en question, je suis passée par Artillery Lane. Je me suis arrêtée devant le *Royal Gunpowder* pour jeter un œil aux différents hommages qui avaient été rendus au défunt. Il y avait des bouteilles, mais aussi des petits mots et des fleurs fanées au milieu de quelques bouquets frais. Dans la vitrine, tournée face à la rue, était exposé le portait d'un homme. Un type d'une cinquantaine d'années au visage rubicond, qui paraissait corpulent et gentil. Il y avait un cierge éteint à côté de la photo. Sur le muret en brique, juste en dessous de la vitrine, quelqu'un avait griffonné trois mots bien visibles à l'aide d'un marqueur noir : **JUSTICE POUR CHARLIE**.

Il s'est remis à pleuvoir un peu, alors je me suis pressée pour que mon ordinateur ne soit pas mouillé. Il était rangé dans mon sac et je tenais un parapluie au-dessus de ma tête. Une fois à l'abri dans le café avec un grand gobelet de moka fumant devant moi, je me suis connectée en Wi-Fi, décidée à chercher des articles traitant de ce qui s'était passé au *Royal Gunpowder*. Résultat : il y avait l'embarras du choix.

On trouve des journaux assez sordides en Angleterre et les gros titres dans cette veine étaient nombreux :

Le gérant d'un pub paie cher sa générosité

Charles Strong connaissait les dangers de l'alcool. Sobre depuis quinze ans, cet ancien alcoolique avait réussi à conserver son pub sans jamais toucher une goutte de ses stocks. « Pour lui, ce pub était le cœur du quartier, raconte Deborah Strong, sa belle-fille. Peu importe s'il ne buvait pas. S'il faisait ce métier, c'était pour les clients. Pour les gens. »

Mais Charles n'a jamais oublié les difficultés de la désintoxication. Il avait pour principe d'embaucher des personnes récemment sevrées pour leur donner une chance de réintégrer le monde du travail. Il était fier de ses employés, dont bon nombre ont trouvé un autre emploi par la suite. Cependant, c'est sans doute sa nature altruiste qui lui a coûté la vie. Le matin du 11 novembre, Charles a été battu à mort à coups de marteau par Sam Worth, son employé, un ancien toxicomane ayant des antécédents judiciaires à son actif. Worth a appelé la police et les a conduits devant le corps inerte de son patron. Il a clamé son innocence sur les lieux du drame mais, face aux preuves qui l'accablaient, a finalement décidé de plaider coupable. Il n'a fourni aucune explication à ses actes. Aucun mobile n'a été établi, cependant tout porte à croire qu'il y aurait eu un différend financier.

L'affaire a été un choc pour ce quartier de l'est londonien encore ébranlé par les meurtres de l'Éventreur. Deux jours seulement avant la mort de Charles Strong, une élève du lycée Wexford a été agressée dans l'enceinte de l'établissement, situé à deux pas du *Royal Gunpowder*. Les effectifs de policiers ont été renforcés dans la zone. Un porte-parole de la police de Londres a souligné le fait qu'il n'y avait « aucun rapport entre ces deux événements fâcheux, bien que… ».

La BBC proposait un récit un peu moins dramatique dans le ton :

ABSENCE DE MOBILE POUR LA TUERIE DU PUB

Les enquêteurs cherchent encore à expliquer le meurtre de Charles Strong, 56 ans, propriétaire du pub *Le Royal Gunpowder*. Ce dernier a été assassiné le 11 novembre par l'un de ses employés, Samuel Worth, serveur de 32 ans originaire de Bethnal Green. Par le passé, Worth avait été reconnu coupable pour des faits de coups et blessures et détention de stupéfiants, mais il se tenait à carreau et ne touchait plus à la drogue depuis plus d'un an. Il n'existait aucun désaccord notable entre les deux hommes et, selon la police, rien ne permet de penser qu'un motif criminel soit en cause.

Worth est actuellement gardé en observation à l'hôpital Royal Bethlehem suite à une tentative de suicide. Il avait, dans un premier temps, nié tout implication dans le meurtre, avant de finalement plaider coupable. Les experts l'examinent en ce moment pour déterminer s'il est oui ou non en mesure de passer en jugement…

Quand Jerome me l'avait racontée, l'histoire m'avait semblé beaucoup plus simple : un homme avait tué son patron, point. Ces articles brossaient un tableau légèrement différent. Un homme avait tué son patron *à coups de marteau* sans aucun motif apparent. J'étais peut-être un peu parano mais j'étais aussi moins naïve désormais, et je savais entre autres choses qu'une histoire inventée de toutes pièces avait été montée autour de l'Éventreur pour justifier toute l'affaire. Alors bien sûr, ce type était peut-être simplement instable. Mais… *deux jours* après la disparition de l'Éventreur et à deux pas de Wexford ? Quelles étaient les chances pour que ça se produise ? Londres est une métropole très animée, mais en règle générale ses habitants ne passent pas leur temps à s'entre-tuer.

J'ai rebroussé chemin sur Artillery Lane et me suis arrêtée devant le pub. J'ai contourné la façade du bâtiment. L'endroit était fermé au public et tout sombre à l'intérieur. J'ai jeté un œil à travers les fenêtres, il n'y avait rien de spécial à voir hormis des tables, des chaises et un comptoir qui attendaient dans la pénombre. C'était un pub tout ce qu'il y a de plus banal. Des dépliants vantant la boisson du jour, une borne de jeux dans un coin attendant patiemment un joueur. En revenant sur mes pas pour aller examiner le portrait de l'homme assassiné en vitrine, quelque chose par terre a attiré mon attention. Je me suis agenouillée pour écarter quelques bouquets de fleurs et bouteilles et dégager le bas de la façade et le trottoir.

Une mince fissure s'étirait en travers du bitume et butait contre le mur. Étroite près de la chaussée, elle allait en s'élargissant à mesure qu'elle se rapprochait du pub. Je me suis positionnée dos au mur en me tournant dans la direction qu'elle indiquait, de l'autre côté de la rue, légèrement sur la droite. Un autre immeuble bouchait la vue mais il n'y avait pas de confusion possible.

La fissure pointait droit vers Hawthorne.

Une fissure dans un trottoir n'a rien d'extraordinaire. On en voit des tas dans Londres. Et on trouve tout autant de trottoirs. C'est une ville historique. Mais cette vieille rengaine superstitieuse idiote de mon enfance n'arrêtait pas de me trotter dans la tête : *Le premier qui marche sur une fissure envoie sa mère se péter le dos contre le mur...* (Je me demande qui a bien pu inventer un truc pareil à la base. En quoi le fait de marcher sur une fissure pourrait casser le dos de quelqu'un ? Et pourquoi celui de notre mère en particulier ? Aurait-ce été une première tentative ratée des blagues « Ta mère... » ?)

En attendant, il y avait une fissure dans le trottoir, et une autre dans les toilettes.

J'y ai pensé toute la soirée. J'ai passé tout le dîner la tête dans le coaltar et je suis sortie de table assez tôt pour ensuite retourner au coin de la rue, au *Royal Gunpowder*. Il faisait à présent trop sombre pour distinguer la fissure, mais une pancarte était entre-temps apparue en vitrine : RÉOUVERTURE DEMAIN MIDI, annonçait-elle.

J'ai sorti mon portable de ma poche. Mon doigt a hésité à appuyer sur le numéro de Stephen, qui était désormais bien enregistré dans le répertoire depuis qu'il m'avait envoyé le texto. Je m'apprêtais à lancer l'appel quand une petite voix dans ma tête s'est mise à simuler la conversation qui allait probablement s'ensuivre : « Je voulais juste te prévenir... Il y a une fissure... Oui, dans le trottoir... » Passé un silence gênant, il répondrait sans doute quelque chose du genre : « Je vois. Eh bien, merci pour cette information. »

Oui, la fissure dans le sol des toilettes était apparue le soir de l'explosion – car c'était bien ce qui s'était produit : une explosion. Ou une surtension. Bref, quel que soit ce que c'était, les miroirs et les fenêtres en avaient été soufflés. Il en faut un peu plus que ça pour lézarder un carrelage, c'est sûr, mais… de toute façon, la fissure dans le trottoir était sans doute déjà là avant. Je faisais des rapprochements qui n'avaient pas lieu d'être et tout ça pour quoi, au fond ? Il y avait une fissure, et alors ?

Si j'appelais Stephen juste pour lui dire ça, j'allais avoir l'air d'une imbécile. Et ça, il n'en était pas question.

J'ai rangé le téléphone.

Je sais pas si je l'ai déjà dit, quand j'ai une idée en tête, j'ai parfois du mal à m'en défaire.

Pourtant j'essaie. Si j'ai vraiment l'impression que ça ne rime à rien ou que ça va m'attirer des ennuis, j'essaie de toutes mes forces de ne plus y penser mais… elles sont collantes, ces idées. C'est comme si j'étais littéralement enchaînée à elles. Elles me suivent partout comme un boulet, traînant par terre dans un bruit de ferraille qui me rappelle constamment leur présence. La fissure. La fissure. La fissure. *Le premier qui marche sur une fissure envoie sa mère se péter le dos contre le mur.*

Ça m'a hantée tout le mercredi, totalement déconcentrée en classe (pas très difficile, j'avoue). J'ai envisagé d'aller faire un saut à la bibliothèque pour en parler avec Alistair, mais je me suis souvenue que, de façon purement accidentelle, j'avais failli le tuer la dernière fois que je l'avais vu là-bas. Peut-être valait-il mieux que je l'évite, le temps pour moi d'apprendre à maîtriser un tant soit peu mon nouveau tour de passe-passe.

Pourquoi est-ce que j'hésitais autant à appeler Stephen ? Qu'est-ce que ça pouvait bien faire qu'il me prenne pour une idiote ?

Cet après-midi-là, je suis restée assise à mon bureau dans ma chambre à méditer la question jusqu'au dîner sans aboutir à aucune réponse. Peu de temps avant que ce soit l'heure d'aller au réfectoire, je me suis finalement dit que rien ne m'obligeait à en parler à Stephen et qu'en outre Callum et Boo avaient eux aussi enregistré leur numéro dans mon téléphone.

Callum serait partant pour une petite enquête de terrain. Il débarquerait dans la seconde. Sans même poser de questions. Pourquoi est-ce que je pensais systématiquement que c'était Stephen qu'il fallait contacter ?

Alors je lui ai envoyé un texto.

Une petite virée sympa ce soir, ça te tente ?

J'ai eu beau fixer ensuite mon portable pendant quinze minutes, pas d'écho. Je me suis rassise à mon bureau pour essayer de résoudre encore quelques problèmes de maths mais je n'arrêtais pas de scruter mon téléphone. L'heure du dîner est arrivée et toujours pas de réponse en vue. J'ai eu du mal à prendre part aux conversations ; et le fait que la majorité de mes voisins de table discutait des examens n'a rien arrangé. Ils débutaient dans une semaine jour pour jour et tout le monde commençait à craquer un peu. Mes amis d'ordinaire cool et sûrs d'eux montraient de sérieux signes de fatigue nerveuse. Les autres avaient l'air de plus en plus épuisés à force de nuits blanches et devenaient hargneux. Les portes claquaient régulièrement. Et là, pendant le dîner, en dépit des bavardages, l'humeur était maussade. Certains se resservaient deux fois alors que d'autres ne pouvaient rien avaler. D'autres encore révisaient en même temps qu'ils mangeaient.

Pour ma part, je me suis contentée de dîner. Et d'attendre. Mon téléphone a vibré pile au moment où je me levais pour aller chercher un dessert.

J'étais dans le métro, pas pu répondre avant. Est-ce que ton invit sous-entend ce que je crois ? Suis pas très loin. RDV à Liverpool Street ? 19 h 15, bon pour toi ?

Je n'avais que vingt minutes devant moi. J'ai tapé OK en vitesse et rangé mon téléphone.

11

— Je vais pas te mentir, a confié Callum. Je suis particulièrement content, là.

On s'est retrouvés à l'entrée de la gare, à l'intérieur. M'éclipser du dîner en expliquant où j'allais avait nécessité une certaine présence d'esprit. J'avais raconté que j'avais une course à faire chez Boots, et comme Jazza a proposé de m'accompagner, il a fallu que j'ajoute que j'allais en profiter pour appeler mes parents en chemin et sûrement rester un bon moment au téléphone. J'ai effectivement passé un *rapide* coup de fil à mes parents en cours de route, ne serait-ce que pour minimiser mon mensonge.

– J'ai toute une liste de tu-sais-quoi dont il faut qu'on s'occupe, a annoncé Callum. Allons faire crac-crac.

– D'accord, ai-je fait en levant la main. Mais d'abord, il faut que je te montre quelque chose.

Je l'ai fait remonter Artillery Lane jusqu'au *Royal Gunpowder*.

– T'as entendu parler de l'homme qui a été tué ici ? ai-je demandé.

– Carrément. Ça a fait la une des journaux. Le meurtre au marteau. Une sale affaire.

– Deux jours après que l'Éventreur s'en est pris à moi. Et à deux pas de ma résidence, ai-je précisé en pointant du doigt vers Hawthorne. Je veux dire, c'est à quoi ? à peine quelques mètres. Quelque chose comme ça. Une trentaine tout au plus. Bref, c'est pas loin. Et ça s'est produit deux jours seulement après la mort de l'Éventreur. Et il y a une fissure. Regarde !

Il a fallu que je lui explique mon hypothèse au sujet de cette fissure. Les mains enfoncées dans les poches de son blouson, Callum m'a écoutée en se balançant légèrement sur ses talons.

– Crois-moi, a-t-il réagi, si c'était un cas pour nous, je serais le premier ravi. Mais c'est qu'un meurtre banal. Un type a trucidé son patron. Il a avoué.

– Mais cette fissure…

– On est à Londres. Des fissures, il y en a des tas sur un tas de trottoirs.

– Mais il y en a une aussi dans le sol des toilettes. Et cette fissure-là… Regarde, on dirait un peu qu'elle provient d'Hawthorne.

– Elle est apparue récemment ?

– J'en sais rien, ai-je admis. Mais c'est bizarre, non ?

– Ça le serait peut-être si le gars n'avait pas avoué, a répondu Callum d'un air contrit. Mais il l'a fait. Ils savent que c'est lui. Il était couvert de sang. Il n'en était pas à son premier délit du genre. On peut entrer jeter un coup d'œil, si tu veux.

– Ça rouvre demain. Mais il y a peut-être moyen de s'y *introduire* ?

– Ça s'appelle une effraction, a souligné Callum. Ton idée me botte bien mais, sincèrement, je pense qu'il n'y a pas vraiment matière à s'inquiéter ici.

– Mais tu trouves pas que…

– Écoute, m'a-t-il encore coupée avec douceur, au tout début, quand on découvre cette faculté de vision, c'est difficile à cerner, tu vois ? Moi, par exemple, c'est arrivé après que j'ai pris un sérieux coup de jus à cause d'un câble mal isolé dans une flaque d'eau et ça m'a rendu phobique de l'électricité et des flaques… *Des flaques*. Tu sais à quel point c'est pénible de contourner toutes les flaques que tu croises parce que ça te terrifie ?

Callum n'avait pas l'air d'être le genre à redouter quoi que ce soit. C'était peut-être une erreur de croire que simplement parce qu'un type a une large carrure et de gros biscotos, il n'a peur de rien.

– Cette affaire de l'Éventreur, c'était du lourd. Et tu en as vu de dures, alors tout ce que je dis c'est que… tu peux devenir dingue à force d'interpréter le moindre signe ou de penser que ça pourrait se reproduire. Moi je savais pertinemment que j'allais pas me refaire électrocuter de sitôt, mais il m'a fallu plus d'un an pour ne plus avoir peur de tout… me servir de mon téléphone s'il se mettait à pleuvoir, par exemple. J'avais l'impression que dès qu'il y avait de l'eau et de l'électricité quelque part, j'allais y passer.

Je comprenais ce qu'il voulait dire. Si je continuais comme ça, à croire que toutes ces choses avaient une signification, j'allais me rendre malade.

– Je dis pas que c'est pas bizarre que quelqu'un se soit fait tuer ici, a-t-il enchaîné. Mais les gens étaient tendus, à l'époque, tu vois ? L'Éventreur les a terrorisés. Et ce type qui a trucidé son patron prenait toutes sortes de drogues. Il se trouve que la police est convaincue de sa culpabilité, alors ne te laisse pas miner par ça. J'ai une mission plus concrète pour toi, si ça te dit. J'ai toute une liste de problèmes à régler, alors allons-y.

Étant donné que c'était moi qui avais initié cette sortie, il me semblait normal d'aller jusqu'au bout et de suivre à mon tour Callum quel que soit l'endroit où il voulait aller. Et apparemment, le premier fantôme qu'il tenait à me montrer se trouvait tout près, à la gare de Liverpool Street.

– Il y en a un qui squatte là depuis quelques semaines, a-t-il expliqué tandis qu'on descendait les escalators. Lui, je meurs d'envie de me le faire.

Il a balayé le quai du regard, lequel était bondé de long en large. Londres était encore en pleine heure de pointe.

– Prochain train dans trois minutes. Tu vas pas tarder à le voir.

Quelques instants plus tard, la rame est effectivement arrivée. Une foule de voyageurs est descendue tandis que d'autres essayaient de monter en s'entassant dans le wagon, puis le quai est resté désert pendant un petit moment. À l'exception d'un individu. Un type vêtu d'un simple drap sale. Il était maigre, barbu et rieur. Il effectuait une sorte de danse qui consistait à faire des bonds sur le côté. Il s'est penché dans l'embrasure de la porte automatique pour brailler à l'intérieur du wagon. Ce n'était pas de l'anglais. Ni une vraie langue, à mon avis. On aurait dit quelque chose comme « loopgallooparg ».

Les portes ont tressauté en essayant de se refermer mais sont restées ouvertes, bloquées. Le type a ri de plus belle et recommencé.

– C'est un crétin, a sifflé Callum entre ses dents. Apparemment il pige rien de ce que je lui dis. Et il n'aime pas quand je fais ça.

Callum lui a donné une claque derrière la tête. Ce fantôme ne formait pas une masse tout à fait compacte, pas autant que Jo ou Alistair, mais il a tout de même sursauté et décampé un peu plus loin. Les portes du wagon se sont refermées et la rame s'est éloignée en douceur.

– Alors j'ai pas le choix, a résumé Callum. Je mets des claques aux fantômes. Voilà à quoi j'en suis réduit.

Il m'a lancé un regard plein d'espoir.

– Au fond, il ne fait rien de mal, si ? ai-je questionné en observant ce drôle de type qui faisait des bonds.

– Ça entraîne une pagaille monstre, de retenir les trains.

– Non mais je veux dire : de mal, *mal* ? Genre, vraiment grave ?

– Perturber tout le réseau, c'est pas assez grave pour toi ?

Le quai avait déjà recommencé à se remplir, donc on a dû baisser d'un ton.

– Il y a trop de monde, ai-je fait en regardant autour de moi. Je peux pas le faire avec autant de gens. Ça m'a rendue malade la dernière fois. J'ai vomi.

– Je comprends, a dit Callum. D'accord. Bon, il y en a d'autres dont j'ai entendu parler dans des lieux moins fréquentés. C'est juste que j'avais vraiment envie de lui régler son compte, à celui-là. Mais c'est pas grave. Une autre fois. Allons faire un tour.

Alors on est montés dans le train suivant. J'ai contemplé l'obscurité au-dehors. À travers les vitres du métro, je ne distinguais que vaguement les parois des tunnels mêlées à nos reflets. La rame me berçait doucement de droite à gauche.

– J'pensais, a repris Callum. Je disais à Stephen que tu devrais, tu sais, intégrer le groupe. Officiellement.

À son ton, j'ai eu le sentiment qu'il essayait exprès de parler avec désinvolture, comme s'il s'agissait juste d'une petite info qu'il voulait glisser dans la conversation. Mais, évidemment, cette confidence n'avait rien de désinvolte.

– Qu'est-ce qu'il a répondu ? ai-je demandé.

– Il a dit que t'étais américaine et lycéenne.

– Et en quoi ça entre en ligne de compte ?

– Pour ce qui est de ta nationalité, ça signifie que tu pourrais difficilement être recrutée pour t'engager dans une brigade qui relève avant tout des services secrets. Encore que pour ça, ils peuvent s'arranger.

Je n'étais pas tout à fait certaine de savoir en quoi consisterait réellement cet engagement. Rester vivre en Angleterre un bon bout de temps sans doute, disparaître de la circulation, et mentir beaucoup, constamment... Ce que ça impliquait dans l'ensemble, je n'en savais rien. Mais l'idée me plaisait. C'était un avenir que je pouvais envisager.

– Je sais pas, ai-je soupiré. J'y ai jamais réfléchi.

– C'est pas facile, comme boulot, a ajouté Callum. Mais tu sais, s'il y a bien une personne qui est faite pour ça, c'est toi. Tu devrais commencer à faire pression sur Stephen avant qu'il ne soit trop tard.

– Trop tard pour quoi ?

– Je sais pas combien de temps prend la procédure et tu ne vas pas rester ici éternellement, si ? Or il va falloir le convaincre. J'ignore pourquoi il est aussi réticent. C'est tellement évident. Bref, on descend là.

Autre station, autre fantôme. Beaucoup moins divertissant que le précédent, celui-ci était une triste créature de plus, à peine visible. Elle semblait avoir à peu près mon âge. Je ne voyais même pas ce qu'elle faisait de mal, mais Callum a soutenu qu'elle était probablement responsable d'un dérèglement des feux de signalisation. Je ne voyais pas comment. Elle était assise dans un coin, juste derrière la barrière de sécurité, l'air vaguement terrifiée par tout ce qui l'entourait, et par nous surtout.

– Callum, je crois que je vais pas pouvoir. Je...

– Ça, je l'avais déjà compris, a-t-il répondu, visiblement déçu.

– Je suis vraiment désolée. C'est juste que... elle n'embête personne. Je peux pas.

– Je sais. Je comprends.

Il s'est efforcé de faire comme si ça lui était égal et ça m'a touchée.

De retour à bord d'une rame, je lui ai donné un petit coup de coude.

– Laisse-moi peut-être juste un peu le temps de m'adapter, ai-je proposé.

– Ne le prends pas mal, a répondu Callum, mais j'aurais aimé être à ta place. Qu'est-ce que je donnerais pas pour avoir ton don !

– Je sais. Désolée.

– Je ne sais pas si je vais tenir encore longtemps comme ça. À travailler sans terminus.

– Tu veux démissionner ?

– Je l'aurais sûrement déjà fait... s'il n'y avait pas Boo. Et Stephen. À mon avis il s'en sortirait pas. On est un peu comme sa famille, tu vois ? Mais si ça se trouve... je n'aurais pas à le faire. La brigade va peut-être fermer d'elle-même.

– Mais vous venez d'obtenir l'autorisation de continuer !

– Pour l'instant, a nuancé Callum. On a toujours pas de moyens d'action. Le terminus, c'est toi. Nous, on est juste des petits rigolos qui voient des fantômes et qui ne peuvent rien y faire. Stephen aurait dû nous dire qu'on risquait la fermeture, mais bon, c'est tout lui. Il garde tout pour lui.

Refuse de déléguer. Ça nous rend dingues, avec Boo. C'est dur, tu comprends ? J'étais doué en foot. Mais j'ai eu mon accident et en prime cette nouvelle faculté et je n'ai jamais retouché un ballon. Ensuite j'ai trouvé ce boulot, on m'a donné un terminus et ma vie a repris un sens. J'étais à nouveau maître de la situation. Ça m'embête de le dire, mais je comprends pourquoi Newman tenait autant à s'en procurer un. Je désapprouve totalement le fait qu'il ait tué tous ses anciens collègues, pourtant je comprends qu'il en ait voulu un.

Je me suis engoncée un peu plus dans mon manteau. J'avais occulté cette partie de la vie de Newman. Il avait fait partie de la brigade des Ombres mais, quand ils avaient découvert qu'il était déséquilibré, ils l'avaient viré en lui confisquant son terminus. Comme il voulait à tout prix le récupérer, il avait poussé les autres membres de la brigade à l'affrontement dans leur ancien QG, la station de métro désaffectée de King William Street. Il les a tous tués pour essayer de mettre la main sur un terminus, et ce faisant il y est passé aussi.

Avoir cette faculté, faire partie des Ombres, tout ça était particulier. Ça l'avait rendu fou.

– Qu'est-ce qu'il t'a dit déjà, Newman, ce soir-là ? m'a interrogée Callum. Au sujet du fait de mourir avec un terminus dans les mains ?

– D'après sa théorie, si quelqu'un avec notre don mourait en tenant un terminus, il reviendrait. Sous la forme d'un fantôme, j'entends.

– Et qu'est-ce qu'il en savait, à ton avis ?

– Rien du tout, je pense, ai-je rétorqué.

– Stephen est persuadé qu'il reste des informations auxquelles on ne nous a jamais autorisés à accéder. Un genre d'archives. Il a peut-être raison. Si ça se trouve, Newman avait accès à des données que dorénavant ils nous cachent, mais…

– Mais ?

– Je sais pas… Je ne pense pas qu'on soit suffisamment importants à leurs yeux pour qu'ils nous cachent des trucs. Et puis quel intérêt ? Non, je crois qu'il se fait un peu un film. Comme lui nous cache des choses, du coup il croit que tout le monde lui en cache aussi. C'est vrai, quoi : s'il existait une méthode pour transformer les gens en fantômes, je comprendrais qu'on ne veuille pas divulguer l'info, mais… bref. J'en sais rien.

Il a secoué la tête en se grattant le bras.

– Ils nous prennent pour des phénomènes de foire, tu sais. Thorpe a horreur de traiter avec nous. Pas étonnant, non ?

On est revenus à Liverpool Street, tous deux silencieux et pensifs. Callum m'a raccompagnée à pied au bout d'Artillery Lane.

– Promis, ai-je soufflé une fois arrivés à l'arrière de ma résidence, je vais faire des efforts. En attendant, tiens bon, OK ?

– Laisse tomber, a-t-il répondu en me rassurant d'une tape sur l'épaule. C'est déjà bien que tu sois revenue, je suis content. Ça se corse toujours quand tu es dans les parages.

12

Le jeudi suivant, en cours d'histoire, j'étais en train d'écouter mon professeur passer en revue la liste de tous les sujets que l'examen était susceptible de couvrir, quand j'ai vaguement réalisé que je ne comprenais rien à ce qu'il racontait. J'entendais les mots qu'il prononçait, je les reconnaissais, mais les phrases qu'ils formaient n'avaient aucun sens pour moi. C'était sans doute dû au fait que les grandes figures de l'histoire d'Angleterre portent toutes les mêmes noms. William. Edward. Charles. James. Henry. Richard. George. Elizabeth. Mary. Ou bien au fait que certains changent de titre à tour de bras au fil des épisodes. Un prince de Galles par-ci, un duc de Gloucester par-là. Un Richmond, un Buckingham, un Guildford, et j'en passe et des meilleurs.

Or quand on suit un cours d'histoire anglaise en Angleterre, les gens présument plus ou moins que vous savez de quel fichu coin du pays ils parlent ! Quelle ville on trouve tout au nord, tout au sud ou près des côtes. Quand on aborde la guerre de Sécession dans mon lycée d'origine, ces notions-là, je les ai. Je visualise très bien où se situent Philadelphie, la Caroline du Sud et la Virginie. Tout ça est acquis pour moi. Je n'ai pas besoin de me reporter constamment à une carte ou d'essayer de comprendre duquel des neuf millions de ducs de Buckinghamshiremondlands on parle, ni qui était qui durant la guerre des Deux-Roses et puis pourquoi des Roses ? C'est vrai, ça, pourquoi ?

Bref, le professeur prononçait des noms que j'étais censée connaître, et sans doute censée noter aussi. J'ai tenté le coup et écrit « Edward », « James », « Bataille de… ». J'ai eu beau me dire que je devrais être un peu plus inquiète que ça de ne rien comprendre à ce qui se passait, ça me laissait totalement indifférente. En Louisiane, j'étais une des meilleures élèves. Wexford est un lycée bien plus difficile, et au début, quand je suis arrivée, je paniquais tout le temps parce que je n'arrivais pas à suivre. Par la suite j'ai paniqué parce qu'un redoutable fantôme en avait après moi. Aujourd'hui j'étais de retour, je n'avais plus de fantôme à mes trousses, l'histoire de la fissure m'était enfin sortie de la tête et j'étais suffisamment à la traîne pour ne plus être dans la course. La vue de mes manuels ne suscitait en moi qu'une agréable torpeur.

– Aurora, a lancé mon professeur. Viens me voir.

D'après mon expérience, mon professeur d'histoire n'était pas quelqu'un d'excessif. J'étais quasiment certaine qu'il n'allait pas m'engueuler d'avoir l'air dans les vapes. Et effectivement, il ne l'a pas fait. En revanche, il m'a remis une grande enveloppe fermée.

– Je vais devoir évaluer ton niveau actuel afin de déterminer quelles questions d'examen je vais te donner la semaine prochaine. C'est un petit test à l'avance. Va à la bibliothèque avec. Quelqu'un t'attend là-bas pour contrôler que tout se passe bien et le récupérer quand tu auras terminé. Ça ne te prendra que trente minutes. Rédige des réponses simples et courtes : j'ai juste besoin de savoir où tu en es sur les fondamentaux.

J'avais l'impression de me trimballer avec mon arrêt de mort dans les mains… Ou au moins des consignes pour me mettre au supplice. Effectivement, Mme Feeley, la bibliothécaire, m'attendait. Elle m'a fait asseoir seule à une table. Cette évaluation anticipée ne comportait que trois questions, chacune suivie d'un espace assez grand pour rédiger un ou deux paragraphes de réponse.

> Expliquer l'origine de la guerre des Évêques de 1639 ainsi que de celle de 1640.
> Résumer la chronologie de base et les principaux événements de la Première Révolution anglaise de 1642 et 1651.
> Citer trois conséquences immédiates du Grand Incendie de Londres.

Ces questions n'étaient pas excessives et auraient pu être faciles pour quiconque suivait un minimum en cours. La troisième, je savais y répondre. La deuxième, plus ou moins. Mais pour la première, j'en avais plus la moindre idée. On m'avait accordé une demi-heure en tout et pour tout. Je me suis tâtée quelques instants en essayant de décider si je préférais commencer par celle dont j'avais la réponse ou les autres. Peut-être que le fait de me creuser la tête sur ces dernières me rafraîchirait un peu la mémoire. Alors je me suis attaquée à la question numéro 2 pendant un moment en commençant par écrire des dates au crayon dans les marges puis en essayant de les relier entre elles et d'ajouter toutes les informations qui me revenaient. Résultat, ma frise était si morcelée et incomplète que j'ai dû tout effacer. J'avais perdu du temps. Je suis passée à la question 3.

Trois conséquences du Grand Incendie de Londres. En 1666, un incendie se déclare dans une rue au nom très appétissant : Pudding Lane. La ville était surpeuplée, et les constructions en saillie des maisons étaient telles qu'elles se rejoignaient presque au sommet des rues. Le feu se propage à vitesse grand V et poursuit ses ravages pendant plusieurs jours. Il réduit en cendres une grande partie du secteur est de la Cité, la zone qui était comprise dans l'enceinte de la ville. Ce mur romain qui entourait la vieille ville s'arrêtait précisément devant Wexford. L'incendie avait épargné ce quartier.

– Plus que cinq minutes, a annoncé Mme Feeley.

Cinq ? Comment était-ce possible ? Je venais à peine de commencer ! Trois conséquences immédiates… Les maisons furent reconstruites de façon plus solide, en pierre et en brique, le long de rues plus espacées. Et l'incendie a carbonisé un grand nombre des rats qui propageaient la peste…

Ce quartier avait été épargné.

Cette histoire de fissure a recommencé à me travailler.

Je me suis souvenue de la femme que j'avais vue et malencontreusement anéantie dans les toilettes de ma résidence. Se pouvait-il qu'elle ait vécu plus ou moins à cette époque ? Oui, ça se pouvait. J'avais analysé un tas de tableaux datant du milieu du XVIIe siècle en cours d'histoire de l'art et ils se ressemblaient beaucoup, mais sans doute qu'entre le Moyen Âge et la Renaissance les vêtements de paysans n'avaient pas tellement évolué. J'allais devoir me mettre à étudier l'histoire des costumes si je voulais savoir à quel fantôme j'avais affaire la prochaine fois.

Mais donc, si ce quartier n'avait pas brûlé, qu'est-ce qu'il y avait avant, ici ? Sur quoi avait été bâti Wexford ?

C'était peut-être par là que je devais commencer. Il existait forcément des plans de l'époque.

– C'est l'heure, a déclaré Mme Feeley.

Je n'avais rédigé qu'une partie de ma réponse à une seule question.

– Je peux vous demander quelque chose ? ai-je dit en lui rendant ma copie.

– Bien sûr.

– Qu'est-ce qu'il y avait ici, avant ?

– C'est-à-dire ?

– À cet emplacement ?

– À l'origine, Wexford était un hospice.

– Non, je veux dire, encore avant. Y compris le quartier autour.

– Eh bien, je ne connais pas toute l'histoire du site, mais quelle période t'intéresse en particulier ?

– Celle du Grand Incendie. Voire un peu avant et après ?

– Voyons… a-t-elle murmuré l'air songeur. À l'époque, cette zone devait se trouver juste au-delà du mur de Londres. Littéralement à la limite, pour être précis. Bishopsgate Street constituait une démarcation. Il devait certainement y avoir de nombreux champs. C'est aussi dans ce périmètre que Henry VIII faisait entreposer l'artillerie et entraîner les soldats. Ce qui explique le nom des rues alentours : Gun Street, Artillery Lane…

– Il existe des plans ?

– Notre section cartographie n'est pas très fournie, par contre la Bibliothèque nationale possède une collection assez importante.

– C'est loin d'ici ?

– Pas du tout. C'est à deux pas de la gare de King's Cross.

Maintenant que je m'étais rétamée à mon évaluation, il me restait trois heures à tuer pour l'après-midi. Si je me dépêchais, je pourrais sans doute être là-bas dans une grosse demi-heure.

Cette *British Library* m'évoquait quelque chose d'ancien. Je m'attendais à un vieil édifice majestueux. Au lieu de ça, j'ai découvert un bâtiment moderne qui abritait plein d'écrans interactifs, des tables hautes fantaisistes flanquées de « sièges assis-debout » (de grandes planches contre lesquelles on pouvait s'appuyer pour travailler debout), et des salons de thé cossus.

Il se trouve qu'en réalité il existait plusieurs salles dévolues aux cartes, mais pour y accéder, il a d'abord fallu que je descende au vestiaire où on avait obligation de laisser manteaux, liquides et stylos dans des casiers. Tout ce qu'on souhaitait garder avec nous (argent, ordinateur, papier, crayon) devait être mis dans un sac en plastique transparent. Ensuite il a fallu que je me procure une carte d'identification. Puis que je me connecte à une borne pour consulter le catalogue en ligne et que je passe une demi-heure à essayer de trouver ce que je cherchais. De là, il a fallu passer commande. Une fois ma requête transmise, un message m'a indiqué que mes documents seraient disponibles dans environ une heure à une heure et demie, alors je me suis promenée un moment en regardant les autres étudier. Toutes les cinq minutes, je vérifiais de façon compulsive mon statut dans l'espoir d'y lire un message m'annonçant que mes cartes étaient prêtes. Finalement, elles sont arrivées. On m'a remis une pile de volumineux cartons à dessin, que j'ai transportés avec précaution jusqu'à l'une des tables à proximité. J'ai ouvert tous les rabats du premier et découvert un unique document à l'intérieur.

Il semblait presque récent, et pourtant il datait de 1658 et j'étais autorisée à le *toucher*.

C'était un gros plan de Londres, à l'époque où la ville n'occupait essentiellement qu'un bon kilomètre le long de la Tamise et était entourée d'un mur. L'artiste avait dessiné des navires descendant le fleuve, des rangées de maisons contiguës et des arches qui jalonnaient toute l'enceinte. (Ces dernières étaient en fait les « portes » qui permettaient de franchir le mur de Londres et elles portaient les mêmes noms qu'aujourd'hui : Bishopsgate, Aldgate, Moorgate... je les connaissais toutes.) En y regardant de très près, on pouvait deviner des moulins à vent, des arbres et même de tout petits bonshommes. Des champs recouvraient des quartiers que je connaissais aujourd'hui comme étant des coins très animés de l'est londonien.

Artillery Lane apparaissait elle aussi, ici orthographiée « Artillerie », cette rue même qui longeait Wexford et où se situait *Le Royal Gunpowder*. Ça se trouvait à côté d'un endroit appelé l'*Artillerie Garden*. Rapidement, j'ai cherché de quoi il s'agissait sur Internet : entrepôt de munitions et terrain d'entraînement pour l'armée. Juste en face de Bishopsgate, au cœur d'un petit dédale de maisons, j'ai lu le mot *Bedlam*.

J'avais déjà entendu ce terme. Ma grand-mère l'utilisait souvent comme synonyme de « chahut ». Par exemple quand ses deux chiens entendaient le bruit de l'ouvre-boîte, c'était *bedlam* dans sa cuisine.

Nouvelle recherche en ligne. Bedlam ou *Bethlehem Royal Hospital*. Un des premiers instituts psychiatriques au monde, excepté qu'à en croire toutes les descriptions que je lisais, ils ne donnaient pas vraiment dans la compassion en termes de soins médicaux. Ça parlait de menottes, de chaînes et toutes sortes d'entraves, de seaux d'eau glacée, de cachots humides et terrifiants. L'endroit était même ouvert au public, qui payait pour observer les patients. C'était un zoo humain. Des prédicateurs cinglés haranguaient la foule aux fenêtres pour s'attirer de fidèles disciples. Des patients brillants mais atteints dessinaient des schémas complexes d'appareils de manipulation mentale. L'hôpital avait déménagé plusieurs fois mais, pendant assez longtemps, il avait occupé cette petite tour surmontée d'un drapeau qui se dressait à l'emplacement actuel de la gare de Liverpool Street.

Le site de Wexford était pratiquement attenant.

Là, mes pensées ont commencé à sérieusement se bousculer. Si l'hôpital se trouvait bien à cet endroit, je suppose que beaucoup de gens y étaient morts. Et je suppose aussi qu'il avait fallu les enterrer. J'ai cherché « sépultures Bedlam » et été aussitôt récompensée par une flopée de correspondances. La revue *Current Archeology* avait consacré un dossier aux « Sépultures de Bedlam ». On y voyait la photo d'un squelette bien enfoui dans la terre en train d'être exhumé. J'ai trouvé d'autres articles sur des tas de squelettes qu'on avait déterrés. Ils avaient été découverts en 1863, à l'époque de la construction de la gare de Broad Street, qui n'existait plus depuis longtemps mais qui était tout près. Et en 1911, ils en avaient trouvé quantité d'autres quand ils avaient entrepris de creuser des tunnels pour rallier Liverpool Street.

Wexford se trouvait quasiment pile au-dessus des catacombes de l'institution psychiatrique la plus tristement célèbre du monde, ce qui était, on peut le dire, mille fois pire que de vivre sur le site de ces vieux cimetières hantés sur lesquels on construit toujours tout et n'importe quoi aux États-Unis. Des tas de fantômes enragés… susceptibles d'avoir été dérangés par, disons, une grosse explosion qui avait peut-être, voire très probablement, ouvert une sorte de faille à travers laquelle ils pouvaient passer ? Auquel cas ils pourraient potentiellement, par exemple, tuer des gens à coups de marteau…

Maintenant j'avais une bonne raison d'appeler Stephen.

Stephen ne répondait pas. J'ai essayé plusieurs fois de le joindre tandis que je repartais en courant jusqu'au métro et serpentais dans la cohue de King's Cross à l'heure d'affluence pour essayer de vite rentrer à Wexford avant que quelqu'un remarque mon absence. Je suis finalement arrivée un quart d'heure avant le dîner. Assise sur son lit, Jazza avait l'air d'une petite fille qui venait de voir un loup dévorer son lapin.

– Hé ! Comment va ma colocataire préférée ? ai-je lancé.

– Je t'ai déjà dit que j'étais une nullité en allemand ?

– Tu me le répètes tous les jours. Mais j'en crois pas un mot.

– Pourtant si, pour quelqu'un qui veut s'inscrire en fac d'allemand, je ne suis pas au niveau.

– Mais pour *moi* tu l'es, c'est l'essentiel, non ?

– Pas vraiment. Je vais être recalée, c'est sûr.

Je ne savais pas comment elle s'en sortait en allemand mais je doutais qu'elle soit recalée. Moi, en revanche, j'allais l'être. La recalée de la chambre, c'était moi.

– T'aurais pas du Cheez Whiz ?

Si Jazza avait envie de fromage à tartiner avant le dîner, c'est que l'heure était grave.

– Si j'ai du Cheez Whiz ? Elle en a d'ces questions, ma coloc. Cuisson radiateur ou micro-ondes ?

– Micro-ondes.

Pendant mon séjour à Bristol, j'avais reçu un colis contenant trois pots de ma drogue préférée au monde. J'en ai sorti un du dernier tiroir de mon bureau. J'étais en train d'apporter cette merveille fromagère au bout du couloir quand Charlotte est soudain apparue, arrivant des portes coupe-feu.

– Comment vas-tu ? s'est-elle enquise.

– Très bien.

– Tu arrives à tout bien rattraper comme tu veux ?

Je ne pouvais décemment pas répondre oui à cette question en gardant mon sérieux. Et puis, j'avais la nette impression que Charlotte savait déjà à quoi s'en tenir.

– Ma réintégration suit son cours, ai-je répondu en plaçant le pot dans le micro-ondes.

– C'est une excellente façon de voir les choses. J'ai cru comprendre que tu avais vu Jane. Elle est fantastique, tu trouves pas ?

– Si, si.

On a toutes les deux regardé le pot tourner lentement.

– Ça te fait du bien de la voir ?

– Je n'y suis allée qu'une fois.

– Eh bien moi je la trouve vraiment bien. Et je trouve que tu as déjà l'air d'aller mieux.

Le micro-ondes a sonné et je l'ai ouvert.

– Tant mieux, ai-je fait.

J'ai souri en la contournant pour retourner à ma chambre. Moi aussi je l'aimais bien, Jane, mais il y avait quelque chose de profondément troublant dans l'affection que lui portait Charlotte. Elle l'aimait *trop*. Je ne savais toutefois pas ce que ça signifiait, aimer trop, ni en quoi ça posait problème.

Je souffrais peut-être de jalousie thérapeutique.

J'ai plongé le doigt dans le pot pour savourer une noix de fromage, et... je me suis ébouillantée. Alors j'ai vite léché mon doigt et ouvert brusquement la porte de ma chambre d'un coup d'épaule.

– C'est moi ou Charlotte est un peu bizarre ? ai-je questionné Jazza en refermant la porte d'un coup de talon.

– Bizarre dans quel sens ?

– Je sais pas... bizarre, quoi.

– Ce n'est pas le premier mot qui me viendrait à l'esprit pour la décrire.

Elle était en train de farfouiller dans son petit coffre à provisions à la recherche d'un biscuit approprié avec lequel consommer notre Cheez Whiz. Le Cheez Whiz a ceci de très commode : il suffit d'un accompagnement légèrement plus solide pour le déguster. Pour ma part, j'ai coutume depuis toujours de le tartiner sur de vraies tranches de fromage.

– Mais est-ce que tu trouves qu'elle a changé ? Depuis l'agression, je veux dire ?

– Ça c'est clair, a acquiescé Jazza. Elle est un peu plus gentille mais dans le sens mielleux du terme. Elle veut constamment *aider* tout le monde. Je n'ai pas besoin de son aide, moi. C'est ça que tu entendais par *bizarre* ?

– Je crois, oui.

– Tant mieux, j'imagine, a soupiré doucement Jazza.

Elle était incapable de médire plus de deux minutes d'affilée, après quoi elle se reprenait systématiquement.

– Je sais qu'elle consulte quelqu'un. Ça doit beaucoup l'aider. Elle a été victime dans cette affaire, c'est sûr. Mais toi, encore plus.

C'était vrai. J'étais la principale victime. Je conservais le titre.

Mon téléphone a sonné et le nom de Stephen s'est affiché. Il fallait que je réponde mais je ne pouvais pas le faire devant Jazza, ce qui allait lui paraître louche. On ne s'éclipsait jamais de la chambre pour répondre à un coup de fil. Tant pis, en l'occurrence je n'avais pas le choix, alors je me suis levée d'un bond en lançant rapidement : « J'reviens ! »

– Où t'étais passé ? ai-je tout de suite dit en décrochant.

– Je travaillais, pourquoi ? Un problème ?

J'ai remonté le couloir à toutes jambes et me suis isolée dans le sas entre les deux portes coupe-feu. C'était ce qui se rapprochait le plus d'un petit coin tranquille à proximité.

– Je vais être brève, ai-je dit. Je suis dans ma résidence. Il y a du monde autour.

Je me suis lancée dans le récit de ma découverte. Stephen m'a laissée parler sans m'interrompre. Je lui ai fait part de toutes mes impressions. L'emplacement géographique de Bedlam, sa proximité avec Wexford, la découverte de la fosse mortuaire. Il m'a écoutée jusqu'au bout sans rien dire et, d'une certaine manière, malgré son silence, j'ai senti que j'avais capté son attention. Les recherches, il aimait ça ; tout comme les numéros de référence de cartes, les dates et le mot « cartographie ».

– Je vois, a-t-il finalement commenté. Tu as raison. C'est bon à savoir.

– Qu'est-ce que tu ferais maintenant, normalement ?

– J'irais m'entretenir avec le suspect.

– D'accord. Faisons ça alors.

– Le suspect en question est sous étroite surveillance dans un service psychiatrique.

Jazza m'a fait signe de la main à travers la porte vitrée et a commencé à venir vers moi.

– Faut que je te laisse, ai-je soufflé. Tu peux juste…

– Oui, a d'emblée accepté Stephen avec un petit soupir. Je vais étudier ça de plus près.

Le vendredi suivant, j'étais en cours de français quand mon téléphone a vibré dans ma poche. J'ai réussi à le sortir discrètement et à le cacher sur mes genoux dans les plis de ma jupe. Texto de Stephen :

Entretien demain matin avec le suspect de l'incident du Royal Gunpowder.

Je maîtrisais depuis longtemps l'art de taper des textos d'une main sans vraiment regarder l'écran. Enfin, presque.

À quelle heure tu passes me prendre ?

Sa réponse ne s'est pas fait attendre :

Pour quoi faire ?

T'accompagner au RDV.

Pas question.

La prof regardait à présent dans ma direction. Je me suis empressée de faire disparaître le portable entre mes cuisses, ni vu ni connu.

– Laisse-moi juste récapituler tout ce que tu as été en mesure de faire jusqu'ici, ai-je lâché d'un ton catégorique.

À la minute où j'étais sortie de cours, j'avais rappelé Stephen. Il n'était pas question que je renonce. J'ai arpenté le square, le téléphone vissé à l'oreille. En fait l'endroit le plus tranquille pour parler, c'était au centre de la pelouse. Il y avait trop de monde dans les allées.

– Tu as convaincu ma psy qu'elle devait me laisser retourner en cours. Tu as piraté le système de sécurité du lycée. Tu t'es arrangé pour qu'on m'emmène dans une station de métro en pleine nuit pour que je fasse une démonstration à Thorpe…

– Rory…

– Sans compter tout ce que j'ignore encore. Ah, et tu veux qu'on parle du fait d'avoir étouffé toute l'affaire de l'Éventreur avec un faux cadavre ?

– Ça, j'y suis pour rien.

– Tu m'as parfaitement comprise. Tu peux très bien m'arranger le coup pour que je t'accompagne.

– Rory, c'est une unité réservée aux psychopathes. Un pavillon de sécurité renforcée. Cet homme a avoué un meurtre. C'est du sérieux.

– Parce que les cas qu'on a traités avant, c'était de la rigolade, peut-être ?

– Bien sûr que non, a-t-il soupiré. Mais…

– Laisse-moi te poser une question, l'ai-je coupé. S'il y a quelque chose qui hante ce sous-sol et qu'il faut s'en débarrasser, *qui* va s'en charger ? C'est *qui* le terminus ? C'est moi. Alors si tu veux que ton terminus soit sage, emmène-moi.

Je me suis étonnée moi-même avec cette dernière tirade. C'était plutôt bien envoyé. Je crois que ça lui a coupé le sifflet.

– Je te recontacte plus tard, a-t-il conclu.

Ce qu'il a fait. Un texto est arrivé alors que je retournais à ma chambre après dîner.

RDV à l'angle de la rue demain matin à 9 h 45. Tapantes. Mets une chemise blanche unie et un pantalon noir ou une jupe. S.

13

Il y avait juste un tout petit souci dans ce plan par ailleurs parfait : j'étais censée être en cours d'histoire de l'art en même temps qu'on allait à l'hôpital. En règle générale, je ne suis pas le genre d'élève à sécher. Ça ne m'était arrivé qu'une fois dans ma vie, et encore, de façon totalement imprévue. C'était l'année dernière, dans mon ancien lycée. J'étais en retard pour les cours et n'avais pas le temps de boire un café. Sans sa dose de café matinale, Rory est vite à côté de ses pompes. Pendant la première heure de cours, j'avais lutté pour garder les yeux ouverts. Arrivée la deuxième, j'avais cru que c'était la troisième. Alors au lieu d'aller en français, j'avais profité de mon heure de permanence pour aller roupiller dans un coin de la bibliothèque, sur ce gros pouf en forme de poire dégonflé où personne ne voulait s'asseoir car quelqu'un avait prétendu un jour qu'il était infesté de punaises. À mon réveil, j'avais trouvé la bibliothécaire en train de me secouer par l'épaule. Ayant remarqué que je manquais à l'appel en français, ils avaient déclenché un de ces dispositifs façon « alerte enlèvement ». Résultat, ils m'avaient retrouvée. Et j'avais écopé d'un avertissement idiot.

Wexford n'était pas le même genre d'établissement. On n'était pas toujours sur votre dos. Pour ma conscience personnelle, je me suis trouvée plusieurs excuses. 1) Le cours d'histoire de l'art du samedi était une sorte d'option bizarre qui ne ressemblait pas tout à fait aux autres cours. Ce n'était pas une activité extrascolaire, mais on n'avait pas l'impression d'assister à un « vrai » cours. Il se peut que ce soit moi qui me fasse des idées, mais en tout cas c'est comme ça que je voyais les choses. 2) De toute façon j'étais larguée dans ce cours-là aussi, alors en manquer un de plus n'allait pas me tuer. 3) Mark était quelqu'un de cool et il allait sans doute penser que j'étais en train de recevoir des soins ou de parler à un psy. Ce n'était pas un enseignant permanent ici, donc il n'aurait pas eu de topo complet sur moi ni d'échos de la part des autres profs. 4) J'avais mieux à faire : à savoir, me rendre dans un hôpital psychiatrique pour m'entretenir avec un assassin. C'était forcément bien plus important que d'aller examiner les œuvres de virtuoses représentant des petits étangs et des moutons dans le ciel.

Jerome, en revanche, mériterait peut-être une explication. Il allait se poser des questions. S'inquiéter. N'est-ce pas qu'il s'inquiéterait ?

Ou alors il penserait que je ne m'étais pas réveillée à temps pour le cours. Beaucoup plus probable.

Bon, je verrais plus tard pour les excuses.

Je m'étais bricolé une tenue avec une de mes chemises d'uniforme et comptais piquer une jupe dans le placard de Jazza à la seconde où elle quitterait la chambre. Il me suffisait de sortir en douce de la résidence et de filer au coin de la rue sans me faire repérer par les mauvaises personnes. Les personnes en question étant, par ordre décroissant d'importance, Jerome, Jazza, Mark mon professeur, la plupart des filles de mon palier ainsi que mes camarades d'histoire de l'art. Je ne pouvais pas partir trop tôt, sinon Jazza trouverait curieux que je me sois levée et sois partie avant elle (sans compter que j'avais besoin de sa jupe). L'heure idéale, avais-je décidé, c'était 9 h 30. La majorité partait au petit déjeuner à ce moment-là. Je pourrais m'éclipser et personne n'en saurait rien.

Sauf que ce matin-là tout le monde a décidé de modifier sa routine. Jazza a traînassé dans la chambre. Gaenor est passée nous emprunter du shampooing. Eloise est venue papoter un peu. Et ensuite, quand la voie a enfin été libre, mon itinéraire d'évasion s'est trouvé compromis par Claudia qui jugeait manifestement le moment idéal pour remettre de l'ordre sur le panneau d'affichage du hall. Il n'y avait *pas moyen* qu'elle s'en aille.

9 h 30 est arrivé. Puis 9 h 35. Et 9 h 40. À 9 h 41, j'ai légèrement paniqué, ce qui a provoqué en moi un éclair de génie. Chaque couloir de la résidence était équipé d'un poste téléphonique interne et d'une liste des numéros d'urgence, y compris celui du bureau de Claudia. Je l'ai composé, j'ai laissé le combiné décroché, et quand elle est partie à son bureau pour répondre, j'ai traversé le hall jusqu'à la sortie en quatrième vitesse. À ce stade, le véritable risque était que des élèves se rendant en classe me voient, mais ça, je ne pouvais rien y faire. Mon seul espoir était que, du fait que j'allais courir et ne serais pas en uniforme, ils ne me reconnaissent pas. Ça me paraissait extrêmement improbable mais, de temps en temps, je préfère me bercer d'illusions pour me rendre la vie plus agréable.

J'ai horreur de courir, comme je l'ai déjà dit, me semble-t-il, mais ce matin-là j'ai pas eu le choix. J'ai détalé comme un lapin, manquant de foncer de plein fouet dans des passants au moment de bifurquer dans la rue commerçante pleine de monde. L'espace d'une seconde, j'ai cru que Stephen était parti sans moi ou n'était carrément pas venu car une petite Smart rouge arrogante était stationnée à l'endroit où il m'attendait d'habitude ; mais ensuite j'ai aperçu le véhicule de police le long du trottoir d'en face. Je suis repartie à toutes jambes en traversant au beau milieu de la chaussée.

– Ni vu ni connu ! ai-je claironné en montant à bord et en bouclant ma ceinture d'un geste triomphant.

À mon avis, réussir à sauter dans une voiture à 9 h 45 du matin – enfin, 47 – n'avait rien d'un triomphe considérable aux yeux de Stephen. Il n'avait simplement pas idée à quel point ma vie était compliquée.

– T'as l'air content de me voir, ça fait plaisir, ai-je plaisanté en voyant sa tête.

– Enfile ça.

Il m'a tendu une espèce de chapeau melon noir, galonné d'un ruban à carreaux noirs et blancs. Il y avait une parka de police jaune fluorescent pour aller avec.

– Pourquoi tu veux que je mette ça ?

– Parce que t'es assise à l'avant. Il faut que tu aies l'air crédible. Vas-y, mets-les.

J'ai enfoncé le chapeau sur ma tête et enfilé la parka. Les deux étaient un chouia trop grand. Au moins c'étaient des modèles pour femmes. J'avais porté la tenue de Callum une fois, et pour le coup, je nageais dedans. La parka dégageait une forte odeur de caoutchouc synthétique et elle avait encore des plis bien nets un peu partout, comme si on venait de la sortir de son emballage. J'ai regardé de quoi j'avais l'air dans le rétroviseur extérieur. La ressemblance avec une policière n'était pas ce qu'on pourrait appeler flagrante. Quoique…

– Ça me plaît bien. On peut allumer la sirène ?

– Arrête ça.

Son attitude totalement froide et distante laissait entendre qu'il n'avait pas aimé mon ultimatum. Il m'emmenait, mais pas de gaieté de cœur.

– Tu as conscience du genre d'endroit où on va ? a-t-il demandé.

– Oui, dans un hôpital psychiatrique.

– Pour s'entretenir avec un assassin.

– Ce sera pas le premier que je verrai.

– Je sais, a-t-il soupiré. C'est sans doute la raison pour laquelle j'ai accepté que tu viennes. Enfin je crois. Heureusement, Callum emmenait Boo à l'hosto pour qu'elle se fasse retirer son plâtre, comme ça j'ai pas eu besoin d'expliquer où j'allais.

Il faisait un temps affreux ce matin, plus couvert que jamais. Les fenêtres de la voiture s'étaient embuées à cause de l'humidité ambiante, et les essuie-glaces s'efforçaient de repousser la morosité et le crachin presque imperceptible.

– J'ai cru comprendre que Callum et toi étiez sortis l'autre soir ?

– C'est lui qui te l'a raconté ?

– Non. Boo.

– Il n'était pas censé en parler à Boo non plus.

– Il lui a rien dit. Elle a deviné, c'est tout.

– Comment ?

– Boo est très observatrice. Elle semble toujours savoir ce qu'on a fait, comment on va. D'après elle, Callum avait une « mine radieuse », ce qui signifie, j'imagine, qu'il avait l'air très heureux en rentrant de sa patrouille.

– Ou alors qu'il attend un heureux événement, ai-je blagué.

Stephen n'a pas relevé.

– Bon, puisque t'es là à titre officiel, voilà le contexte : la victime, Charlie Strong, était un ancien alcoolique. Une fois guéri, il a continué à tenir son pub, mais en gardant pour principe d'embaucher des personnes en cours de sevrage et de réinsertion pour les aider à maintenir le cap. C'était le cas de Sam Worth, le suspect, et depuis peu. Ancien camé de catégorie A, deux inculpations pour détention illégale à son actif. Il a fait deux ans de prison pour avoir presque battu un homme à mort avec une chaise en métal. Au moment des faits, il planait sous acide et croyait que l'homme essayait de lui voler ses oreilles.

– Ses oreilles ?

– Apparemment Sam touchait à pas mal de drogues. Bref, il est fiché.

– Fiché ?

– Oui, fiché. Il a un casier, quoi. Un casier judiciaire. Il est connu pour usage de stupéfiants et faits de violences. Cela dit, on n'a trouvé aucune trace de drogue dans son organisme au moment de l'arrestation. Il a clamé son innocence sur les lieux du meurtre et finalement décidé de plaider coupable une fois qu'il s'est retrouvé derrière les barreaux. Il y a une semaine, il a tenté de s'automutiler et même de se suicider en se tapant la tête contre un mur jusqu'à ce qu'il ait le crâne en sang et une commotion. C'est là qu'on l'a transféré dans une unité psychiatrique. Ce qu'on essaie d'établir à présent, c'est s'il est oui ou non apte à passer en jugement. Voilà où en sont les choses.

Sur cette joyeuse conclusion, Stephen s'est tu. Le bus devant nous était placardé d'une affiche publicitaire d'un rose pétant à vous donner la migraine pour une comédie musicale intitulée *Pied-stigieux !* On y voyait la photo d'un homme et d'une femme affichant un sourire tellement exagéré que j'avais l'impression que la peau de leur visage était à deux doigts de craquer et de leur laisser le crâne dégarni.

– Je vais me planter, ai-je déclaré, juste histoire de changer de sujet.

– Ça n'a pas l'air de t'inquiéter plus que ça.

– Si. Simplement je garde le sens des proportions, ai-je répondu d'un ton dégagé. J'ai surmonté pire dernièrement.

– C'est vrai, a fait Stephen. Mais maintenant il faut que tu tournes la page.

– C'est déjà fait.

– Je veux dire : c'est important, le lycée.

– T'es en train de me faire la leçon, en mode « laisse pas tomber les études », là, c'est ça ?

– Je te fais aucune leçon ; c'est pas mon problème que tu aies de bonnes notes.

Il était peut-être préférable que la conversation s'arrête là. Les circonstances ne se prêtaient pas vraiment aux bavardages futiles et, dans ces moments-là, si je continue à parler, souvent la situation prend vite une tournure bizarre. Le moment était venu de se taire.

L'hôpital Royal Bethlehem ne ressemblait pas à un asile psychiatrique – non que j'aie une grande expérience en la matière. Il était en brique et avait un aspect très américain, genre bâtiment administratif de campus universitaire ou de n'importe quel centre-ville, n'importe où aux États-Unis. De grandes fenêtres, un toit rouge, une tourelle carrée au sommet. Le lieu semblait fonctionnel et accueillant, bien que totalement voilé derrière des lambeaux de brouillard. On s'est garés juste devant l'entrée, sur un emplacement réservé aux véhicules de service.

– Voilà comment ça va se passer, a annoncé Stephen en coupant le moteur. Cet homme est accusé de meurtre. Ne l'oublie pas. Je serai le seul à parler. C'est clair ?

– Limpide.

– Même si on te pose des questions, tu ne réponds pas. Il ne faut pas qu'on entende ton accent.

– Compris.

– Ferme ta veste jusqu'en haut et garde le chapeau. Fais comme si ta présence ici était légitime. En théorie, tu te fais passer pour un agent de police, alors il faut que ça ait l'air crédible.

Tout s'est bien passé, jusqu'à ce qu'on pénètre concrètement à l'intérieur du bâtiment.

J'appelle ça « le syndrome du parc aquatique ». Je crois toujours que je suis fan des parcs aquatiques. Glisser sur des toboggans pleins d'eau me paraît toujours être une perspective sympa. J'aime bien la piscine, donc en principe l'idée d'un lieu dédié abritant plusieurs piscines devrait me plaire. Du coup, chaque été, je finis invariablement par commettre l'erreur d'aller à Aqualand, où, une fois sur place, je me souviens que je déteste les parcs aquatiques car tout l'intérêt de ce type d'endroit n'est pas de barboter dans l'eau mais de dévaler les toboggans. Des toboggans vertigineux et fermés qui atteignent souvent des sommets, or, comme tout rescapé de naufrage se ferait un plaisir de vous le dire, l'eau et les espaces clos ne font pas vraiment bon ménage. Ajoutez à cela l'aspect glissade en chute libre et vous obtenez une combinaison que notre cerveau reptilien abhorre. Ce dernier dit *non*.

Mauvaise idée. Il dit *Tu vas dégringoler puis te noyer, voire les deux en même temps.*

J'en prends chaque fois conscience à la seconde où j'approche les tourniquets pour acheter un billet, car c'est à cet instant précis que l'odeur de chlore se fait sentir. Dès qu'elle pénètre mes narines, mon cerveau reptilien se réveille, vérifie ses fichiers et déclenche l'alarme. Voilà pourquoi je finis toujours par prétexter une douleur et me cramponner à ma serviette de bain pendant que des gosses casse-cou courent en jubilant partout autour de moi.

Ce matin-là, cependant, ce n'est pas l'odeur du chlore qui m'a alertée. En pénétrant dans le bâtiment, j'ai distingué l'odeur légèrement piquante de l'antiseptique et celle, étrange et trompeuse, de l'air recyclé issu d'un endroit où toutes les fenêtres sont closes. L'odeur de l'hôpital.

Point de départ : la réception. De là, on nous a conduits d'un poste de contrôle à l'autre en franchissant une succession de portes qui ne s'ouvraient qu'à l'aide de cartes magnétiques. Stephen a dû présenter ses papiers, autrement dit sa carte de police. Il a signé tout un tas de documents sur des blocs-notes.

À mesure que l'on s'enfonçait dans le bâtiment, je sentais bien qu'on franchissait des paliers de plus en plus sécurisés. Au début du parcours, des tableaux ornaient les murs, des toiles peintes par les patients. Les premiers étaient simplement accrochés. Mais les suivants étaient protégés par des grilles cadenassées. Ensuite plus rien, que des murs blanc cassé et tout le reste d'un vert clair apaisant. Calme, ordre et protocole étaient visiblement les maîtres mots.

Finalement, après qu'une dernière série de documents a été signée, on nous a emmenés jusqu'à une salle fermée de l'extérieur par une épaisse porte aux gros loquets très impressionnants et percée d'une minuscule vitre en haut, juste assez grande pour jeter un coup d'œil à l'intérieur. On nous a fait entrer, puis la porte s'est refermée à double tour derrière nous.

La première impression que j'ai eue en voyant l'homme assis en bout de table, c'est qu'il était gros. Une barbe de plusieurs jours hirsute blond grisâtre lui grignotait les joues. Il portait la tenue réglementaire fournie par l'hôpital, laquelle s'apparentait à une blouse blanche. Ses mains étaient étroitement menottées à la table, pourtant ça ne semblait pas indispensable. Il se tenait prostré sur sa chaise, l'air vulnérable et abattu. Son front portait encore les marques des entailles et des contusions qu'il s'était faites en s'assénant de violents coups de tête contre le mur de sa cellule.

La pièce était dépouillée, il n'y avait là que quelques chaises et une table boulonnées au sol. Une caméra de surveillance trônait dans un angle du plafond, protégée par un épais plastique percé d'un simple trou à l'extrémité pour découvrir l'objectif. Stephen lui a lancé un rapide coup d'œil. Subitement, le voyant rouge sur le côté a clignoté et s'est éteint. Pas de caméra. Cet entretien était confidentiel.

Il y avait deux chaises de part et d'autre de la table, mais je ne savais pas trop si j'étais censée m'asseoir ou si je devais rester en retrait.

– Je suis l'agent de police Dene, s'est présenté Stephen. Et voici ma partenaire, l'agent Devon.

Je présume que Deveaux, mon vrai nom de famille, était trop typique et que Devon sonnait plus *british*.

Sam a relevé légèrement la tête.

– Agent, vous dites ? s'est-il étonné.

– J'ai conscience que vous avez dû parler à de nombreux collègues aux grades bien plus élevés.

– Fini de parler. J'en ai déjà dit beaucoup.

– Et je comprends que vous n'ayez peut-être pas envie de vous répéter, a continué Stephen. Je sais que vous avez déjà dû raconter votre histoire à des tas de gens, mais je vais quand même vous demander de recommencer pour nous.

– Vous avez peur de vous asseoir ? m'a lancé Sam.

À vrai dire, oui. J'étais terrifiée à cette idée. Comme c'était gentil de sa part de le remarquer.

– Agent Devon, a ordonné Stephen sans se retourner, venez donc vous asseoir.

J'étais à présent au centre de l'attention et tant que je ne me serais pas décollée de ce mur pour aller les rejoindre, il était possible que la situation s'éternise. Je n'étais pas une policière qualifiée, me suis-je rappelé, ni une professionnelle de la psychiatrie ou quoi que ce soit du genre. J'étais une lycéenne, qui plus est étrangère, qui s'était retrouvée mêlée à cette affaire tout à fait par hasard et personne ne me demandait d'être forte et courageuse, ici. Seulement c'était moi qui avais demandé à venir.

Je me suis écartée du mur pour venir me poser sur la chaise en plastique, les mains sur les genoux, à l'abri des microbes et de tout ce qui pouvait m'effrayer dans cette pièce.

À présent on pouvait poursuivre.

– Je sais que c'est difficile pour vous, a repris Stephen, mais ce serait très utile et vous avez été très coopératif jusqu'ici. Nous en avons conscience.

Sam a soupiré, un soupir qui a mobilisé tout son corps et voûté son dos.

– J'ai pas envie. J'suis fatigué.

Rentrant le menton, Sam a observé les entraves qui le maintenaient attaché à la table.

– Prenez votre temps, l'a rassuré Stephen. Nous ne sommes pas là pour vous ennuyer. Mais pour vous écouter.

Sam a reporté son attention sur moi. Un reflet jaunâtre luisait dans ses yeux.

– T'es pas de la police, toi, si ?

– L'agent Devon est une observatrice de notre programme d'aide sociale à domicile, a avancé Stephen. Je vais déposer une requête pour que vous…

– Ça m'étonnerait, a coupé Sam. À mon avis aucun de vous deux n'est flic.

Stephen a sorti sa carte de police, l'a ouverte et fait glisser devant lui sur la table. Sam s'est penché pour y jeter un coup d'œil.

– Et la sienne, elle est où ? a-t-il questionné.

– Étant donné ses fonctions, elle n'en a pas.

– Mais pourquoi elle parle pas ?

De toute évidence, Sam m'avait démasquée. Évidemment que je n'étais pas flic. Un enfant de quatre ans ou même un chien l'aurait deviné. J'imagine que comme c'était Stephen qui avait eu cette idée, j'avais cru qu'au fond ça fonctionnerait.

– C'est une simple observatrice, a répété ce dernier. Si sa présence vous importune, elle peut sortir dans le couloir pour nous laisser nous entretenir seul à seul.

– Je veux savoir qui elle est.

À mon sens, ça ne servait à rien de continuer ce petit jeu.

– Je m'appelle Rory, ai-je fait.

– T'es américaine, a observé Sam.

Stephen n'a pas dit un mot mais l'imperceptible haussement d'épaules qui a accompagné son soupir ne m'a pas échappé.

– T'es qui exactement ? a encore demandé Sam. Comment t'es entrée ici ?

– Je suis ici parce que j'ai eu des ennuis il y a peu de temps.

Ça, ça l'a interpellé.

– Quel genre d'ennuis ?

Stephen s'est bruyamment éclairci la voix.

– Je ne crois pas que ce soit…

– Quel genre d'ennuis ? a insisté Sam.

Son regard était braqué sur moi. Cet homme était censé avoir assassiné quelqu'un à coups de marteau. Venir ici, parler avec lui… ce n'était peut-être pas la meilleure idée que j'aie eue. Quoique, parler, ça a toujours été mon fort, et mieux valait parler que de se taire.

– J'ai été agressée à coups de couteau, ai-je précisé. À Wexford.

– C'est toi la fille de l'Éventreur, en a déduit Sam. Ils avaient dit que la victime était une adolescente américaine. C'est elle.

Cette dernière affirmation était adressée à Stephen, qui a bien été obligé d'acquiescer.

– Pourquoi avoir ramené la fille de l'Éventreur ici ?

On s'était tellement éloignés du sujet à cet instant que Stephen n'a pas su répliquer du tac au tac à cette question tout à fait légitime.

– Vous avez vu les reportages aux infos, a-t-il finalement expliqué au bout d'un moment. Vous vous souvenez que le suspect n'avait jamais été filmé par les caméras de surveillance ?

Ces mots ont eu un effet immédiat sur Sam. Ses bras se sont relâchés, faisant cliqueter ses menottes sur la table. Mais, dans le même temps, sa posture est devenue plus alerte.

– Je crois que quelque chose dans ce sous-sol n'était pas normal, a repris Stephen.

Sam a secoué la tête comme s'il avait besoin de chasser de l'eau dans ses oreilles.

– Ça, non, a-t-il confirmé, nerveux.

– Sam, je crois que vous n'aviez pas l'intention de faire du mal à Charlie. Je me trompe ?

– J'ai déjà répondu à cette question !

– Répondez-moi : *Est-ce que je me trompe ?*

Sam s'est mis à pleurer. Des larmes coulaient lentement sur ses joues, s'enlisant dans sa barbe touffue. Il a tourné vivement la tête de gauche à droite comme pour essayer de les chasser.

– Il y avait quoi dans ce sous-sol, Sam ? Pourquoi avez-vous demandé à Charlie de descendre ?

– C'est ma faute...

– Sam.

La voix de Stephen avait pris un ton grave et ferme qui avait quelque chose d'envoûtant.

– Vous l'avez fait venir en bas, Sam. Pour quelle raison ?

– À cause de ce qu'il y avait par terre. Je voulais simplement lui montrer ce qu'il y avait par terre...

– Qu'est-ce qu'il y avait par terre ?

– Une croix.

– Quelle croix ?

– Quand je suis descendu chercher les Schweppes, elle n'y était pas. Mais ensuite quand je suis redescendu pour les chips, il y avait cette croix.

– Une croix ?

– Elle était dessinée à la craie, a expliqué Sam. J'ai cru que j'hallucinais. Je me suis rapproché et tout à coup cette chope est sortie de nulle part, comme si on me l'avait lancée à la figure. J'ai appelé Charlie en criant...

Je me suis rendu compte que mes ongles étaient plantés dans mes cuisses.

– Charlie a cru que je m'étais drogué, mais c'était pas le cas. J'étais clean. Je le jure. Et j'essayais de le convaincre quand...

Sam s'était mis à trembler, un frisson qui l'ébranlait de la tête aux pieds, agitait ses bras et tirait sur les chaînes qui le retenaient à la table. Des larmes coulaient à flots de ses yeux.

– Que s'est-il passé ensuite, Sam ? a demandé doucement Stephen.

Sam a secoué la tête.

– Quoi que vous disiez, a-t-il insisté, on vous croira.

– Mais je m'en fiche que vous me croyiez !

Cet homme tourmenté, enchaîné sur place, était un terrible spectacle à regarder.

– Charlie a commencé à effacer la croix à la main, a-t-il poursuivi. Il était agenouillé par terre et disait : « C'est rien, on va nettoyer ça et remonter discuter autour d'une bonne tasse de thé... » Il pensait que je planais et délirais. Et après, le marteau... Il a bougé tout seul. Je vous jure, il s'est abattu droit sur lui... de lui-même. Au beau milieu du vide. Je n'en croyais pas mes yeux. Je voulais réagir mais je comprenais rien à ce qui se passait... et d'ailleurs, c'est pas ce qui s'est passé, n'est-ce pas ? Le marteau n'a pas bougé tout seul. C'est forcément moi qui l'ai frappé. Il n'y avait que lui et moi dans ce sous-sol, j'ai dû ramasser le marteau quand il est tombé par terre et… ça ne peut être que moi. C'est forcément moi qui l'ai tué. J'ai dû…

Cette fois il a éclaté violemment en sanglots, tremblant de tout son être. Enchaîné à la table, il pleurait de douleur.

Stephen s'est levé et m'a indiqué d'en faire autant.

– Merci de nous avoir raconté, vous avez bien fait. C'est un bon hôpital. Ils vont prendre soin de vous ici.

Sam s'est détourné pour fixer le mur, et ses larmes ont ruisselé de plus belle. Ses sanglots résonnaient dans la pièce qui commençait à sentir le renfermé et la sueur. Toute l'horreur de cette affaire était condensée ici, dans la sueur, les larmes et l'adrénaline, le tourment d'un esprit refoulant un phénomène qui lui paraît anormal, étranger à ce monde. Un phénomène violent sans corps ni visage.

– Sam, on va bien s'occuper de vous ici, a répété Stephen d'une voix subitement très douce, plus que je ne l'en aurais cru capable. Vous n'avez rien à craindre.

– C'est ma faute, a gémi Sam. C'est moi qui l'ai tué. Forcément. Je vous en supplie, expliquez-moi. Dites-moi ce qui se passe… par pitié…

– Vous expliquer…

Stephen s'est interrompu, cherchant ses mots. Mais qu'est-ce que vous vouliez expliquer à un homme qui avait vu son patron mourir sous ses yeux ? Un homme qui était persuadé d'avoir commis un meurtre et qui se retrouvait maintenant à l'asile, enchaîné à une table ?

– Je vais dire un mot au personnel, l'a rassuré Stephen. Ils vont vous donner quelque chose. Ça va aller. Vous allez recevoir toute l'aide dont vous avez besoin. Merci d'avoir accepté de nous parler.

Il m'a fait signe de la tête, je me suis levée lentement et on est partis.

14

Je ne suis pas exactement sortie de l'hôpital en courant mais c'était tout comme. Une fois dehors, j'ai renversé la tête en arrière. Le crachin s'est engouffré dans mes narines, ainsi que l'odeur de feuilles mouillées du parking. Tout me plaisait dans ce parking détrempé. J'adorais ce paysage emmitouflé dans le brouillard. Ce n'était pas cet hôpital en soi qui me dérangeait ; c'était un établissement tout ce qu'il y a d'agréable et de moderne. Simplement il me donnait l'impression d'étouffer.

– Je t'avais bien dit que ce ne serait pas une partie de plaisir, a lâché Stephen.

– Ça va, ai-je assuré.

Il m'a cru sur parole. On est retournés à la voiture mais il n'a pas démarré tout de suite.

– Bon alors, il y a deux possibilités, a-t-il évalué : soit Sam a battu son patron à mort à coups de marteau. Soit...

– Il a effectivement vu un marteau volant tuer son patron et maintenant il est interné dans un centre pour psychopathes.

– C'est l'autre hypothèse, oui.

– Et laquelle est la bonne, à ton avis ?

– Je ne sais pas, a-t-il hésité en se frottant le menton. L'expertise médico-légale est formelle : les taches de sang sur ses vêtements et son corps indiquent qu'il se tenait à environ soixante centimètres de la victime au moment de l'agression. Pour ce qui est des indices sur le marteau, c'est plus confus. Ses empreintes étaient dessus mais apparemment elles dataient d'avant le meurtre. Vu la façon dont le sang a dégouliné sur le manche, si quelqu'un avait tenu le marteau, ses doigts auraient interrompu l'écoulement, mais pas là en l'occurrence. L'hypothèse la plus plausible est qu'il tenait le manche très bas et peut-être avec quelque chose, un torchon par exemple, mais qui n'a jamais été retrouvé. Ils n'ont pas eu de mal à fermer les yeux sur les invraisemblances concernant les empreintes sur l'arme puisque le suspect a *avoué*.

– Donc ce marteau aurait très bien pu voler tout seul ? ai-je résumé.

– Donc ce marteau aurait très bien pu voler tout seul. Ou alors c'est qu'il le tenait d'une drôle de façon. Et comme c'est plutôt bizarre de défoncer le crâne de quelqu'un avec un marteau, tenir l'outil bizarrement n'aurait rien d'étonnant... T'es sûre que tu te sens bien ?

À ma connaissance, j'avais un comportement tout à fait normal. Je n'étais pas en train de crier, de pleurer ou de gesticuler comme une forcenée. Et surtout, je me sentais de mieux en mieux à chaque seconde depuis qu'on était sortis de cet hôpital. Mais de toute évidence, je dégageais des ondes qui laissaient entendre que je n'étais pas dans mon assiette.

– Oui, c'est juste que... tu sais, être là-dedans me donne l'impression que ça pourrait être moi, tu comprends ? Je suis fêlée.

– T'es pas fêlée.

– Je connais un poulet à côté de moi qui pense le contraire.

– T'es pas fêlée, a-t-il répété d'un ton plus ferme. Tu as vécu une agression terrible, tu as survécu et tu t'en remets extraordinairement bien. Tu es forte. Arrête de tourner ça en dérision. Il y a rien qui cloche chez toi.

Je ne m'attendais pas à ce petit accès d'humeur, ni à la colère que je décelais dans sa voix.

– Désolée.

– Ne le sois pas. Seulement, arrête avec ton sarcasme. C'est capital. Vu le boulot qu'on fait, on ne doit jamais oublier qu'il n'y a rien qui cloche chez nous. Arrête de plaisanter à propos de ta santé mentale. Ça ne t'a pas plu d'être là-dedans. Soit. Moi non plus. C'est terrifiant parce que quand on a notre étrange pouvoir, on se demande si un jour on finira dans ce genre d'endroit.

– Qui sait ? ai-je renchéri. Si j'avais raconté à Julia ce qui s'est réellement passé, peut-être que j'aurais finie internée. Si ça se trouve ça m'aurait plu d'être là. À mon avis, ils proposent plein d'activités manuelles. J'aime bien ça, moi. C'est sympa, les activités manuelles. Je sais tresser des super attrape-rêves. Et je parie qu'ils vous servent plein de pudding à manger. Moi, tu me donnes du pudding et des ateliers manuels et je suis contente pour un moment…

– Ces hôpitaux n'ont rien d'horrible. J'ai préféré le temps que j'y ai passé à mes années de lycée, à bien des égards.

On se sent assez mal quand on se rend compte qu'on vient de blaguer à propos d'une expérience que votre interlocuteur a justement vécue.

– Je voulais pas…

– Je sais. Je te le dis, c'est tout. Si une personne a besoin de soins psychiatriques, sa place est dans un établissement comme celui-ci. Mais ce que tu as n'est pas une maladie mentale. Je n'ai pas été interné parce que je voyais des fantômes mais parce que j'avais tenté de me suicider. Et cette tentative de suicide n'avait rien à voir avec notre faculté.

Je n'avais jamais entendu quelqu'un parler ouvertement de sa tentative de suicide comme ça, d'un ton aussi neutre. À la réflexion, je n'avais même jamais entendu personne parler de tentative de suicide tout court. Quelque chose dans le fait qu'on venait de passer un moment ensemble dans cet hôpital avait ouvert une fenêtre de dialogue. Je sentais son empressement à se confier émerger sans bruit, comme un chat réticent sortant de sous un canapé.

– C'était à cause de la mort de ta sœur, me suis-je souvenue.

– Et de mon incapacité à m'en remettre. Ou de l'absence de réaction de ma famille. Comme tu préfères. Les deux raisons sont vraies.

– Tu y as passé combien de temps ? ai-je demandé.

– Un peu plus d'un mois, a-t-il dit en se pinçant rapidement le nez pour l'essuyer. Mes parents m'ont envoyé au Prieuré. Pas d'hôpital public pour moi. Une clinique chic de Londres et surtout bien éloignée. J'ignore s'ils pensaient réellement que j'en avais besoin ou s'ils voulaient simplement se débarrasser de moi pour un temps. Je suis allé me faire soigner. Eux sont partis en Grèce. C'est pas pour rien que ma sœur se droguait.

Ça l'a presque fait sourire.

– Vous étiez proches avec ta sœur ?

– Elle avait trois ans de plus que moi. On était tous les deux internes dans des écoles différentes. Je ne la voyais pas si souvent que ça, en fait. Je veux dire, on tenait beaucoup l'un à l'autre mais on n'était pas tout le temps fourrés ensemble. J'ignorais tout de sa dépendance. Je crois que ça explique en partie pourquoi je m'en suis autant voulu. Elle se droguait énormément, à des doses vraiment dangereuses, et je n'en savais rien. Pas un seul de ses prétendus amis n'a été vraiment surpris quand elle a fait son overdose. Le seul qui est tombé des nues, c'est moi. J'ai encaissé sagement pendant trois ans et ensuite…

Il s'est interrompu en enlevant une peluche imaginaire sur sa manche. Le sujet était clos.

– C'est sans arrêt, ai-je fait. Tous ces meurtres.

– Il n'y en a pas plus qu'avant. C'est juste que maintenant tu en as conscience.

– Moi je crois que si, justement : il y en a plus qu'avant.

– Ça reste une question de point de vue. Quand j'ai suivi ma formation pour devenir policier, j'ai eu l'occasion de lire des rapports d'enquêtes criminelles. Je travaillais à l'accueil le samedi soir et j'assistais à toutes les allées et venues du commissariat. J'ai vu des gens se battre, parfois à coups de couteau. On commence à voir la violence partout dans ces cas-là.

– Je ne peux pas continuer comme ça, ai-je soupiré. Le lycée est une grosse imposture. Je mens à tout le monde. Mes amis me prennent pour une parano.

– C'est pour ça que le plus simple, c'est de ne rien dire du tout.

– Mais comment tu fais pour ne *rien* dire à *personne* ?

– C'est plus facile quand on n'a pas d'amis, a-t-il ironisé en esquissant un étrange semblant de sourire.

– Ça ne m'aide pas beaucoup.

– Non mais… pour revenir à nos moutons : il dit la vérité, Sam, d'après toi ?

La séquence confidences était terminée, nous sommes revenus à l'affaire en cours.

– Je suis tentée de le croire, ai-je admis.

– Moi, je sais pas trop ce que j'en pense, mais ça vaut le coup d'aller au moins jeter un œil au *Royal Gunpowder*. Callum et Boo ne devraient pas tarder à rentrer de l'hôpital. On pourra aller y faire un tour ce soir ou demain.

– Ou bien tu y vas maintenant, ai-je proposé. Avec moi.

– Rory.

– Non parce que, imagine qu'il y ait un fantôme dans ce sous-sol, qu'est-ce que tu feras ?

– La même chose que ce que je fais depuis des semaines : je lui parlerai.

– D'accord, mais il y a des chances pour que ce fantôme ait tué un homme à coups de marteau, alors c'est peut-être pas la meilleure idée qui soit de vouloir lui parler. Tu as besoin de moi.

– J'ai surtout besoin que tu comprennes que c'est *notre* boulot. Je suis content que tu sois revenue et que tu veuilles aider mais…

– Dans ce cas j'irai seule.

– T'es vraiment pénible, tu sais ça ?

– Ça t'étonne ?

– C'est pas un jeu.

– Explique-moi à quel moment au juste j'aurais pu m'amuser ou prendre ça pour un jeu ? ai-je lâché durement. Quand je me suis fait harceler pendant des semaines ? Éventrer ? Ou bien quand je suis descendue dans une station de métro abandonnée plongée dans le noir pour affronter un homme qui avait assassiné une dizaine de personnes ? Dis-moi à quel moment c'était censé être drôle parce que là, je vois pas.

Je l'avais séché sur ce coup ; il s'est encore frotté le nez.

– Mêmes consignes, a-t-il soupiré : tu me laisses parler. Et je suis sérieux cette fois. Jure-moi de tenir ta langue et ta promesse avec.

– Juré. Mais tu sais, c'est lui qui s'est adressé à moi, et le fait que je lui ai répondu l'a peut-être mis en confiance…

– On s'en est bien tirés ici, mais dans un contexte plus banal, ça passera pas. On leur dira que tu es assistante sociale dans un organisme d'aide aux victimes venue uniquement en observation. Alors fais-toi discrète et n'engage pas la conversation. Et n'oublie pas : les gérants de ce pub viennent de perdre un parent.

– Je sais.

– Alors une certaine diplo…

– Je serai sage. C'est toi qui parles. J'ai compris.

L'essentiel, c'est que malgré toute cette apparente réticence, Stephen a cédé.

Le Royal Gunpowder était plein à craquer. Une sorte de rassemblement informel à la mémoire du défunt avait lieu. Des fleurs étaient disséminées sur le comptoir et un certain brouhaha régnait mais de façon assez respectueuse. On a essuyé quelques regards en coin en entrant, du moins Stephen. Il avait enlevé sa panoplie de policier et revêtu le costume du flic en civil taciturne. Il s'est frayé un chemin jusqu'à l'avant du pub avec une facilité déconcertante. (J'avais remarqué que la majorité des Anglais était experte quand il s'agissait d'atteindre le comptoir dans un pub bondé, qu'il existait une sorte de méthode tacite pour se glisser jusqu'au bar en jouant des coudes, sans pour autant griller la priorité à quiconque.)

Derrière le comptoir, une femme en robe noire toute simple était en grande conversation avec un groupe de messieurs épinglés de leur badge des Alcooliques Anonymes. Elle hochait beaucoup la tête en s'essuyant de temps en temps les yeux. Stephen les a interrompus aussi aimablement que possible et a sorti sa carte de police. J'ai fixé le dos de son blouson pendant qu'il se présentait à la femme et se renseignait très poliment sur la façon dont s'était déroulée la réouverture.

– Vous vous sentez bien, ici ? l'a-t-il questionnée.

– Bien ? Mon beau-père a été battu à mort à coups de marteau au sous-sol, a-t-elle rappelé. Alors non, je ne peux pas dire que je me sente *bien*.

– Je suis sincèrement navré, s'est empressé de s'excuser Stephen. Permettez-moi de reformuler la question : personne n'est venu vous importuner ? Des vandales ? Quoi que ce soit dont nous devrions être avertis ? Il arrive que les scènes de crime attirent les parasites, donc on préfère vérifier.

En passant, comme ça, d'un air aussi nonchalant que possible, j'ai jeté un coup d'œil vers Stephen pour voir comment l'entretien se déroulait.

– Oh, a fait timidement la femme. Bien sûr. Je vois. Non… rien de tout ça.

– Vous ne semblez pas convaincue. Je vous assure, s'il y a quoi que ce soit, même un détail a priori insignifiant, on s'en occupera.

– Eh bien… a-t-elle ajouté l'air un peu songeuse. Suite à ce qui s'est passé, on a engagé une équipe de nettoyage pour qu'ils remettent le sous-sol en ordre. Il existe des sociétés spécialisées dans ce genre de situations, vous savez. Ils sont venus et ont tout nettoyé à fond, même le plafond. C'était impeccable et comme neuf. Alors une fois que ça a été fait, je suis descendue pour la première fois. J'ai pris quelques-uns des bouquets que les gens avaient laissés dehors et je les ai déposés par terre à l'endroit précis où ça s'est produit. Le lendemain, quand j'y suis retournée pour changer l'eau des fleurs, les vases avaient tous changé de place. J'ai questionné le personnel pour savoir s'ils y avaient touché mais ils m'ont affirmé que non. Ils ont juré qu'ils n'y étaient pour rien. Enfin bon, ce ne sont que des fleurs. Je n'allais pas appeler la police parce que quelqu'un avait déplacé mes vases. N'importe comment, je suis persuadée que c'est quelqu'un de chez nous mais qui n'a pas osé l'avouer quand j'ai posé la question.

– Il serait préférable que je descende jeter un coup d'œil, a jaugé Stephen. Pour vérifier que la pièce est bien sécurisée. Ça ne prendra qu'une minute.

– Qui est-ce ? s'est enquise la femme en me désignant du menton.

– Service d'aide aux victimes, a répondu habilement Stephen. Elle s'occupe de la paperasse et s'assure que tout soit en ordre.

J'ai fait mine d'être absorbée par la lecture d'un menu affiché au mur proposant un plat du jour à cinq livres pour le déjeuner. La femme a commencé à nous accompagner au sous-sol mais Stephen l'a retenue d'un geste.

– Si vous voulez bien rester à l'étage. Question de procédure. Règlementation sur l'hygiène et la sécurité. C'est idiot, je sais. Mais bon, c'est comme ça.

À mon étonnement, la femme a une nouvelle fois opiné et tourné les talons en refermant la porte derrière elle. Ça m'a sidérée.

– J'arrive pas à croire qu'elle t'ait cru, ai-je dit en le suivant dans l'escalier. *« Question de procédure »* ? Là d'où je viens, personne ne laisserait un représentant des forces de l'ordre descendre inspecter sa cave comme ça, a priori sans raison. Ils dégaineraient soit leur avocat, soit un fusil. Dans le doute, peut-être même les deux.

– On est en Angleterre, a expliqué Stephen. Quand tu dis à quelqu'un que c'est la procédure, il te croit sur parole. La procédure qui ne rime à rien, c'est une de nos grandes spécialités.

Au pied de l'escalier se dressait une étagère remplie de papier toilette : des paquets entiers de rouleaux du sol au plafond. Visiblement quelqu'un ici aimait acheter en gros. Et de part et d'autre de celle-ci : deux ouvertures.

– Y a quelqu'un ? a lancé Stephen dans la pénombre. On ne vous veut aucun mal. Si vous êtes là, manifestez-vous.

Pas de réponse.

– Voilà ce qu'on va faire, a-t-il décidé. On descend jusqu'en bas. Tu vas voir à gauche, moi à droite.

C'était du vrai boulot de flic : s'approcher d'une entrée, couvrir une direction pendant que le collègue couvre l'autre. C'est donc ce qu'on a fait. Je me suis retrouvée dans une pièce pleine de tuyaux et de barils sans aucun recoin où se planquer – sans aucun fantôme non plus.

– RAS ici, ai-je lancé.

– On n'y voit rien par là, a répondu Stephen. Mais apparemment ça continue un peu et il y a une autre pièce au fond.

Prudents, on a traversé un réduit qui abritait principalement des cageots délabrés, puis pénétré dans un espace beaucoup plus grand qui semblait être la pièce principale du sous-sol. Celle-ci était remplie d'étagères et de tonneaux reliés aux fûts à l'étage. Une odeur tenace de produits chimiques puissants flottait dans l'air. Mais hormis ça, aucun fantôme dans les parages.

– Ça capte pas, a remarqué Stephen en regardant son portable avant de le ranger dans sa poche. Du moins pas assez. Je n'arrive pas à accéder aux fichiers contenant les photos, mais bon, je les ai suffisamment examinées pour reconnaître l'endroit : c'est ici qu'a eu lieu l'agression.

Par terre, près de barils de bière, était posé un vase de jonquilles qui commençaient à se faner.

– Bon, récapitulons ce qu'on sait, a proposé Stephen. À la fois par les déclarations de Sam et les constatations effectuées sur place le jour J. Sam a affirmé qu'il avait commencé son service du matin à environ 9 h 45. Peu de temps après son arrivée, Charlie Strong est sorti s'acheter un sandwich au bacon. On a une vidéo de lui en train d'acheter son sandwich ; le ticket de caisse indique qu'il était 10 h 03. Pendant l'absence de Charlie, Sam a passé l'aspirateur dans le pub. Ensuite Charlie revient. Sam descend au sous-sol une première fois pour aller chercher les Schweppes. D'après les notes, quand il est remonté, Charlie était en train de regarder *La Matinale de Michael et Alice*. C'était la séquence cuisine…

– J'aime bien cette émission, ai-je commenté. Je la regardais souvent à Bristol.

– … et ils préparaient un poulet rôti. La séquence a été diffusée entre 10 h 14 et 10 h 17. À un moment donné, pendant ce laps de temps, Charlie demande à Sam de redescendre au sous-sol pour aller chercher des cacahouètes et des chips. Alors voilà ce qu'on peut en déduire : aux environs de 10 h 03, Sam descend pour la première fois. Il n'y a aucune croix dessinée par terre. La séquence cuisine était en cours au moment où il est redescendu et à son retour, donc on sait que le second voyage au sous-sol s'est déroulé entre 10 h 14 et 10 h 17, et à ce stade, la croix était apparue.

– Tu as mémorisé tout ça ?

– Oui. Bref, à ce moment-là, il se passe quelque chose. La chope de bière se casse, mais Sam n'y est pour rien d'après ses affirmations. Ça suppose donc que… la *chose* qui d'après lui se trouvait en bas – quoi que ce fût – s'est manifestée. Sam appelle Charlie en hurlant et Charlie descend. Charlie le trouve en panique, penché au-dessus de cette croix et vraisemblablement des éclats de verre. Et toujours d'après Sam, Charlie se serait agenouillé pour effacer la croix.

Stephen l'a imité, s'agenouillant à son tour au milieu de la pièce.

– Donc Charlie est à genoux. Il essuie le sol. Qu'est-ce que c'est une croix ? Une marque de sépulture. Un *X* indique un endroit précis. Peut-être que l'entité qui se trouvait là voulait marquer l'endroit où elle avait été enterrée. Quant aux fleurs : elles caractérisent aussi les tombes. La femme vient de dire que les fleurs qu'elle avait descendues avaient été déplacées, peut-être dans le but d'indiquer un emplacement… peut-être que cette *chose* s'en est prise à Charlie parce qu'il touchait à l'emplacement de sa tombe ?

Pendant que Stephen faisait ses déductions, je me suis approchée du mur adjacent à Artillery Lane, là où la fissure ressortait sur la façade du pub. Il y avait des étagères tout le long du mur en question, sur lesquelles étaient rangés des verres et des cartons de biscuits apéritifs. J'ai essayé de regarder entre les planches pour distinguer le mur mais elles étaient trop chargées. Alors j'ai commencé à vider l'étagère.

– Qu'est-ce que tu fais ? s'est étonné Stephen.

– La fissure. J'essaie de voir si elle descend jusqu'en bas de ce mur.

Il s'est relevé pour m'aider à déplacer les cartons et les verres et, à nous deux, on a écarté le rayonnage en métal. C'est drôle, je savais d'avance ce qu'on allait découvrir, je m'y attendais, et pourtant ça m'a quand même troublée de la voir. La fissure provenait du plafond, au niveau de la rue, et s'étendait jusqu'à mi-hauteur du mur.

– Elle ne va pas jusqu'au sol, a souligné Stephen. Donc la *chose* qui s'est échappée d'ici, si tant est que quelque chose se soit effectivement échappé, est vraisemblablement sortie de ce qui se trouve derrière ce mur, sous la rue.

– C'est bizarre de penser que des gens ont été enterrés sous la rue, ai-je fait.

– Il y a tellement de cadavres dans le coin. Rien que dans les charniers de Spitalfields, pas loin d'ici, ils en ont recensé plus de soixante-huit mille. Le problème n'est pas seulement qu'il y ait eu un cadavre ici. Il y en a eu partout dans Londres. À mon avis, c'est plus une question de changement de contexte. Si ça se trouve, cette présence subsiste ici depuis des siècles et l'explosion à Wexford l'a… réveillée ? Dérangée ? Perturbée d'une manière ou d'une autre ? Et elle a eu une réaction violente face à cette perturbation ? N'importe qui serait dérangé par une explosion à proximité.

– Alors tu crois qu'*elle* était simplement furax ?

– Les fantômes *furax* ont un nom dans le jargon usuel : les *poltergeists*. Et ils sont réputés pour être malintentionnés.

Sentant le discours arriver, je lui ai tourné le dos un instant.

– Stephen…

– Ce qu'il ne faut pas oublier, c'est que…

– Stephen, ai-je répété doucement en le tirant par le bras pour qu'il se retourne et regarde.

La silhouette se tenait dans l'embrasure. Je dis « silhouette » car je n'arrivais pas trop à dire s'il s'agissait d'un homme ou d'une femme, ni à déterminer son âge. C'était une masse confuse d'étoffe, de traits pâles et d'ondes grises. Je devinais l'emplacement supposé des yeux, mais il n'y avait que des cavités vides. La silhouette oscillait d'avant en arrière comme ballottée par une brise.

– Bonjour, l'a saluée Stephen.

Elle s'est avancée d'un mètre ou deux mais absolument pas en marchant. Elle s'est simplement *déplacée* et a continué d'osciller devant nous d'un tout petit peu plus près.

– On ne vous veut aucun mal, a continué Stephen. Est-ce que vous nous comprenez ? Faites-nous un signe si vous pouvez nous comprendre.

La silhouette n'a pas bronché.

– Je prends ça pour un non, a commenté Stephen, principalement à mon attention. Et je crois que…

Notre nouveau copain a choisi ce moment pour réagir. Il a fait du bruit. Non pas en parlant ou en criant mais en poussant un gémissement grave et désagréable… et de là, il n'y a plus eu moyen de l'arrêter.

– Je crois qu'on peut maintenant affirmer sans se tromper que ton hypothèse était juste, a reconnu Stephen en essayant de se faire entendre dans le bruit. Ce sous-sol est effectivement hanté.

– Effectivement.

On était figés contre l'étagère et j'avais le sentiment que cette *chose*, quelle qu'elle fût, n'avait pas l'intention de nous laisser sortir. Elle était *mécontente* et, selon toute vraisemblance, la dernière fois qu'elle avait été mécontente elle avait fracassé le crâne d'un homme avec un marteau.

– Je crois qu'on a intérêt à être très prudents...

– Sans blague ?

– Et je crois aussi que j'ai peut-être raison à propos du fait que cette entité n'aime pas qu'on déplace ses affaires. Si c'est un ancien patient de Bedlam, il souffre peut-être d'un genre de TOC ou simplement d'un désir d'avoir un environnement constant. Ordre et constance...

– Il est fâché.

– Il a l'air, oui. Mais à mon avis, il nous écoute aussi. Tu nous écoutes ? Est-ce que tu comprends ce qu'on dit ?

Le gémissement n'a pas faibli.

– OK, a soupiré Stephen. Bon. Je présume qu'il essaie de communiquer à sa façon.

– Il communique avec des marteaux.

– C'est pas faux.

– Autrement dit, il faut que je me charge de lui.

– Je te l'ai dit : personne ne t'oblige à rien.

– Il faut qu'on sorte de ce sous-sol. Et je te rappelle qu'il a tué quelqu'un.

– Ça, on n'en sait rien. Même si c'est très probable.

– Et il va peut-être tuer quelqu'un d'autre. Je ne peux pas *ne pas* le faire.

– Mais je te répète que...

Je ne l'ai plus écouté. J'étais dans la position inhabituelle d'avoir les cartes en main. C'était à moi de prendre la décision, décision que j'étais seule capable d'appliquer. Et je ne comptais pas me dégonfler. J'avais affronté des choses terrifiantes par le passé en étant impuissante. Mais plus aujourd'hui. J'ai tendu le bras et avancé vers la silhouette. Elle a gémi et oscillé davantage, mais sans s'approcher ou reculer.

L'espace d'un court instant, je me suis demandé ce qui se passerait si ça ne marchait pas – si ma nouvelle faculté avait tout bonnement disparu et que je m'apprêtais à chatouiller une créature très lunatique qui dialoguait à coups d'outils et de gestes violents. Cependant, dès que ma main l'a effleurée, j'ai su. D'abord je l'ai sentie chauffer et rester comme aimantée à la silhouette. Cette dernière a cessé de vaciller. J'ai fermé les yeux et je me suis mise à tomber en douceur. À présent la créature et moi ne faisions plus qu'un et dégringolions ensemble à travers un paysage inconnu. Ensuite, moyennant une légère décharge semblable à de l'électricité statique, la connexion s'est rompue, l'odeur de fleurs s'est répandue et la créature a disparu.

15

Nous n'étions qu'à deux pas de Wexford mais Stephen a gentiment proposé que nous nous rendions à son appartement pour décompresser et faire le point. J'étais d'accord. J'ignore comment il a réussi à conduire étant donné qu'il m'a lancé des coups d'œil de côté pendant toute la durée du trajet. Je suppose que me voir exécuter mon nouveau numéro de loin ou involontairement était une chose, mais qu'être au premier rang et me regarder passer délibérément à l'acte en était totalement une autre. J'avais tué un *fantôme*. De mes propres *mains*.

C'était *génial*.

– Tu as bien fait, a-t-il approuvé.

– Je sais.

– Tu te sens bien ?

– Ça va.

– Pas de nausées ?

– Non, tout va bien.

– T'es sûre ? Tu as l'air un peu survoltée.

– Écoute, ai-je fait en me tournant vers lui, je me sens bien. J'avais raison. Tu ne me croyais pas mais résultat : j'avais raison.

– Si je ne te croyais pas, tu penses vraiment que je me serais donné la peine d'arranger cette entrevue à l'hôpital ? Ce n'était pas exactement de la tarte, je te signale. Tu es certaine que tu te sens parfaitement bien ?

– Tu veux bien arrêter de me poser cette question ?

– J'arrêterai quand j'aurai le sentiment d'avoir eu une vraie réponse, a-t-il rétorqué.

– Ah. Alors d'accord. OK. Je me sens mal. J'ai l'impression d'être la Mort en personne.

– C'est vrai ? a-t-il réagi, presque avec enthousiasme.

– Non. Je me sens en pleine forme.

Je me suis laissée retomber en arrière dans mon siège et mise à tapoter le carreau en essayant d'avoir l'air d'une flic. Je faisais des moues de flic aux voitures qui passaient à côté de nous – à base de regards durs et insistants. Parfois je leur adressais un petit signe de tête, comme pour dire : « Vous respectez les lois, citoyen, c'est bien. » Être dans les rangs, avoir du pouvoir, le sentiment que j'éprouvais à cet instant : tout ça me plaisait.

– Quand on arrivera à l'appart, laisse-moi expliquer à Callum et Boo ce qui s'est passé.

– Il faut toujours que tu sois le seul à parler, ai-je ronchonné.

– Parce que c'est mon boulot. C'est moi le responsable. Et j'ai tout fait pour qu'on ne se fasse pas pincer aujourd'hui. Se faire passer pour un policier est un délit.

– Non mais je veux dire, en règle générale. Même Callum trouve que…

Stephen a tourné brusquement la tête et là j'ai compris que j'étais allée trop loin. Voilà ce qui arrive quand je me sens trop bien. Je deviens une vraie pipelette et je finis par divulguer des infos qui devaient rester confidentielles, des choses qu'on vous a confiées et que vous étiez censée garder pour vous, et pourtant… *tadaaa !* ça sort.

– Callum trouve que quoi ?

– Que tu prends ton job… très au sérieux, ai-je bredouillé.

– Évidemment que je le prends très au sérieux !

– C'est ce qu'il pense, ai-je renchéri.

– C'est-à-dire ?

– C'est-à-dire que… c'est à toi de leur raconter ce qui s'est passé. Mais il y a un truc que je n'ai jamais compris… Comment ça marche, le fait que tu sois policier sans vraiment en être un… ?

À tous les coups, Stephen se doutait que j'essayais de noyer le poisson. Il voulait coûte que coûte savoir ce que Callum avait dit à son sujet. Seulement, je le connaissais assez pour savoir que quand il s'agit de parler procédures et fonctionnement de la brigade, on peut lui faire confiance. Il ne pourrait pas résister à l'envie de m'éclairer.

– En théorie, a-t-il commencé, je suis un agent assermenté. Simplement je ne suis pas affecté à un commissariat ou à un rôle en particulier, du moins pas en ce qui concerne la police de Londres. J'ai suivi la formation. J'ai passé cinq semaines à Hendon, environ quatre mois de plus à Bethnal Green, puis été formé au poste de police de Charing Cross, puis retour à Hendon. Ça m'a pris à peu près huit mois. Parallèlement, j'ai suivi une formation sur mesure à l'académie du MI5, principalement pour apprendre à pénétrer dans des endroits dont l'accès est limité. Ah, et puis du management aussi, une formation de gestion d'équipes. L'un dans l'autre, ça a duré un an, mais je continue d'apprendre tous les jours. Comme bien des métiers, on te forme mais c'est une fois sur le terrain que t'apprends vraiment. Les agents ordinaires effectuent leur formation auprès de personnes expérimentées, mais personne ne fait le boulot que je fais. Disons que moi, j'ai Thorpe.

– Il fait peur, ai-je avoué.

– Il est obligé. Tu ne peux pas laisser tes émotions entraver tes décisions et tu ne peux pas non plus faire preuve d'une trop forte personnalité, du moins pas en apparence. Mais il n'est pas méchant. Chaque fois que j'ai eu besoin de lui, il a répondu présent. Et franchement, à mon avis, il ne sait pas trop quoi penser de nous. Ç'a dû être un choc pour lui d'avoir pour mission de s'occuper de nous. Il sera peut-être soulagé que tout tombe à l'eau. Il pourra reprendre sa traque aux terroristes ou quel que soit ce qu'il faisait avant.

– Je trouve ça assez dingue, me suis-je étonnée. Il n'a pas notre faculté. Il doit juste te croire sur parole quand tu dis que des fantômes courent les rues et que tu te charges de les éliminer ?

– En gros, oui. Bon alors, qu'est-ce qu'il a dit, Callum ?

– Rien, ai-je soutenu.

Il n'a pas insisté.

L'appartement sentait l'odeur aigre des détritus de la veille. Un petit effort avait été fait pour le remettre un peu en ordre. Les barquettes sales étaient maintenant dans des sacs-poubelle qui mûrissaient bien sagement dans la cuisine. À cette odeur s'ajoutait un arôme familier et piquant qui m'a brusquement affamée.

– Mais qui voilà ! s'est exclamé Callum.

Assis dans le canapé, il était en train de manger quelque chose dans un gros bol – vraisemblablement la source de cette bonne odeur. Bon sang ce que j'avais faim ! Éliminer les fantômes me vidait, c'était clair. Boo déambulait dans la pièce en short de yoga, fléchissant et pivotant sur sa jambe fraîchement libérée. Elle s'est retournée vivement en entendant Callum.

– Qu'est-ce que tu fais ici ? s'est-elle étonnée joyeusement. Approche ! Regarde, j'ai récupéré ma jambe !

– Comment tu te sens ?

– Prête à en botter plus d'un, a-t-elle plaisanté. Ça gratte encore. Et j'ai l'impression qu'elle a un peu rétréci, non ? Ça arrive parfois, tu vois. Les muscles perdent en tonicité.

– Elle m'a l'air aussi grande que l'autre, pourtant.

– Tu trouves ?

Elle s'est penchée pour examiner sa jambe un instant. À sa place, j'aurais été frigorifiée en short. L'appartement était à peine chauffé. Mais les Anglais ont la chaleur dans le sang.

– Qu'est-ce que tu manges ? ai-je demandé à Callum. Ça sent *hyper* bon.

– Du curry de chèvre à la jamaïcaine. Préparé par ma mère hier soir.

– Je peux goûter ?

– Attention, c'est du vrai de vrai. Ma mère est originaire de Kingston. C'est une recette de famille.

– Moi j'y arrive pas, a commenté Boo. Et pourtant je mange quasiment de tout.

– Pas autant que moi !

– Sérieux, a averti Callum. Ce truc pourrait vraiment te tuer.

– T'inquiète, je suis coriace.

– Comme tu veux…

Il m'a tendu le bol.

– … Mais je te préviens, fais gaffe.

La viande était grise et coupée en petits morceaux tendres. J'ai porté le bol sous mon nez pour inhaler les délicieux arômes épicés. Mes yeux ont commencé doucement à larmoyer à cause de l'huile de piment. La cuisine épicée et moi, c'est une vieille histoire d'amour – histoire qui tient presque de l'obsession, d'ailleurs. Avec moi, plus c'est relevé, mieux c'est. Être en sueur, frémissante et à moitié aveugle du fait d'avoir la bouche en feu. En même temps, les épices, c'est comme une drogue. C'est *scientifiquement prouvé.* J'ai enfourné trois fourchettes pleines d'affilée dans ma bouche. Puis, après avoir bien sué et frissonné, j'en ai repris une. Callum a éclaté de rire.

– À l'évidence, t'es *vraiment* en forme, a convenu Stephen.

– Pourquoi est-ce qu'elle le serait pas ? s'est étonnée Boo.

Ça faisait une bonne minute qu'elle l'épiait du coin de l'œil. Je l'avais remarqué entre deux bouchées délicieusement cuisantes. Étant donné la taille de ses yeux, leur éclat et l'épais trait de crayon noir qui les soulignait, on peut dire qu'elle avait été remarquable de discrétion. Si je la repérais si bien, c'était parce que j'avais moi-même fait les frais de ses regards en coin pendant environ une semaine au début de notre rencontre.

– Il faut qu'on vous parle de ce qu'on a fait ce matin, a annoncé Stephen.

Sur ce, il leur a raconté. Son compte rendu était correct. À sa place, j'aurais ajouté davantage de descriptions et de détails.

– En une matinée ? a finalement réagi Callum. On s'absente une matinée et il faut que ça arrive à ce moment-là ?

– C'était pas prévu comme ça. On est allés à l'hôpital et, sur le chemin du retour vers Wexford, on a fait un saut au pub. Tout s'est passé assez vite, mais Rory a très bien géré.

– Crac-crac, ai-je lancé malicieusement à Callum dans l'espoir de détendre un peu l'atmosphère, mais il n'a pas bronché.

Boo a agité ses longs ongles pourpres.

– Bon, ça va faire plaisir à Thorpe, a ajouté Callum. C'est déjà ça. Ils vont nous offrir des fortunes en récompense. Ou peut-être juste un nouveau canapé IKEA.

– Ça, j'en doute, a répondu Stephen.

– Pourquoi ? a demandé Boo.

– Eh bien, cette histoire pourrait lui donner du fil à retordre. Entre l'expertise judiciaire et les aveux de Sam Worth, les arguments contre lui sont plutôt accablants. Ils vont avoir du mal à étouffer cette affaire-là, surtout avec une famille en deuil sur les bras. Ils ne peuvent pas avouer qu'un fantôme passait son temps à fracasser le crâne des gens à coups de marteau pour que Sam soit remis en liberté. Il faut un coupable aux yeux de l'opinion publique, exactement comme dans l'affaire de l'Éventreur.

– Alors Sam va porter le chapeau ? s'est indignée Boo. C'est pas juste.

– Nous, on fait notre boulot. Aux autres agences de s'occuper du reste.

– Mais c'est injuste, a insisté Boo. Il n'a rien fait.

– Je sais, sauf qu'il a avoué. Et l'expertise confirme ses aveux. Même *lui* préfère croire qu'il est coupable plutôt que d'admettre qu'une force invisible terrifiante se trouvait dans ce sous-sol.

– Alors il reste derrière les barreaux, point barre ?

– Je te le redis : ce n'est pas de notre ressort. Contrairement à un autre détail. Le soir de l'agression de Rory, le sol des toilettes s'est fissuré. Et elle a trouvé une autre fissure dans…

– Je suis au courant, a coupé Callum.

– Et Callum me l'a dit, a précisé Boo. Ce serait sympa qu'on s'organise des petites réunions pour partager toutes nos infos, non ?

– Si, a rapidement esquivé Stephen. Et donc, cette fissure apparaît aussi sur le mur du sous-sol du *Royal Gunpowder*. On peut maintenant partir de l'hypothèse de travail selon laquelle il existe un lien entre cette fissure, la femme que Rory avait vue dans les toilettes et le meurtre du pub. Il faut qu'on découvre l'étendue exacte de cette fissure. Pour ça… partout dans Londres on trouve des stations GPS utilisées pour la géolocalisation. Les antennes-relais de téléphonie mobile servent aussi de stations GPS. En plus de leurs fonctions de géolocalisation, elles peuvent surveiller l'activité de la Terre à un très haut degré de précision. Désormais, on s'en sert pour évaluer les dommages causés par les tremblements de terre. On pourrait utiliser ces informations pour déterminer l'ampleur et l'emplacement de la faille. Une fois qu'on aura ces deux éléments, on s'occupera de savoir quelle conséquence précise a entraînée son apparition.

– Et tu crois qu'on aura accès à ces informations ? a interrogé Callum.

– On peut toujours poser la question à Thorpe, a suggéré Stephen. Je m'occupe de lancer la procédure. Pendant ce temps, toi et Boo vous allez couvrir la zone dans un rayon de cent mètres. Passez tout au peigne fin. Examinez chaque coin de rue, chaque boutique et autant de sous-sols que vous pourrez. Je vais voir si on peut vous obtenir rapidement des tenues de la Compagnie du gaz.

– Je peux aussi me renseigner auprès des ingénieurs du métro pour savoir s'ils ont constaté des dégâts dans les infrastructures autour de la gare de Liverpool Street, a proposé Callum.

– Bonne idée.

– Et moi je vais aller faire un tour à Wexford, a décidé Boo. Simple visite de courtoisie pour jeter un coup d'œil.

– Et moi ? ai-je lancé.

Ils ont tourné tous les trois la tête vers moi. J'avais conscience de ne pas être un membre officiel de la brigade mais j'estimais être tout à fait en droit de prendre part à la suite des opérations. Je pense que Callum s'apprêtait à intervenir dans ce sens car il a hoché la tête et ouvert la bouche pour parler, mais au même instant Stephen a attrapé tranquillement ses clés de voiture.

– Tu devrais rentrer, a-t-il décrété. Tu t'es absentée presque toute la journée.

Boo et Callum ont échangé un regard. Stephen s'élançait déjà vers la porte. Le message était clair, alors je me suis brusquement arrachée du canapé défoncé.

– Qu'est-ce que Callum t'a dit ? a redemandé Stephen une fois que nous avons été de retour dans la voiture. Et ne réponds pas *rien*.

– Il a simplement dit que… il a un peu l'impression que tu essaies de tout faire tout seul.

– C'est faux, s'est défendu Stephen en remuant la mâchoire. Je suis responsable du groupe, nuance.

On travaille pour un département des services secrets. Je vais pas tout raconter à tout le monde.

– Pas à tout le monde : juste à Callum et Boo. Vous n'êtes que trois.

– Ça n'a pas d'importance.

– Je crois que si. Si tu ne leur parles pas à eux, à qui d'autre ? Ce sont les deux seules personnes qui sont au courant de ta vie.

– Tu sais pas de quoi tu parles, a-t-il rétorqué sèchement. Tu comprends rien à mon boulot.

Eh bé ! Ça c'était de la réaction. Intéressant. Ça ne me dérangeait pas qu'il ait eu ce ton cassant, je lui ai laissé le temps de passer ses nerfs sur la voiture. Il a fait grincer quelques vitesses et manœuvré pour dépasser un bus un peu plus vite qu'à son habitude en faisant ronfler le moteur. Je n'y connais rien au pilotage des voitures manuelles, alors tous ces changements de vitesse me fascinaient assez. D'ailleurs, il ne tenait pas le levier de vitesse serré dans la main : il gardait les doigts tendus et le poussait du plat de la paume. Son geste était relâché et non celui d'un conducteur nerveux, cramponné à son levier.

– Tu aimes ça, conduire, ai-je remarqué.

– Ça m'aide à réfléchir, a-t-il répondu à voix basse.

– Moi, j'aime bien chanter en conduisant. Je chante uniquement au volant et je peux te dire que ça envoie ! Mais seulement quand je conduis. Sinon je suis une vraie casserole. Ça t'arrive de chanter au volant, toi ?

– Rarement. En même temps, je conduis une voiture de police.

– À mon avis ça leur plairait, aux gens, un flic qui chante. L'existence ressemblerait plus à une comédie musicale. Tout le monde a envie de vivre dans une comédie musicale. Comme *Pied-stigieux*.

– C'est fou ce que tu peux parler pour ne rien dire.

– Et comment, monsieur le gentleman !

Ses bras et ses épaules se sont légèrement affaissés et la voiture a repris une allure plus tranquille.

– Excuse-moi, a fait Stephen. Ça ne m'amuse pas de laisser Callum et Boo dans le flou, mais je sais à peine comment tenir mon propre rôle. Parfois ça m'angoisse de leur donner des consignes alors que je n'ai même pas d'éléments à ma disposition. C'est un boulot dangereux. Boo en a fait les frais. Toi aussi. Moi aussi. Et Callum aussi avant d'être à son poste actuel. Mais à ton avis, si l'un d'entre nous se faisait tuer, tu crois que nos employeurs en auraient quelque chose à faire ? Ou bien ils se contenteraient de tout remettre en ordre comme ils l'ont fait avec l'ancienne brigade ? De détruire nos dossiers et tout faire disparaître ?

– Dans ce cas, pourquoi avoir accepté ce boulot ?

Stephen a laissé échapper un long soupir.

– C'est toujours mieux que banquier, j'imagine.

– Je rêve ou tu viens de faire une vanne ?

– Ça m'arrive de temps en temps.

– Sérieux ?

– Je suis un homme plein de surprises.

Il s'est arrêté près de Spitalfields.

– Je te laisse ici, a-t-il annoncé. Mieux vaut ne pas se garer toujours aux mêmes endroits. Ça ira pour toi ?

– Je crois que je peux parcourir deux rues à pied, oui.

– C'est sûr... Oh, et au fait, pour info... la chronologie des événements laisse penser qu'il n'y a plus rien à craindre. La faille est apparue il y a de ça trois semaines.

Tu es tombée sur une revenante en l'espace d'un jour, et un autre s'est pointé dans les quarante-huit heures qui ont suivi. Si d'autres étaient apparus, je pense qu'on en aurait entendu parler depuis le temps. L'affaire s'arrête peut-être là. Mais on va faire notre maximum et je te tiendrai au courant. En attendant, ne t'inquiète pas.

– Je suis pas inquiète, ai-je répondu en ouvrant ma portière.

Il s'est penché pour me regarder de plus près.

– C'est vrai, tu n'es pas inquiète ?

Non, je ne l'étais pas. Dans une certaine mesure, j'avais bien conscience que s'il existait effectivement une immense faille abritant des fantômes déchaînés sous ma résidence, j'aurais mieux fait de m'inquiéter. Le fait d'être un terminus à moi toute seule avait peut-être un impact sur mes neurones. Ou bien j'étais peut-être simplement cinglée, au bout du rouleau à cause de tout ce qui m'était arrivé.

– Promets-moi que si tu vois quoi que ce soit, tu nous appelles d'abord. N'essaie pas de régler le problème toute seule.

– Comme si c'était mon style, ai-je souri.

– Ça pourrait, oui. Je suis sérieux. N'essaie pas de tout régler seule.

– C'était le message de la session du jour, l'ai-je taquiné. Ravie que tu aies compris. On a bien bossé à nous deux.

– File, a fait Stephen.

Il a souri. Il ne voulait pas que je le voie mais je l'ai grillé.

16

Jazza était en train de tricoter un grand tube bleu.

Il faut croire que ça cadrait avec le déroulement de ma journée. Le matin, excursion à l'asile psychiatrique. Ensuite, expédition fantôme meurtrier réduit à néant. Puis retour au bercail et votre colocataire qui tricote un long tube. Après tout, pourquoi pas ?

– Tu es en train de tricoter un gros tube, ai-je remarqué. Tu tricotes, toi ?

– Quand je suis angoissée, a-t-elle répondu.

Le tube semblait mesurer environ un mètre vingt de long et était assez étroit. Les manuels d'allemand de Jazza étaient éparpillés sur son lit, en partie masqués par les pelotes de laine. On aurait dit qu'elle essayait de lire et tricoter en même temps.

– C'est... pour un serpent, quelque chose comme ça ?

– Non, c'est juste que je viens d'apprendre à tricoter des manches de pull et maintenant je ne fais que ça. Je vais échouer en allemand.

– Mais non, tu ne vas pas échouer, l'ai-je rassurée machinalement.

– Si, a-t-elle insisté d'un ton calme. C'est pour ça que je tricote. C'est très relaxant comme activité. Où est-ce que tu étais passée ? Tu ne répondais pas au téléphone.

– Oh... ai-je fait en me retournant rapidement pour ouvrir mon placard. Je suis allée au musée de la National

Gallery faire des recherches pour un exposé en histoire de l'art.

Cette excuse m'était venue quand je n'étais plus qu'à moins d'un mètre de la chambre.

– Ah. D'accord. Tiens… c'est ma jupe que tu portes ?

– Euh… oui. Je te l'ai empruntée. Ça ne t'ennuie pas ?

– Pas du tout. Je me demandais, c'est tout.

J'avais la permission de lui emprunter ses fringues, même si d'habitude je lui demandais toujours son avis avant. Mais Jazza étant une fille naturellement gentille, elle ne m'a pas cuisinée pour savoir pourquoi j'avais eu besoin de porter une jupe noire pour aller effectuer des recherches au musée. J'ai ôté la jupe et l'ai suspendue dans son placard. Puis je suis allée dans le mien, m'appliquant sans raison à fouiller dans mes affaires en poussant les cintres sur la tringle dans un grincement affreux qui a achevé de me mettre les nerfs à vif. Je sentais l'asile. Son odeur caractéristique était incrustée dans ma chemise. Je l'ai enlevée et lancée dans mon panier à linge.

Derrière moi j'entendais le *tchic-tchic-tchic* des aiguilles de Jazza qui s'entrechoquaient doucement et le léger cliquetis des radiateurs se remettant subitement en route. Des petits bruits secs, partout autour de moi. Qu'est-ce que j'avais fabriqué toute la journée ? Oh, pas grand-chose, j'avais juste élucidé un meurtre. Élucidé un meurtre, éliminé le coupable. Mais à quoi bon quand on ne peut pas le raconter à sa colocataire ?

– Soirée révisions ce soir, m'a rappelé Jazza.

J'avais complètement oublié. La soirée révisions était en fait une longue séance d'étude dans le réfectoire. L'école le laissait ouvert tard et servait des snacks.

– Je ne vais sans doute pas rester, a-t-elle expliqué. Il faut que je révise à voix haute pour préparer l'oral d'allemand. Et toi, tu vas y faire un saut ?

– Moi... ? Peut-être.

– Tu te sens bien ? s'est inquiétée Jazza. T'as l'air un peu...

À mon avis, elle ne savait pas de quoi j'avais l'air, et c'était bien normal. Je ne le savais pas non plus.

– J'ai mal à la tête, ai-je prétexté. Je vais prendre une douche. Me réchauffer. J'ai pas le cuir assez épais pour ce temps.

J'ai nettoyé cette odeur infecte d'hôpital qui m'imprégnait la peau à coups de grandes giclées de gel douche, moyennant quoi le carrelage de la cabine de douche s'est transformé en patinoire et j'ai glissé à deux reprises en me cognant successivement le coude et la tête contre le mur. Augmentant la température de l'eau au maximum, je me suis délectée des grands nuages de vapeur que je créais. L'exterminatrice de fantômes dans son habit de brume. Enfin seule, enfin au chaud. Les yeux fermés, j'ai laissé l'eau ruisseler sur moi en repensant à tout ce qui s'était passé dans ce sous-sol. Ça avait été si simple : il m'avait suffi de tendre le bras pour le liquider. Ce n'était pas plus compliqué que d'écraser un insecte.

Je me suis autorisée un instant à imaginer une nouvelle confrontation avec Newman, mais telle que j'étais aujourd'hui. Alors qu'il se jetait sur moi avec le couteau, je me voyais tendre le bras et l'effleurer du bout des doigts...

C'est alors que quelqu'un a fait irruption dans la salle de bains et j'ai sursauté.

– Qui est là ? a lancé une voix.

Celle d'Eloise, je crois.

– Rory, c'est toi ? C'est un vrai hammam ici. Je vois même pas où je vais !

– Désolée !

Je me suis enveloppée dans ma serviette et j'ai repoussé le rideau de douche. Effectivement, j'avais mis un beau bazar dans la salle de bains. Les miroirs étaient tous complètement embués et le sol luisait, verni d'humidité.

Je suis retournée rapidement dans la chambre me changer pour le dîner. Jazza avait cessé de marmonner en allemand et se contentait à présent de tricoter en attendant que je sois prête. On est parties avec Gaenor et Angela, qui étaient toutes les deux passées en mode hystériques à cause des exams. Un rien les tordait de rire. Elles *gloussaient*. Si ça se trouve elles étaient soûles. Je n'aurais pas su trop dire.

On s'est installées à une table avec Andrew et quelques garçons d'Aldshot. Quand j'ai demandé où était Jerome, on m'a répondu de façon assez vague, comme quoi il était retenu sur un truc. Finalement, il est arrivé dix minutes avant la fin du service, il a attrapé une assiette et s'est assis lourdement. Il a expédié ses deux parts de pizza sans avoir grand-chose à raconter.

Le Mont Everest, notre estimé proviseur aux allures de géant et perpétuellement grognon, est monté sur l'estrade qui servait jadis d'autel à l'époque où le réfectoire était une chapelle.

– Votre attention tout le monde, a-t-il commencé : le dîner va maintenant être débarrassé afin de laisser place à la soirée révisions. Merci d'aider au rangement en allant vider et déposer vos plateaux sur les chariots. Le réfectoire restera ouvert jusqu'à minuit. Veillez à aller pointer auprès du préfet auquel vous êtes affecté et à lui signaler votre départ avant de rentrer à votre résidence. Bien que vous soyez autorisés à parler entre vous durant cette séance, n'oubliez pas que vous n'êtes pas tout seul, alors pensez à vos voisins et maîtrisez votre volume sonore. Merci.

– J'y vais, a annoncé Jazza en se levant. À tout à l'heure.

Angela est partie aussi, laissant Gaenor, Andrew, Jerome et moi former un petit groupe. Quelques élèves sont venus poser des questions aux filles ou bien leur indiquer leur programme pour la soirée, et Charlotte est passée voir comment j'allais et demander si je comptais rester. J'ai attrapé mes livres sous le banc et essayé de choisir la matière dans laquelle j'étais susceptible d'avancer un tant soit peu. J'ai opté pour les maths. Je n'avais qu'à résoudre quelques problèmes. Les problèmes de maths me procuraient un sentiment de succès.

J'ai vite été déconcentrée quand le personnel de service a commencé à installer le buffet spécial révisions : saladiers de chips, plateaux de biscuits, brocs de jus de citron et de jus d'orange. Je me suis tout de suite levée pour aller me servir et c'est alors que le garçon devant moi a éternué dans sa main avant de la plonger dans le saladier de chips. Je suis retournée m'asseoir et j'ai tenté de résoudre quelques problèmes de plus. En parallèle, j'essayais aussi de capter le regard de Jerome qui révisait son espagnol. Je lui ai donné un petit coup de jambe sous la table en frottant mon mollet contre le sien. Il a levé partiellement la tête mais sans quitter la table des yeux.

J'ai poussé mon cahier sous son nez et griffonné : « Tu fais la tête ? »

Il s'est gratté le nez. « Non. J'essaie juste de bosser », a-t-il écrit rapidement.

Une réponse légitime. Tout le monde bûchait. Apparemment, j'étais la seule à avoir la tête montée sur pivot, incapable de me concentrer. Je suis restée deux heures en réussissant à venir à bout d'une vingtaine de problèmes. J'ai feuilleté quelques pages de français aussi.

– Je vais peut-être y aller, moi, ai-je fait doucement.

– Je te raccompagne, si tu veux, a proposé Jerome.

J'ai présumé que c'était sa façon à lui de dire qu'il ferait bien une petite pause à base de bisous collés-serrés. J'ai refermé brusquement mes bouquins et les ai ramassés en vitesse.

Une fois dehors, je m'attendais à ce qu'il glisse son bras autour de ma taille. Mais non. En revanche il s'est dirigé vers l'obscurité de la pelouse, jusqu'à un banc. Ce dernier se trouvait à l'ombre d'un arbre, à l'abri du réverbère. Je me suis assise à côté de lui. La fraîcheur du banc m'a immédiatement glacé les fesses et s'est hissée le long de mon dos. Je me suis blottie contre Jerome pour me réchauffer. À ce moment-là, en principe, il aurait dû tourner son visage face au mien. Mais au lieu de ça, il est resté assis sans rien faire, légèrement affaissé sur ses genoux. J'ai tendu le bras pour repousser une des mèches ondulées qui lui effleuraient l'oreille. J'allais commencer par là. Il aimait bien les petits bisous autour de l'oreille.

Il a remué en s'écartant un tout petit peu.

– Ça va ? ai-je demandé.

– Oui. J'avais juste besoin de prendre l'air.

Ça, ce n'était pas ce qui manquait ce soir : il y avait tout l'air humide et froid qu'on pouvait désirer à disposition.

– OK, ai-je fait gentiment. Tu voulais de l'air… Tu l'as.

– T'es pas venue en histoire de l'art ce matin.

Sa voix n'avait aucune inflexion particulière, c'était un simple constat.

– C'est vrai. J'étais…

Je m'apprêtais à dire « pas très en forme » quand il m'a coupée.

– À la National Gallery pour des recherches ?

Je ne lui avais pas servi ce petit bobard-là. C'était à Jazza que je l'avais raconté. Quand avaient-ils eu le temps de partager cette information ? Et pour quelle raison ? Et moi, pourquoi n'avais-je pas cherché une excuse plus plausible à sortir à ma colocataire ? Parce que j'étais *occupée*, voilà pourquoi. OK, question plus importante : et si je la bouclais et m'expliquais plutôt avec Jerome ?

– C'est que… oui. Je bossais sur un exposé… que Mark m'a donné à faire… pour rattraper mon retard, tu sais ?

– Tu loupes le cours d'histoire de l'art pour préparer un exposé en histoire de l'art ?

– Eh bien, dit comme ça, ça paraît idiot…

– Il porte sur quoi, cet exposé ?

– Pardon ?

– Tu faisais des recherches sur quoi ?

Celle-là m'a complètement prise de court. Aucun titre de tableau ne me venait à l'esprit. Pas un seul. Au monde.

Il a compris. Je n'avais jamais mis les pieds au musée. Entre le froid, l'obscurité et l'humidité qui imprégnait peu à peu mes vêtements, subitement le monde m'a paru très étranger et hostile. Et comme je ne répondais pas, Jerome s'est levé et mis à faire les cent pas devant le banc.

– Je ne sais pas comment faire, a-t-il dit.

– Faire quoi ?

Bouche fermée, il a inspiré bruyamment et enfoncé lentement un de ses talons dans l'herbe.

– Mercredi soir, s'est-il lancé : t'es allée où ?

– Comment ça ?

– Mercredi.

Mercredi… où est-ce que j'étais mercredi soir ?

– T'étais avec un type, m'a-t-il soufflé.

Ah mais oui. Mercredi soir j'étais sortie avec Callum. Le fait que Jerome savait avec qui j'étais me rendait… eh bien, un peu furieuse, je dois dire.

– Tu m'as suivie ou quoi ?

– Non, je ne t'ai pas suivie. Ce sont des sixièmes qui t'ont vue.

Je m'y prenais comme un manche. J'ai levé les mains d'un geste désolé.

– Excuse-moi, ai-je murmuré. C'est un ami, tu sais… rien de plus. Tu te fais des films.

C'était probablement la pire chose à dire. En fait, j'en étais même sûre à cent pour cent mais je l'ai quand même dit.

– *Moi*, je me fais des films ? a-t-il explosé. C'est toi qui mens, j'te signale.

Bon, là-dessus il avait raison. Mais pour le reste, toutes ces choses qu'il s'imaginait, c'était faux. Autrement dit j'allais devoir me montrer très persuasive. Où est-ce que j'aurais pu aller avec Callum ? *Où*, vite, réfléchis…

– J'étais chez la psy !

Je me suis exclamée. Littéralement. Et vraiment fort. Ça l'a fait sursauter, moi avec, ainsi qu'une petite créature qui rampait autour de la poubelle à côté du banc parce que je l'ai entendue détaler dans la pelouse.

– Chez la psy ? s'est étonné Jerome.

– Oui, chez la psy, ai-je répété.

– Et ce type, c'est… ?

– Il fait partie de mon groupe de thérapie.

– Alors tu étais chez la psy mais tu as préféré...

– Mentir ? ai-je terminé pour lui. J'ai dit ça à Jazza parce qu'elle m'a demandé où j'étais et la première réponse qui m'est passée par la tête, c'est le musée. Je ne t'en ai jamais parlé parce que je ne voulais pas que tu sois celui qui sort avec la fille qui parle tout le temps de son psy. C'est vrai, déjà que je suis américaine. Je deviendrais carrément un cliché. On est *tous* abonnés au psy, t'as pas cette impression ?

Il n'y a pas de quoi se vanter, mais il faut reconnaître que je mens bien. Je descends d'une longue lignée d'ancêtres qui savent raconter des histoires et étoffer la réalité. Je sais être convaincante. Et mes paroles produisaient l'effet escompté. Jerome me regardait enfin.

– Il n'y a rien de mal à suivre une thérapie, a-t-il dit.

– Je n'ai jamais dit ça. Simplement, j'ai pas envie d'en parler à tout bout de champ. Ni d'être toujours « la fille qui s'est fait éventrer », tu comprends ?

Parfaitement vrai, tout ça. À tel point d'ailleurs que j'en ai un peu eu les larmes aux yeux et ma voix s'est légèrement cassée.

– Tu peux te confier à moi. Me dire ce qui se passe. C'est un peu le but.

J'avais *horreur* de ça. Les mensonges. La pitié. Surtout la pitié, je crois. Je ne supportais pas qu'on me voie comme une fille traumatisée et bizarre et que Jerome ait envie qu'on parle de nos sentiments. J'en avais par-dessus la tête des sentiments.

– J'aimerais t'aider. Je suis désolé. Vraiment...

– Laisse tomber. Le truc, c'est qu'il se passe rien, là. Je n'ai rien à te raconter.

Enfin, excepté que j'ai dégommé un fantôme redoutable aujourd'hui. Et que je suis allée interroger un assassin à l'asile. Excepté ça.

– J'en reviens pas de la scène que je t'ai faite, s'est-il lamenté.

À présent sa voix dégoulinait de culpabilité et mon estomac a commencé à s'entortiller lentement sur lui-même comme une glace à l'italienne.

C'est ce qui m'a décidée. Cette culpabilité. Cette pagaille affective dont je n'avais ni envie ni besoin. J'aimais bien nos séances de flirt et ça me plaisait qu'il existe en tant que petit ami, mais je n'avais aucune envie de me coltiner toutes ses humeurs au sujet des miennes.

– On devrait arrêter, me suis-je entendue dire.

– Quoi ? De se disputer ?

– Non, *ça*, ai-je soupiré avec une mimique des mains censée faire allusion à nous. Ce prétendu couple qu'on forme.

Chose étonnante, Jerome parlait le langage des mains. Je l'ai vu percuter puis essayer d'esquiver en détournant rapidement le regard, comme si ça ne l'atteignait pas.

– Alors c'est ça que tu veux, a-t-il déduit : rompre ?

Ce n'était pas sa faute. C'est moi qui lui avais menti, non pas par méchanceté mais par obligation. Ma vie était un vrai désastre, j'avais plus que ma dose de problèmes et, malheureusement, Jerome en faisait partie. Rompre simplifierait les choses. Du moins, pour moi.

Je me sentais mal à l'aise à présent et n'avais plus qu'une envie : mettre un terme à tout ça. Et rentrer.

– J'y vais, ai-je annoncé.

Il n'a pas répondu. Ma décision paraissait si cruelle. Ce n'était pas prévu et j'ai eu l'impression de fonctionner sur pilotage automatique quand je suis partie en le laissant là, seul sur le banc.

Restait à parler à Jazza. Si ma colocataire m'avait demandé où j'étais passée tout à l'heure, ce n'était pas pour rien, j'en étais persuadée. Elle avait tenu Jerome informé. Mes doutes se sont confirmés quand je suis entrée dans la chambre et qu'elle a aussitôt retiré ses écouteurs. Du charabia en allemand s'est répandu dans la pièce. Elle a posé son tricot et ses aiguilles à côté d'elle comme si elle allait peut-être devoir filer d'un bond par la fenêtre.

– Tu rentres tôt, a-t-elle constaté d'une voix légèrement tremblotante.

Je me suis assise au bord de mon lit face à elle. Jazza était trop foncièrement honnête pour faire semblant.

– Tu as parlé à Jerome ? s'est-elle enquise.

J'ai fait oui de la tête.

– Tout va bien entre vous ?

– Je ne l'ai pas trompé.

– Je ne l'ai jamais pensé.

– Mais lui, si.

Je voyais bien qu'elle pesait soigneusement ses mots, les extrayant délicatement un à un de son lexique mental comme si elle manipulait des pipettes remplies d'explosifs.

– Je ne sais pas ce qu'il a cru, a-t-elle expliqué. Mais il était préoccupé. Et perplexe. Et… même si toi tu gères hyper bien, personne ne comprend ce que tu as vécu et tout le monde le respecte mais… c'est dur de savoir, tu vois ? Ce que tu penses. Alors je lui ai conseillé de discuter avec toi et…

– On a rompu.

Deux yeux ronds comme des soucoupes m'ont dévisagée.

– Oh, mais… non ! Je croyais que tout…

– J'ai pas la tête à ça pour l'instant.

– Oh.

Un « oh » plus définitif. A priori compréhensif. Elle s'est levée pour venir s'asseoir à côté de moi.

– Tu te sens bien ? a-t-elle demandé.

– C'est la question qu'on n'arrête pas de me poser depuis des semaines.

– Excuse-moi… je…

– Ça va, l'ai-je rassurée. Vraiment. Ça va peut-être même trop bien. Je devrais être contrariée, mais non. Ça me fait… rien. J'ai rompu, point. Il le fallait.

C'était la pure vérité. Je ne saurais pas trop expliquer ce qui m'avait motivée, pourquoi je venais de rompre avec le seul véritable petit ami que j'aie jamais eu de toute ma vie. Mais j'avais la certitude que c'était inévitable.

Le radiateur a émis un son métallique suivi d'un sifflement tandis que Jazza et moi étions là, à fixer nos pieds. C'était mon amie, mais aussi celle de Jerome avant de me connaître.

– Tu m'en veux ? lui ai-je demandé.

– Tu sais ce que je crois ? a-t-elle rétorqué.

– Des choses sûrement plus malignes que moi…

– Je crois que… on devrait aller à côté voir si Gaenor et Angela ont du pif.

– Du pif ?

– Du vin. En plus j'ai du chocolat. Moi je dis : on s'enveloppe dans nos couettes et on va boire du vin en mangeant du chocolat.

J'ai commencé à faire non de la tête – je n'avais pas envie qu'on soit gentil avec moi – mais Jazza n'a rien voulu savoir. Elle m'a tirée debout, a attrapé d'un coup sec la couette sur mon lit et me l'a enroulée sur les épaules.

– Je ne te demande pas ton avis, a-t-elle décrété.

17

Le lendemain matin, je me suis réveillée au son d'un carillon d'église. On en trouve partout dans Londres, des vieux clochers en pierre abritant des cloches d'époque qui retentissent à travers la grisaille de décembre. Elles tintaient et vibraient jusque dans ma tête, chaque percussion stimulant ma nausée. Je n'avais vraiment pas bu grand-chose du vin rouge tiédasse et bon marché que Gaenor planquait au fond de son armoire – à peine un godet et demi – mais ses effets se faisaient encore bien sentir. J'avais l'impression d'avoir un vaste champ de coton dans la bouche, et une douleur diffuse et indéfinie faisait lentement la navette entre mon estomac et ma tête.

J'aimais bien. Ça me plaisait de me réveiller dans cet état. J'avais dormi comme un bébé. Gaenor, Angela, Jazza : tout le monde s'était rallié à ma cause. Eloise était même passée et nous avait parlé de tous ces petits Français qu'elle avait plaqués. Personne n'avait l'air de me prendre pour un monstre, même si j'étais certaine que Jazza allait s'empresser de prendre des nouvelles de Jerome pour s'assurer qu'il allait bien. Elle était déjà réveillée, emmitouflée dans son peignoir, une tasse de thé à la main et son manuel d'allemand à nouveau sous les yeux.

– Bonjour, a-t-elle soufflé. On va p'tit-déj ? Ça fait des heures que je suis debout, je meurs de faim là.

Des heures ? Ma montre (ainsi que le *bong* des cloches) indiquait qu'il n'était que 9 heures du matin. Jaz essayait de rattraper le temps qu'elle avait perdu avec moi durant cette nuit.

Naturellement, aller prendre le petit déjeuner signifiait affronter mon nouvel *ex*. Ça allait poser problème, ces histoires de repas. Je m'asseyais toujours avec Jerome, Jazza et Andrew. Comment j'allais faire pour manger maintenant ?

– Sans moi, ai-je décliné. Je crois que je vais rester agoniser ici.

– Barbouillée ?

– Un peu. Mais ça va aller. Vas-y.

Alors Jazza s'est préparée et a filé tandis que je restais là à méditer sur la notion d'*ex-petit ami*.

Comment j'allais le vivre, de le voir partout ? Mais qu'est-ce qui m'avait pris, bon sang ? Tout à coup, un amalgame d'émotions atroces s'est emparé de moi : culpabilité, tristesse, honte, tout y était. Je les ai vite refoulées. Ce matin j'allais trouver un peu d'argent – il me restait forcément quelques livres quelque part – et aller me payer un bon muffin avec un café. Tout allait bien se passer.

J'ai lamentablement enfilé un pantalon de survêtement et un tee-shirt déjà portés, passé les doigts dans mes cheveux en guise de coiffage puis délogé des grosses croûtes aux coins de mes yeux avant de descendre l'escalier en traînant les pieds. Au moment où j'arrivais en bas, Charlotte est sortie du bureau de Claudia.

– Ah, justement ! a-t-elle lancé. La voilà. Rory ? Claudia veut te voir.

– Pourquoi ? ai-je fait en remuant les lèvres silencieusement.

Charlotte a souri un peu froidement et haussé vite fait les épaules. Je l'ai contournée et suis entrée dans le bureau.

– Ferme la porte, tu veux bien, a ordonné Claudia. Ça ne prendra pas longtemps.

Occupée à pianoter sur son ordinateur, elle n'a pas levé les yeux. Son bureau était glacial et un peu sombre. Toutes ses lampes étaient éteintes, excepté celle sur son bureau, et seul un petit radiateur électrique près d'elle chauffait la pièce. Je me suis blottie dans le fauteuil en face d'elle, les mains rentrées dans les manches de ma polaire.

– Aurora, a-t-elle entamé en se retournant face à moi.

L'effet était un peu inquiétant, comme si j'avais été convoquée dans l'antre de l'impitoyable superméchant.

– Raconte-moi comment s'est passée cette semaine de reprise.

– Oh. Eh bien, ça a été, je crois.

Je m'attendais à une réponse toute faite de sa part. « Tant mieux » ou « Ravie de l'entendre » ou encore « Fêtons ça par un bras fer car je suis une fille très forte ». Mais non, rien. Ses joues semblaient légèrement plus rouges que d'habitude, et le froid s'engouffrait insidieusement dans mes manches et mon cou.

– Aurora, a-t-elle encore dit. (C'est jamais bon signe quand quelqu'un prononce deux fois votre prénom au début d'une discussion.) J'ai conscience que...

L'espace d'un instant, elle a laissé planer le doute sur la nature de cette prise de conscience.

– J'ai conscience que... à ton retour tu avais un peu de retard par rapport à tes camarades.

– C'est que... j'ai fait de mon mieux, vous savez. J'étais...

– Bien sûr.

Elle a rajusté quelque chose dans le tiroir du haut de son bureau qui devait l'empêcher de se fermer complètement et l'a poussé d'un geste ferme.

– Tu as fait preuve de beaucoup de courage pour gérer la situation. Cependant, je suis préoccupée. Il apparaît maintenant de façon assez évidente que tu es en train de décrocher, à tel point que tu n'arriveras probablement pas à te remettre au niveau requis.

Elle a ouvert un dossier sur son bureau, qui, de ce que j'en voyais, contenait mon évaluation anticipée d'histoire.

– Je n'étais pas tout à fait prête pour ce test, me suis-je justifiée.

– C'était pourtant des questions assez basiques et des sujets que vous aviez en bonne partie abordés en cours avant ton départ... même si, naturellement, je sais que tu subissais aussi des facteurs de stress à l'époque. Mais il n'y a pas que ça. J'ai entendu dire que tu utilisais ton téléphone portable en classe, que tu dormais pendant les cours, et même, pas plus tard qu'hier, que tu en séchais certains.

OK, alors peut-être que si, en fait : à Wexford on vous suivait à la trace.

– Et j'ai conscience aussi que ce n'est pas dans tes habitudes, a poursuivi Claudia. Mais sache que n'importe quel autre élève aurait déjà été sanctionné pour ça. Tout élève ayant ton niveau scolaire serait déjà parti.

– Ce cours que j'ai manqué, ai-je expliqué : j'étais chez la psy. C'est pour ça.

– Tu avais rendez-vous ? Pourtant tu n'es jamais allée au dispensaire.

– Elle exerce à l'extérieur. C'est Charlotte qui me l'a recommandée.

Là, je commettais peut-être une gaffe. Si Claudia faisait venir Charlotte, Charlotte lui donnerait le nom et le numéro de téléphone de Jane, et si Claudia appelait Jane, elle ne tarderait pas à découvrir que j'étais une grosse menteuse. Que ce soit les mensonges ou les problèmes, décidément c'était vraiment sans fin.

– Si tu as rendez-vous pour recevoir des soins, tu dois nous en informer – surtout si ça implique que tu doives manquer un cours.

– Je suis désolée. Je pensais que j'avais le droit d'y aller.

Claudia a fait la moue puis jeté un nouveau coup d'œil à son tiroir de bureau. La pièce m'a subitement parue très sombre, et la lueur orangée que répandait sa lampe de bureau me donnait mal aux yeux.

– Nous avons accepté que tu reviennes à titre d'essai, a-t-elle justifié. Nous avons eu une semaine pour évaluer ton niveau. Et pour être honnête, Aurora... à mon sens ce n'est pas très juste envers toi de t'obliger à poursuivre ton année à Wexford. Ce n'est peut-être pas le meilleur endroit pour toi pour reprendre pied. Avant d'endurer le stress et la pression des examens, j'aimerais que tu réfléchisses sérieusement. Tu devrais envisager un départ prématuré.

Qu'est-ce qui se passait, là ? J'avais forcément mal compris. J'avais tout de même comme l'impression qu'on me fichait à la porte.

– C'est-à-dire, un départ prématuré ?

– Le déroulement des examens est plutôt difficile et cela nous préoccupait depuis le début. Il n'y a aucune honte à avoir. Tu n'es pas responsable des événements qui t'ont conduite où tu en es. Toutefois je ne vois pas comment tu pourrais te remettre à niveau – du moins suffisamment pour passer les examens. Tu es libre de rester, si tu veux. J'essaie simplement de...

Ça oui, on voyait bien qu'elle essayait. À mon avis, tout ça ne la mettait pas du tout à l'aise. Malgré sa forte carrure et sa passion pour la violence du hockey, je n'ai jamais eu le sentiment que Claudia était quelqu'un de cruel.

– J'essaie de te proposer la meilleure issue possible. Rentre chez toi pour les vacances. Va retrouver tes parents. Tu prendras un nouveau départ l'année prochaine.

– Mais pas ici, en ai-je déduit.

– C'est peu probable, Aurora.

Il n'était pas question que je pleure dans son bureau. Ça non. Sûrement pas. J'ai regardé en l'air parce que parfois on arrive à chasser ses larmes comme ça, mais je ne voyais que des crosses de hockey fixées au mur. Il y a mieux comme vision apaisante.

– Vous en avez parlé à mes parents ? ai-je réussi à bredouiller.

– Pas encore, non. Mais soyons bien claires là-dessus : ce n'est pas une punition. Ce sont juste des circonstances très regrettables, et sincèrement je ne souhaite que ton bien. Alors si vraiment tu te sens d'attaque pour les examens, bien sûr, reste et passe-les. Sinon... et il n'y a pas de honte...

C'était drôle qu'elle répète sans cesse ce mot parce qu'à cet instant je n'éprouvais que ça justement : de la honte. Avoir honte vous fait l'effet d'une liquéfaction. On sent vraiment ses muscles se relâcher et s'affaisser, comme si notre corps se préparait à ramper, voire à rentrer sous terre, vers l'issue de secours la plus proche.

– Prends le temps de réfléchir et fais-moi connaître ta décision, a ajouté Claudia. Je ne veux pas rendre les choses encore plus difficiles qu'elles ne le sont déjà pour toi. On en reparle demain, d'accord ?

– Demain… OK.

J'ai reculé ma chaise, qui a raclé bruyamment le sol en faisant des plis dans le tapis oriental. Dans le hall, je me suis arrêtée un instant près des casiers pour écouter des éclats de rire provenant de la salle commune. Quelqu'un, dans une des chambres à l'étage, a fait tomber quelque chose par terre et un gros bruit sourd a résonné au plafond. Hawthorne était plein de vie.

Lentement, j'ai grimpé les marches en passant devant la douzaine de cadres légèrement de travers qui jalonnait tout l'escalier. Des photos de compétitions sportives, des photos d'équipes, des photos de classes. Je n'aurais jamais ma place dans ce lycée. Ma photo ne serait pas accrochée au mur. Une fois que les gens auraient fini de jaser, on m'oublierait vite, comme Alistair, qui était mort dans son lit. L'affaire de l'Éventreur ne défrayait même plus la chronique en ville. C'était du passé. Un scandale politique avait pris la relève.

Je me suis attardée entre les portes coupe-feu du premier étage et j'ai contemplé mon couloir à travers le vitrage. Aujourd'hui c'était dimanche. On avait « atelier lecture » jusqu'à lundi, autrement dit révisions, tout simplement. Puis les examens auraient lieu mardi et mercredi. Ce n'était pas aujourd'hui que j'allais accomplir quoi que ce soit, et la journée de demain ne s'annonçait pas tellement mieux. Examens mardi et ensuite, plus qu'une soirée pour réunir le peu qu'il me restait de matière grise et essayer de lui redonner une forme de cervelle pour les deux examens suivants.

Je suis restée plantée là, dans ce sas d'une soixantaine de centimètres qui empestait toujours autant cette odeur de moquette industrielle. Je serais sans doute restée là toute la journée si des grands bruits de pas ne s'étaient pas fait entendre et si Charlotte n'avait pas surgi en ouvrant brusquement la porte derrière moi.

– Tu te sens bien ? s'est-elle inquiétée.

Il n'en a pas fallu plus pour que j'éclate en sanglots. Une grosse crise de larmes, bien comme il faut. Elles coulaient à flots comme si j'avais des tuyaux d'arrosage à la place des yeux. Charlotte m'a aussitôt prise dans ses bras et escortée jusqu'à sa chambre en inclinant mon visage contre son épaule et sa profusion de boucles rousses.

Elle occupait une chambre individuelle, beaucoup plus petite que celle que je partageais avec Jazza. Mais sa taille limitée lui donnait aussi un côté plus douillet et sans doute beaucoup plus chaleureux. Contrairement à moi, Charlotte n'empilait pas ses vêtements à moitié portés sur le dossier de sa chaise de bureau. J'avais souvent aperçu sa chambre depuis le couloir, mais n'y étais jamais entrée. Le mur attenant à la porte était un immense collage du sol au plafond. On était autorisé à mettre des choses au mur de nos chambres tant que c'était avec de la Patafix. On y voyait une collection soigneusement organisée de coupures de magazines de mode représentant des mannequins en train de lire, de poser avec un livre à la main ou se tenant d'une manière générale à proximité d'un livre. Le glamour et l'intelligence réunis sur papier glacé, parfaitement agencés sur le mur. Ça avait dû lui prendre un temps fou de réaliser cette fresque et de s'assurer que chaque coupure était bien alignée et perpendiculaire au mur.

Ça m'a tellement surprise que j'en ai arrêté de pleurer. Je ne sais pas trop pourquoi j'étais aussi sidérée de découvrir que Charlotte avait décoré son mur de cette façon.

– Je suis en train de tout gâcher, ai-je fait en m'essuyant le nez avec la manche de ma polaire.

Il y avait un grand coussin mou par terre qui n'attendait plus que de réceptionner mes fesses, alors j'en ai profité.

– J'ai manqué trop de cours. Je suis complètement à la traîne. Claudia a dit que je pouvais rester pour les examens, mais ça ne sert un peu à rien…

À son honneur, Charlotte n'a pas argumenté sur ce point. Pas plus qu'elle n'a essayé la méthode Jazza en me disant que les choses allaient s'arranger alors que non, clairement, elles n'étaient pas parties pour.

– Est-ce que vous avez évoqué une autre solution ? a-t-elle questionné. Tu peux peut-être passer les examens à un autre moment ?

– Non, ai-je fait en secouant la tête. Ils sont convaincus que je ne rattraperai pas mon retard, pas cette année. Et elle a raison. C'est trop tard.

– Alors tu vas rentrer à Bristol ?

– J'imagine…

– Et aller au lycée là-bas ?

C'est ce que mes parents avaient prévu avant que je retourne à Wexford à titre *d'essai* et que cet essai soit un échec complet ; et maintenant ils n'allaient pas tarder à apprendre qu'en somme mon année entière était un vrai fiasco. Dieu seul savait ce qui allait se passer désormais.

Je me suis adossée au radiateur en renversant doucement la tête en arrière. Il était très chaud, bien trop pour s'appuyer confortablement dessus, mais je préférais encore mourir de chaud que de froid. J'avais le dos en feu mais ça m'était un peu égal. J'ai observé le mur, photo après photo, mes pupilles se contractant nerveusement à mesure qu'elles recevaient les informations. Des livres et des grosses têtes. Des filles brillantes.

Je n'étais pas une fille brillante, moi.

– Jane, a dit Charlotte en me tendant une boîte de mouchoirs en papier. Je pense que tu devrais aller lui parler. Aujourd'hui. Tout de suite.

– Elle pourra rien y faire, ai-je couiné. Tout ça, c'est un problème scolaire...

– C'est faux, a protesté Charlotte d'un ton ferme. Elle peut t'aider. Et je suis sûre qu'elle te recevra.

Charlotte dégageait un je-ne-sais-quoi – une sorte d'aura mystique. Pour elle, Jane était la solution miracle aux problèmes. Ça devait être chouette d'avoir une telle confiance dans la psychanalyse – ou d'avoir des problèmes susceptibles d'être vraiment résolus, c'est selon.

– Jane s'est occupée de patients traversant toutes sortes de crises. Des tas de gens rejetés ou exclus. Je suis convaincue qu'elle saura t'aider. Laisse-moi lui passer un coup de fil. S'il te plaît.

Elle l'a appelée. J'ai compris à sa façon de clore la conversation que Jane était d'accord pour que je passe la voir.

C'était un de ces moments où j'étais atrocement consciente d'être à l'étranger. Chez moi, j'avais des amis à l'autre bout du fil, des amis qui habitaient à deux pas. Ici aussi j'en avais, mais ces amis-là, je leur mentais depuis presque autant de temps que je les connaissais. Jusqu'à hier soir j'avais même un petit ami. Il devait sans doute être bien content qu'on ait rompu...

Non. Même pas. C'était pire.

J'avais Stephen. Je pourrais l'appeler.

Sauf que mon expulsion réduisait tout à *néant*. Son travail. La brigade. Si je quittais Wexford, ça signifiait plus de terminus, plus de brigade, plus rien. Comment est-ce que j'avais fait mon compte pour avoir autant de responsabilités ? Moi, la fille qui, si on la laissait faire, se réveillerait tous les jours à 3 heures de l'après-midi et mangerait du Cheez Whiz deux fois par jour. Je n'étais pas le genre de personne sur qui le sort de l'organisation des forces de l'ordre aurait dû reposer.

Moi, tout ce que je voulais, c'était retourner me coucher et me réveiller quand j'aurais vingt-cinq ans.

– Elle propose que tu passes tout de suite, a confirmé Charlotte en raccrochant. Je lui ai raconté l'essentiel. Mais t'en fais pas. Je dirai rien à personne. Pas un mot.

– Merci.

– Vous allez trouver une solution, a assuré Charlotte. Ça va aller, quoi qu'il arrive.

Bien entendu, son imagination était très limitée quant aux choses qui pouvaient arriver.

18

La chevelure rousse flamboyante de Jane était une des couleurs les plus lumineuses de la rue. La robe qu'elle portait, agrémentée de grandes épaulettes plates qui rebiquaient légèrement aux extrémités, était incroyable. À la fois structurée, ample et moulante, elle était confectionnée dans un imprimé d'inspiration africaine aux tons orange, noirs et jaunes.

– Allons prendre une tasse de thé, a-t-elle suggéré en me faisant entrer. Et une petite douceur.

– Non merci. J'ai pas faim.

– Désolée mais j'insiste. Je ne peux pas aider un patient s'il a le ventre vide. On va donner un coup de fouet à ton taux de sucre pour amortir le choc que tu as reçu. Tu as mauvaise mine.

Il faisait très sombre dans l'entrée. J'ai entraperçu un léger reflet de l'étrange léopard en argent au fond dans le coin, et les éventails dorés du papier peint. Elle m'a entraînée au cœur de la maison, après l'escalier, dans la cuisine. La pièce profitait un peu plus de la lumière du jour grâce à ses fenêtres donnant sur le jardin – bien que le terme « lumière » fût un bien grand mot.

– Assortiment très intéressant aujourd'hui, s'est-elle amusée en avançant vers moi un Tupperware de pâtisseries. Ça, ce sont des sablés au thé Earl Grey, et ces brownies sont à l'orange et au piment. Mange quelque chose. Tu te sentiras mieux.

L'esprit pratique et positif de Jane était contagieux. Je me suis exécutée. J'ai attrapé un brownie que j'ai dévoré en trois bouchées, quelques miettes s'échappant de ma bouche sur le plan de travail. L'air satisfaite, elle a hoché la tête puis est allée remplir la bouilloire pour la mettre à chauffer.

– Bien. Charlotte m'a raconté l'essentiel. Qu'est-ce qu'on t'a dit, au juste ?

J'ai raconté mon entretien avec Claudia sous le regard attentif et posé de Jane.

– Tu pourrais les passer, ces examens, a-t-elle suggéré.

– Je pourrais, oui. Mais mes chances de réussite sont quasi nulles.

– Tu en es sûre ?

– Certaine.

La bouilloire s'est éteinte avec un bruit sec ; Jane a versé l'eau dans la théière et disposé les tasses, le lait et le sucre sur la table.

– Laisse-moi te poser une question, a-t-elle fait. Et j'aimerais que tu réfléchisses bien avant de répondre. Dis-moi honnêtement : *pourquoi es-tu revenue ?*

– Parce qu'on m'a renvoyée ici.

– Qui ça ?

– Ben… le médecin.

Jane a penché la tête de côté à cette réponse.

– Mais tu aurais pu refuser. Tu aurais sûrement pu rentrer aux États-Unis. Mais non, tu es revenue ici.

– J'avais pas le choix.

– Comment ça, *pas le choix* ?

– C'est compliqué.

Ça, c'était le moins qu'on puisse dire.

– Ma toubib... pardon... ma thérapeute trouvait que c'était une bonne idée. C'était à titre d'essai, pour que je reprenne une vie normale. Mais j'ai tout gâché.

– Allons, allons, a réagi sévèrement Jane. Ne dis pas ça. Tu n'as rien gâché du tout.

– Hormis mon année scolaire.

– Ce que tu as accompli est loin d'être ce qu'on peut appeler un échec, Rory. Réfléchis. D'abord, combien de gens seraient capables de suivre une année d'études à l'étranger, à ton avis ? Et combien pourraient reprendre les cours après avoir subi une violente agression ?

– Je m'en fiche un peu, à vrai dire. J'en ai assez d'être différente à cause de ce qui m'est arrivé. Je veux juste que les choses soient normales. Mais plus rien ne l'est, désormais.

Un nuage est passé devant le peu de soleil qui brillait, plongeant la cuisine dans la pénombre. Jane s'est levée pour allumer la suspension au plafond puis a rempli nos tasses de thé. Elle a ajouté du sucre dans la sienne, et le tintement doux de la cuillère qu'elle a remuée contre la paroi de la tasse m'a comme hypnotisée.

– Je t'ai raconté ce qui m'est arrivé quand j'avais ton âge, a-t-elle repris. Cet homme qui m'a poursuivie, frappé à la tête et laissée pour morte dans un étang. J'ai failli me noyer cette nuit-là. J'ai frôlé la mort, et cette épreuve m'a un peu *transformée*. Et quelque chose me dit que tu sais de quoi je parle. Toi aussi ça a changé quelque chose en toi.

Je rêvais ou elle était en train de faire allusion à ce que je croyais ?

– Ça a commencé avec l'Éventreur, a-t-elle poursuivi. Ceux parmi nous qui ont cette faculté ont reconnu les signes. Un tueur systématiquement invisible sur les enregistrements des caméras de surveillance, qui surgit aux quatre coins de la ville et qui ne laisse aucune empreinte. Ce même individu s'introduit dans les locaux de la BBC et livre un paquet contenant un rein humain, et là encore, personne ne voit rien. Et de façon tout aussi mystérieuse, du jour au lendemain, il disparaît. Conclusion, on nous raconte que c'était un homme sans passé. Sans famille. Inconnu de tous. Pas très plausible, tu ne trouves pas ?

Jane a affiché un grand sourire. Elle portait un rouge à lèvres foncé, une nuance rouge orangé. Cette couleur me provoquait des élancements dans les yeux. Il se dégageait quelque chose d'irréel de tout ça : la grande cuisine, les chaises hautes de bar sur lesquelles on était assises, la peinture à l'huile au motif tourbillonnant près de la fenêtre que je remarquais pour la première fois. Elle représentait un soleil, à moins que ce ne soit des serpents... Mais comment pouvais-je confondre le soleil avec des serpents ?

– Charlotte m'a raconté la fameuse nuit de votre agression, a-t-elle enchaîné d'une voix très douce, très apaisante. Elle n'a rien vu, rien entendu, jusqu'à ce que la lampe lui tombe dessus. Quant à toi, on t'a retrouvée dans les toilettes au bout du couloir, au milieu des éclats de verre des miroirs et de la fenêtre. Il a fallu enfoncer la porte. Version officielle : le tueur s'est échappé et enfui par cette fenêtre cassée. Mais Charlotte m'a dit que les barreaux de sécurité sur cette fenêtre venaient d'être remplacés parce qu'ils étaient branlants. Alors non. Aucun être vivant ne s'est échappé de cette pièce. Entre ce que tu as vu et ce qui a été rapporté, il y a un énorme fossé, n'est-ce pas ?

Je n'ai pu qu'acquiescer. Jane a laissé échapper un petit soupir d'un air content.

– C'est arrivé quand ? s'est-elle enquise. Quand as-tu découvert ton don ?

Il vous est déjà arrivé de vous rendre compte subitement que vous avez retenu votre souffle ? Vous pensiez respirer normalement et tout à coup vous prenez conscience que vous avez le ventre serré, le cœur comprimé et les poumons prêts à éclater et alors vous lâchez prise…

C'est ce que j'ai fait. J'ai tout lâché. Enfin, presque. J'ai commencé par la nuit du double meurtre, quand Jazza et moi étions sorties en douce par la fenêtre des toilettes pour aller à Aldshot. Je lui ai raconté qu'on était rentrées à Hawthorne en traversant le square au pas de course en pleine nuit et qu'au moment de réescalader la fenêtre, j'avais vu un homme mais pas Jazza. Et le lendemain matin, ils avaient trouvé le corps d'une fille dans le square. Quand j'en suis arrivée au passage où Stephen, Callum et Boo sont entrés en scène, deux mots ont surgi dans mon esprit : « secret défense ». Le maître mot du fichu document sur la loi relative aux secrets d'État que j'avais dû signer à l'hôpital et qui m'engageait sous serment à ne jamais révéler l'existence de la brigade sous aucun prétexte. À l'époque on n'avait peut-être pas rédigé cette loi en tenant compte des individus capables de voir les fantômes, pour autant, cet engagement n'en était pas moins effrayant, et puis j'avais *signé*. Et j'étais à peu près certaine qu'ils ne plaisantaient pas quand ils disaient que j'avais *vraiment* interdiction d'en parler.

– Juste après mon arrivée en Angleterre, je me suis étranglée en dînant. Le truc idiot.

– Que ça arrive comme ça ou autrement, peu importe. Je me doutais que tu étais une des nôtres. C'est pour ça que j'ai voulu te venir en aide. Je n'en étais pas certaine mais quelque chose me disait que c'était très probable.

– Le problème maintenant, c'est que je mens constamment.

Jane a hoché la tête.

– Alors, explique-moi ce qui s'est réellement passé. Car j'imagine que c'est ce qui a compliqué ta première thérapie, non ? Tu peux tout me raconter.

– Je n'arrive pas à en parler, ai-je soupiré. C'est justement à cause de ça que j'ai rompu avec mon petit ami hier.

– Je comprends, je suis passée par là moi aussi. Au début j'ai cru que j'étais folle, alors je me cachais derrière des mensonges. Mais ensuite, par la seule force de la volonté, j'ai réussi à me convaincre que je n'inventais rien. Ce que je voyais était bien réel. Et heureusement pour moi, c'était la fin des années 1960, autrement dit la meilleure époque qui ait jamais existé pour filer à Londres. Les gens étaient ouverts d'esprit en ce temps-là. On pouvait loger dans des squats. Le milieu du rock était très animé, mais aussi, étrangement, assez simple. Si tu traînais assez longtemps dans la rue, tu étais susceptible de rencontrer à peu près qui tu voulais. Il y avait beaucoup d'illuminés et plein de gens qui prenaient toutes sortes de drogues bizarres. Et si tu disais que tu avais la faculté de voir les fantômes, eh bien… les gens ne te regardaient pas autant de travers. Soit ils te croyaient, soit ils pensaient que tu étais aussi perchée qu'eux. J'étais persuadée qu'en cherchant bien et qu'à force de me renseigner à droite à gauche, je finirais par trouver d'autres gens comme moi. Et ce fut le cas. Je me suis fait des amis. Et ça a tout changé pour moi. Tout. Ce que tu as enduré sans pouvoir en parler à personne, Rory… à moins que tu connaisses des personnes comme nous ? Tu as bien dû faire la connaissance de quelqu'un dans ce cas ?

– Non, ai-je encore menti. Personne.

– Pas étonnant que tu te sentes si seule, a-t-elle soupiré.

Je me suis mise à rire – *pour de vrai*, j'entends. Je ne sais absolument pas pourquoi mais j'ai ri au point d'en verser quelques larmes.

– Qu'est-ce qui me prend de rire comme ça ? me suis-je étonnée quand j'ai réussi à reprendre mon souffle.

– C'est le soulagement, a répondu Jane en me tapotant la main. Tu es soulagée. De ne plus être seule. Tu es l'une de nous désormais.

Le soulagement. Quel mot merveilleux et doux à mes oreilles.

– C'est qui, « nous » ? ai-je fait. Vous en connaissez beaucoup d'autres ?

– Ça oui, a affirmé Jane. Des tas. Dont certains vivent précisément sous ce toit.

Elle a levé le doigt devant elle pour me faire signe d'attendre et s'est glissée de sa chaise haute pour aller ouvrir la porte de la cuisine et héler quelqu'un dans l'obscurité.

– Devina ! Tu es là ? Mags ?

Une réponse aiguë s'est fait entendre au fin fond de la maison.

– Tu veux bien descendre une minute, s'il te plaît ?

Elle a laissé la porte entrouverte avant de revenir s'asseoir. J'ai entendu un petit bruit de pas pressés dans l'escalier, puis une fille est apparue dans l'embrasure. Très grande et svelte, elle avait les cheveux courts, blond argenté. Malgré la fraîcheur ambiante, elle portait une petite robe trapèze sans manches qui révélait en grande partie ses jambes interminables. Ses genoux anguleux étaient égratignés comme ceux d'une fillette. En guise de concession au climat, elle portait une veste en jean courte et des bottines.

– Je te présente Devina, a annoncé Jane.

– Salut.

La voix de Devina était aiguë et légère. Comme celle d'une fée.

– Est-ce que Mags est là, ma chérie ? Ou Jack ?

– Il n'y a que moi pour l'instant.

– Devina vit ici, a expliqué Jane. En fait, plusieurs personnes vivent sous ce toit. La maison comporte sept chambres à coucher et il se trouve que je ne dors que dans une seule à la fois. Alors j'ai eu l'idée d'en faire profiter des personnes comme nous. On peut voir ça comme une maison pour les *bienvoyants*. Devina, sois gentille, mets le ragoût au four, tu veux ? Rory a besoin d'un vrai repas.

Devina est allée ouvrir le réfrigérateur pour en sortir une grosse cocotte bleue. Apparemment, je restais déjeuner.

– Tu ne peux pas retourner à Bristol, a repris Jane en posant la main sur la table pour ponctuer sa déclaration. Ni aux États-Unis. Tu as besoin d'être entourée de gens qui te comprennent et auprès desquels tu pourras apprendre. Personne ne t'a appris à te servir de ton don, si ? Non, vraiment, tu dois rester ici. Il y a encore une chambre de libre à l'étage. Ce sera la tienne.

– Mais… je ne peux pas, ai-je protesté faiblement. Mes parents…

– … ignorent tout et ne comprendront jamais. Ils ne risquent pas de t'autoriser à rester vivre dans la maison d'une inconnue maintenant qu'on t'a gentiment demandé de quitter le lycée. Il est temps de faire preuve d'un peu d'audace et de courage. Tu dois prendre les choses en main. Et partir.

– Partir, genre... m'enfuir, vous voulez dire ?

– Exactement. C'est le seul moyen. À circonstances exceptionnelles, solution exceptionnelle. Dieu merci, tu es venue ici à temps.

– Elle a raison, a renchéri Devina en hochant la tête d'un air approbateur.

J'ai toujours imaginé ça comme ça en entendant parler d'individus en fuite... une course sans relâche dans la nuit. Mais comme j'ai horreur de courir et que je n'ai jamais vraiment eu envie de fuguer, le concept m'est totalement étranger.

– J'ai conscience que ça fait beaucoup de choses à prendre en compte, Rory, mais si tu as le courage de partir ce soir, demain sera le premier jour d'une nouvelle vie merveilleuse. Une vie sans mensonges. Cohérente.

– Ce soir ?

– Il le faut. Visiblement ils ont déjà lancé le processus pour te renvoyer chez tes parents. Ce sera beaucoup plus difficile après. Ils t'ont laissé la nuit pour réfléchir. Profites-en. Et nous serons là pour te soutenir. J'en ai aidé d'autres avant toi, tu sais.

– Moi par exemple, a glissé Devina. Venir vivre ici m'a sauvé la vie.

– Ce ne sera pas forcément définitif, a précisé Jane. Mais crois-moi, Rory, c'est plus facile quand on fait partie d'un groupe. Quand on vit avec des personnes qui nous comprennent. Comme nous. C'est toi qui décides, bien sûr, mais je parle en connaissance de cause. Et Devina aussi.

Il est possible que j'aie un seuil de tolérance plus élevé que la plupart des gens à l'égard des discours farfelus étant donné mes origines. Je suis entrée en contact avec des anges de toutes les couleurs avec ma cousine et me suis fait épiler au rabais avec ma grand-mère. Je connais *deux* personnes qui ont fondé leur propre religion. Un de mes voisins a été arrêté pour s'être assis à califourchon sur la statue équestre de la ville déguisé en Superman. Il avait grimpé là-haut armé de petits pains qu'il déchirait pour balancer des boulettes de mie à tous ceux qui tentaient de l'approcher. Une autre voisine accroche ses décorations de Noël au mois d'août et vient chanter des chants de Noël devant votre porte le soir d'Halloween pour « combattre le diable en chansons », qu'elle dit. Dans ma ville, ça se passe comme ça. Je trouverais sûrement des gens là-bas tout à fait prêts à croire à mes histoires de revenants, mais ce serait sans doute les mêmes que ceux qui ont tendance à voir le visage de Jésus apparaître dans leurs pancakes.

J'imaginais d'ici mon avenir sous cet angle. Je finirais sur la même longueur d'onde que tous les cinglés de Bénouville. Abandonnée à ma ville natale, je deviendrais une fille étrange. Alors que Jane, elle, était une femme équilibrée. De toute évidence, elle menait une vie heureuse et épanouie. Je ne savais pas grand-chose de Devina, mais elle avait l'air heureuse, elle aussi. Toutes deux semblaient *normales*. Et rien, à mon sens, n'était plus exquis que la normalité. Jane avait raison : c'était la seule solution. Les circonstances m'incitaient à prendre une décision. Rentrer chez moi, où je finirais par ramollir du cerveau en passant le restant de mes jours à m'interroger sur ma condition... ou rester ici, où je pourrais au moins apprendre quelque chose. Et continuer à voir Stephen, Callum et Boo.

Je pourrais même, selon leurs conditions, rejoindre leur brigade.

L'éclairage semblait se réchauffer autour de nous.

– Comment je fais ? ai-je bredouillé. Je ne sais pas comment on s'enfuit, ici, je veux dire... je sais, ça paraît idiot mais... Je ne rentre pas, c'est tout ?

– C'est tout, a confirmé Jane. En revanche, on brouille les pistes. Qui est au courant de ta venue ici ?

– Seulement Charlotte.

– Bien. Maintenant dis-moi : as-tu utilisé une carte Oyster pour venir ici ?

– Oui.

– Tu l'as rechargée avec ta carte bleue ou en liquide ?

– Avec ma carte...

La carte Oyster est le passe magnétique utilisé pour le métro. Une fois rechargé, il suffit de le passer sur le lecteur à l'entrée ou la sortie d'une station pour qu'il soit automatiquement débité. Je comprenais où Jane voulait en venir. Ces cartes mémorisent tous vos trajets, et si vous les rechargez avec une carte de crédit, c'est forcément enregistré quelque part.

– J'ai déjà fait ça, m'a rassurée Jane. On doit juste prendre quelques mesures de bon sens. Voilà ce qu'on va faire...

Le plan élaboré autour de la table était simple quoique minutieux. J'allais me rendre à pied à la station de métro de South Kensington et utiliser le distributeur automatique le plus proche pour retirer tout l'argent sur mon compte. Il fallait donner l'impression que j'avais besoin d'une grosse somme. En outre, je serais filmée par la caméra de l'appareil. Ensuite, j'étais censée faire tomber ma carte Oyster devant la station. Quelqu'un la ramasserait et s'en servirait pour prendre le métro, brouillant toutes les pistes sur son passage.

– Donne ton portable à Devina, a exigé Jane. Elle va aller l'utiliser à différents endroits de la ville. Fais un tour en voiture avec et ensuite débarrasse-t'en, Dev'.

Ne plus avoir de téléphone était ce qui me mettait le plus mal à l'aise dans tout ça. Je ne connaissais aucun numéro par cœur, ni celui de mes parents à Bristol, ni celui de Jazza ou de Stephen. Je ne les avais pas ailleurs que dans ce téléphone.

– Je ne pourrai plus joindre personne, ai-je objecté.

– Mais tu ne pourras parler à personne, a insisté Jane. Pas pour l'instant. Tu en auras sûrement envie mais ça risquerait de tout compromettre. Il nous faut ce téléphone.

J'avais laissé mon manteau dans l'entrée. Mon portable était dans une des poches.

– Je vais le chercher, ai-je fait en me levant.

Le cœur battant, j'ai remonté la pénombre du couloir, mes yeux s'ajustant tant bien que mal à ce changement de lumière. Il fallait que je me lance. Jane avait raison. Elle était la seule à me proposer un plan concret. Et l'idée avait beau me terrifier, c'était la meilleure décision. La seule chose qui redonnerait un sens à ma vie.

Alors que la pièce tournait doucement autour de moi, je me suis rendu compte que je souriais. Serait-ce par hasard parce que je me sentais heureuse... ?

Je me suis cognée contre le léopard en argent massif en cherchant mon manteau à tâtons pour récupérer mon téléphone. Le numéro de Boo était encore affiché. Si je ne devais en garder qu'un, autant que ce soit celui-là. J'ai fixé l'écran pour l'apprendre par cœur. Du moins j'ai essayé… 7, 7, 3, 4…

– Donne.

Devina était derrière moi, et sa main, déjà sur l'appareil.

– Je m'en occupe, a-t-elle décrété.

Elle a attrapé un trousseau de clés dans une soucoupe sur une petite étagère près de la porte. Puis mon téléphone s'est volatilisé avec elle.

J'ai continué de réciter le numéro de tête tout en plongeant à nouveau la main dans la poche de mon manteau. J'y avais glissé un gloss à lèvres coloré quelques jours auparavant. J'ai retroussé ma manche et utilisé le gloss poisseux pour écrire le numéro sur mon bras. C'était brouillon, mais lisible. Voilà, il me restait un lien.

J'avais l'impression de tricher, mais Jane ne connaissait pas l'existence de Stephen. Même maintenant, je devais encore garder des secrets, alors que ma vie s'écroulait autour de moi et prenait une tournure aussi nouvelle qu'inconnue.

Mais bizarrement, pour la première fois depuis ce qui me semblait être des siècles, j'avais le sentiment de maîtriser *enfin* la situation.

Cabinet de voyance *The New Dawn*
Est de Londres
9 décembre
23 h 47

Paul était un sale menteur. C'était le roi des sales menteurs. Il aurait mérité une couronne.

Ah ça, on l'avait prévenue ! Sa sœur. Ses amis. Son horoscope, même. Tout le monde le disait que ce type était une calamité, mais Lydia, elle, elle lui avait fait confiance. Elle avait cru à ses histoires de week-ends entre potes, à ses heures supplémentaires chez Boots pour cause d'inventaire. Elle l'avait cru quand sa voiture n'avait pas démarré et quand il avait eu une rage de dents. Elle était du genre crédule comme fille, tout le monde l'avait mise en garde, et maintenant voilà où ça l'avait menée. À ce message vocal. Le message d'une espèce de poufiasse qu'elle avait entendu en écoutant sa messagerie sans vraiment le faire exprès.

Enfin si, *totalement exprès*, soit. Paul était vraiment un abruti. Un seul et même mot de passe pour tout. Elle l'avait vu le saisir des dizaines de fois. Il lui suffisait d'appeler sa messagerie à distance et d'entrer son code, et voilà : message d'une fille aux accents de pouf. Une pouf qui passait tout le message à glousser comme une candidate refoulée de *Secret Story*.

Chancelant sur ses talons, Lydia se dépêcha. C'était difficile de marcher à toute allure et de pleurer en même temps. *Salaud !* Dawn allait arranger ça. Elle lui dirait quoi faire. Dawn savait toujours quoi faire.

Dawn exerçait depuis un appartement au troisième étage qui lui servait à la fois de domicile et de cabinet de consultation. Elle était disponible jour et nuit. Il suffisait de sonner à l'interphone pour qu'elle vous reçoive. Peu importe l'heure. Entre deux clients, elle somnolait. Mais même à cette heure-ci, il pouvait y avoir de l'attente. En général les gens s'asseyaient par terre dans le couloir qui longeait sa porte. Tous ceux qui venaient la consulter savaient qu'elle était douée. Ce soir, cependant, il n'y avait personne et Lydia put entrer directement. Dawn était assise dans son gros fauteuil rembourré, vêtue d'un bas de jogging, d'un pull-over rouge, de pantoufles et d'une robe de chambre. Lydia s'approcha avec précaution, ses talons s'accrochant dans l'épais tapis saumon.

– Bonjour, ma chérie, salua la voyante en posant son magazine. Alors on vient rendre visite à Dawn ? Des soucis ? Je pressens toutes sortes de soucis. Ton aura est très sombre, pas comme d'habitude.

Lydia prit place à la petite table de jeu dont Dawn se servait pour ses séances. Cette dernière quitta son fauteuil pour venir s'installer sur la chaise pliante en face d'elle.

– Je crois que mon mec me trompe, annonça Lydia avec des sanglots dans la voix. Qu'est-ce que je dois faire ?

– Il te trompe ? Eh bien nous allons interroger les cartes, ma chérie. Les cartes ne mentent jamais. On va leur poser la question et voir ce qu'elles en disent.

Dawn se pencha pour attraper un petit sac à cordon coulissant en velours bleu sur le rebord de fenêtre, puis l'ouvrit et en sortit son jeu de tarot. Elle le tint un instant au creux de ses mains puis ferma les yeux. Ce rituel apaisait toujours Lydia. Très lentement, la voyante rouvrit les yeux et, en silence, procéda au premier tirage. Lorsque ce dernier fut complet, elle se laissa aller en arrière et examina les lames comme un chirurgien évaluant une blessure complexe.

– Bien, voyons voir. Je me tourne en premier lieu vers ton passé, que voici. Et je vois d'emblée des problèmes de cœur. C'est écrit là.

Elle pointa du doigt vers différentes lames et Lydia hocha la tête.

– Ton présent est identique. Mais le passé… tu es une femme honnête. C'est ce que me révèlent ces cartes. Tu essaies toujours de dire la vérité.

– C'est vrai, acquiesça la jeune femme.

– Ce qui n'est pas le cas de tout le monde. Car les honnêtes gens se laissent parfois avoir par les menteurs. Et je le vois ici, même dans le passé. Je ne pense pas qu'il y ait eu beaucoup de sincérité.

Lydia se remit à sangloter.

– Donc il me trompe bel et bien, déduisit-elle.

– Les cartes disent que quelqu'un te cache la vérité depuis très longtemps.

– Est-ce qu'elles disent aussi avec qui il me trompe ?

– Les cartes ne s'expriment pas ainsi, ma chérie. Leurs révélations sont à plus grande échelle.

Dawn bascula légèrement sur le côté pour rajuster sa robe de chambre et reprit :

– Bien, ma chérie. Les cartes vont nous indiquer comment faire face. Elles ne mentent pas. Voyons voir ce que te réserve l'avenir, d'accord ? Allons-y.

La voyante procéda à la suite du tirage en le complétant par une lame finale. Elle posa la Tour sur la table et s'inclina un petit peu en arrière sur sa chaise.

– Les cartes sont très claires aujourd'hui, constatat-elle d'une voix sombre. La Tour présage toujours d'un changement radical à venir. Regarde.

Elle lui montra la carte représentant une grande tour en pierre frappée par la foudre, explosant et s'éboulant.

– C'est inéluctable, insista-t-elle. Regarde tous ces personnages qui dégringolent. Tout s'écroule en même temps que la tour. Les choses vont changer.

– Alors je dois… rompre avec lui ?

– Quelque chose va se passer, ma chérie, quelque chose de fatidique. Et je vois des mensonges. Quelqu'un a menti et maintenant tout va changer.

– Donc vous me confirmez que je dois rompre ?

– Les cartes sont formelles. Quelqu'un ment. Et un événement majeur est sur le point de se produire.

Lydia régla vingt livres à Dawn et la remercia avec effusion. Les choses étaient toujours beaucoup plus claires dans sa tête après qu'elle lui avait parlé. Elle sortit son portable de sa poche et remonta la rue en sens inverse, cette fois d'un pas ferme et résolu. Paul allait devoir répondre à quelques questions. Il allait sentir sa colère sur-le-champ. Il ne répondit pas à son premier appel, alors lorsqu'elle fut presque arrivée à l'angle de la rue, elle s'arrêta et composa une nouvelle fois le numéro. Et le recomposa encore. Il fallut quatre appels pour que Paul Michael décroche enfin.

– Espèce de sale menteur, commença-t-elle. Je sais tout… Eh oui ! J'ai entendu le message… Comment ça, quel message ? Le message que cette pouf a laissé sur ton répondeur. Oui, j'ai écouté ton répondeur, et alors… ? Si tu n'as rien fait, qu'est-ce que ça peut faire que je l'aie écouté, hein ?

– Non ! Pitié !

Quelqu'un hurla derrière elle. On aurait dit la voix de Dawn. Lydia se retourna juste à temps pour voir la voyante se pencher dangereusement – beaucoup trop – par la fenêtre de chez elle. Et l'instant d'après, spectacle irréel, elle bascula dans le vide, tête la première, en direction du bitume.

La Femme qui tombe

Dans un mouvement nocturne, elles se rapprochèrent en masse de mon poste. Je fredonnai un petit blues. Les étoiles disparues, j'examinai mon dispositif militaire.

In a Motion of Night, *Dream song 50.*

Extrait du recueil « The Dream Songs »,
John Berryman

19

En réalité, j'avais déjà fugué un jour.

Je devais avoir dans les neuf ans et comme mes parents refusaient de m'emmener voir un spectacle au centre commercial ou quelque chose dans ce genre, j'ai piqué une crise. Je me suis enfuie de la maison en courant pour aller chez Kroger. Mlle Gina, une amie de la famille à qui mon oncle Bick « fait la cour » depuis environ dix-neuf ans, est la gérante de cette supérette. J'avais dans l'idée qu'elle accepterait peut-être de m'héberger dans son arrière-boutique, un truc comme ça. Elle m'y a fait asseoir et m'a offert un jus de fruits et des bâtonnets de carotte. Au bout de deux heures, j'ai commencé à m'ennuyer alors je suis repartie. Mes parents devaient être au courant ; Mlle Gina les avait sans doute prévenus à la minute où j'avais débarqué. Elle m'a raccompagnée à pied et en arrivant je suis montée directement dans ma chambre. Je m'attendais à entendre mes parents crier derrière la porte d'une minute à l'autre, mais non, ils ne m'ont jamais reproché quoi que ce soit à ce sujet.

Oui, mes parents sont vraiment malins. Ils se doutaient que je devais me sentir bête et estimaient que ça me servirait bien plus de leçon que s'ils me la faisaient eux-mêmes, qu'attendre d'être punie était bien pire que la punition elle-même. Le *tic-tac-tic-tac* est bien plus angoissant que le *boum*.

C'est ça que j'ai pensé quand je me suis réveillée dans la chambre d'amis de la maison de Jane et que j'ai entendu le *tic-tac* de la pendule sur la table de nuit. Enfin, j'y ai pensé une fois que j'ai compris ce que je fabriquais ici. Il m'a fallu quelques instants pour faire le tri dans ma tête entre ce qui était réel ou bien le fruit de mon imagination. Le papier peint, par exemple. Dans cette pièce, il représentait une série de cercles de couleur bronze qui s'emboîtaient les uns dans les autres. C'était le genre de papier peint qui produisait un effet spectaculaire dans l'obscurité car on ne percevait que la couleur dorée. Le matin, en revanche, c'était bizarre. Il tapissait même le plafond. J'ai dû le fixer un petit moment avant de décider de le classer dans la colonne «réel». J'ai consacré quelques minutes supplémentaires à l'observation du bureau noir laqué et de la plaque de verre légèrement dorée qui reposait dessus. Réels aussi.

Ensuite j'ai remarqué la chaleur. Il faisait bon dans la maison. Et aussi que je me trouvais dans un grand lit et que la couverture représentait bel et bien un genre de vague imprimé tigré. Lorsque j'ai ouvert les rideaux (noirs également), un faible rayon de soleil s'est glissé à l'intérieur. Je me suis examinée dans le miroir couleur or. Mes yeux étaient injectés de sang. Mes cheveux formaient un paquet de nœuds sur le côté. Une tumeur capillaire. Voilà ce que j'avais.

– Génial, ai-je maugréé.

Je suis retournée au lit et j'ai soulevé la pendule sur la table de nuit. Juste avant d'aller me coucher, j'avais reporté le numéro de Boo sur un bout de serviette en papier que j'avais piqué dans la cuisine. Quelqu'un a frappé à ma porte, qui, une seconde après, s'est ouverte d'elle-même.

Ruisselante, Devina est apparue, vêtue d'une simple serviette de toilette. J'ai roulé le papier en boule au creux de ma main.

– Il me semblait bien t'avoir entendue, a-t-elle dit. Je viens de me réveiller moi aussi. T'inquiète pas, on a tendance à dormir tard ici. Mais Jane sera déjà debout, elle.

– C'est toi, Rory ? a lancé Jane depuis le rez-de-chaussée.

– Oui, elle est réveillée ! lui a crié Devina.

– Bonjour ! Descends donc manger un petit quelque chose !

– Je te retrouve en bas, a indiqué Devina en repartant vers sa chambre, laissant derrière elle des empreintes de pieds mouillés sur le tapis.

J'avais besoin de mettre le numéro en lieu sûr, de le garder sur moi. Comme le pyjama d'emprunt que je portais n'avait pas de poche, j'ai coincé le bout de papier sous ma culotte contre ma hanche. C'était idiot, mais ça me rassurait, comme si mes amis étaient près de moi.

On entendait de la musique dans la cuisine, rien que je connaissais. On aurait dit du rock, pas récent mais pas mauvais. Aujourd'hui Jane portait une tenue presque normale : un pantalon avec un chemisier blanc. Mais attention : branchés, le pantalon et le chemisier ; bouffants à toutes sortes d'endroits inattendus, et là encore, plein de plis dont la logique me dépassait complètement.

– Thé ou café ? m'a aimablement demandé Jane.

– Café, s'il vous plaît.

Elle m'en a servi une tasse d'une cafetière à piston fin prête.

– Comment te sens-tu ce matin ?

– Un peu sonnée, ai-je répondu.

– Oui, je me souviens de cette sensation. J'avais ton âge quand je me suis enfuie de chez moi. J'ai pris un car de nuit en direction du nord, dormi pendant tout le trajet et me suis réveillée à Londres, seule et éjectée sur le trottoir sous une pluie battante. J'espère que ton réveil ici fut une façon un peu plus agréable d'entamer ton premier jour de liberté.

Elle m'a proposé son habituelle assiette de pâtisseries, mais j'ai fait non de la tête.

– J'ai pas très faim, ai-je décliné. Je suis encore un peu tendue.

– Vraiment ? Je peux te préparer ce que tu veux. Des œufs, du pain grillé… non ? Bon, tant pis.

– Mes parents… Ils vont être furieux.

– Sans aucun doute, a-t-elle répondu en hochant la tête tout en buvant une gorgée de son café. Mais ça ne durera pas. Et je te conseille de faire une chose : écris-leur une lettre. Dans l'immédiat ce sera trop difficile de leur parler par téléphone. Mais une lettre te permettra de t'exprimer à ton aise. Dis-leur que tu vas bien, que tu as juste besoin de temps. Une lettre les tranquillisera.

Ça me semblait être un bon conseil. Serrant la tasse entre mes paumes, j'ai savouré sa chaleur.

– J'ai réfléchi à l'étape suivante, a-t-elle poursuivi. Ce serait peut-être pas mal que tu quittes Londres quelques jours. C'est ici qu'ils vont concentrer leurs recherches – non que ce soit facile de retrouver quelqu'un dans Londres. Et puis, je pense que ça te ferait du bien de changer d'air. Je possède une propriété à la campagne. C'est très agréable à cette époque de l'année. Je me disais qu'on pourrait prendre la route aujourd'hui. Je dirai aux autres de venir, comme ça tu pourras faire la connaissance de tout le monde. On s'amuse toujours beaucoup là-bas.

Partir à l'autre bout de Londres était une chose, mais maintenant l'idée de filer à la campagne, je trouvais ça un peu… *trop* : comme si je m'enfuyais pour de bon.

– Tu as fait le plus dur, ma chérie, a soufflé Jane.

J'imagine qu'elle a perçu mon hésitation.

– Au point où tu en es, autant aller jusqu'au bout. La propriété est fabuleuse. Elle appartenait aux anciens propriétaires de cette maison. C'était le manoir de la famille. Ici c'était simplement leur résidence londonienne.

– Les anciens propriétaires de cette maison ?

– Des amis, a-t-elle précisé. Ils sont décédés au début des années 1970 et me l'ont léguée. C'est à eux que je dois tout mon mode de vie et c'est pourquoi je tiens, à mon tour, à faire profiter les autres de ces richesses. Termine ton café et va prendre une bonne douche. Nous partirons dès que tu seras prête. Devina va te montrer où sont les serviettes de toilette. Tu fais à peu près la taille de Mags, on va pouvoir te prêter ses vêtements.

Comme pour tant d'autres choses dans la maison, c'était la couleur noir qui régnait dans la salle de bains du haut. Un beau carrelage noir avec de belles installations en argent, un porte-serviette chauffant sur lequel je me suis brûlée la main, et une énorme baignoire à pieds en plein milieu de la pièce ornée d'un rideau circulaire derrière lequel se dissimuler. Le pommeau de douche étant encastré dans le plafond, l'eau a ruisselé sur moi comme de la pluie.

Quand je suis retournée dans ma chambre en serviette, Devina était en train de lire un livre, assise au milieu de mon lit. Aujourd'hui elle portait une robe très longue, qui lui couvrait les pieds. Elle avait cependant remis sa veste en jean.

– Ah, ai-je fait. Coucou.

– Coucou. Tiens, des fringues.

On m'avait trouvé ce qui était visiblement un jean pour homme immense et un gigantesque pull.

Rien ne pouvait laisser supposer qu'elle s'apprêtait à partir. Je ne savais pas trop ce que j'étais censée faire : me changer ici ou repartir à la salle de bains avec mes affaires ? J'ai décidé d'utiliser la bonne vieille technique des vestiaires de gym (ou du moins, la mienne), à savoir : enfiler ses sous-vêtements sous sa serviette. Ensuite on se contorsionne pour mettre son soutien-gorge en gardant toujours la serviette. Puis on la laisse tomber et on enfile le reste de ses habits le plus vite possible.

– Tu comptes rester avec nous un moment, alors ? s'est enquise Devina.

– Franchement, je ne sais pas trop ce que je compte faire, ai-je avoué en maniant maladroitement mon soutien-gorge.

– J'étais pareille quand j'ai débarqué ici.

– Ça remonte à quand ?

Mon soutien-gorge faisait des siennes et refusait de s'agrafer.

Elle s'est étirée puis a roulé sur le ventre.

– Oh… deux ans, je dirais. Ma mère fréquentait ce type, tu vois ? Un vrai salaud. Toujours louche. Ça crevait les yeux. Et qui s'intéressait un peu trop à moi, tu saisis ? Un soir où elle était sortie, il a commencé à se permettre des familiarités. Alors je l'ai giflé. Et il a riposté en me giflant aussi. À mon avis, il n'a pas fait exprès d'y aller aussi fort – il était bourré. J'ai dévalé l'escalier. Failli me briser la nuque. J'ai réussi à me relever, à sortir de la maison et à marcher jusqu'aux urgences. Et en fin de compte, c'est moi que ma mère a engueulée, même après qu'on l'a coffré pour ce qu'il m'avait fait.

– Désolée, ai-je dit, bien que le mot ne semblât pas franchement suffisant.

– Y a pas de quoi. C'est grâce à ce qui m'est arrivé que j'ai rencontré Jane. Alors tant mieux. Au final, ça m'a rendue plus forte, meilleure. Et aujourd'hui j'ai une vraie famille.

– Jane et toi, tu veux dire ?

– Nous tous.

– C'est qui, tous ?

– T'inquiète, tu vas les rencontrer. Jane a aidé plein de monde. Tu verras. Elle a le don de remettre les gens sur pied. Moi par exemple. Sans elle je serais devenue une épave. Tu verras…

Devina a souri et j'ai remarqué qu'elle avait des dents particulièrement petites. Des petites dents de rongeur, comme celles d'un enfant. J'ai serré la serviette contre ma poitrine. C'est drôle… ça ne me dérangeait pas tant que ça qu'elle me voie en sous-vêtements, en revanche, ma cicatrice, ça, c'était intime.

– Bon, ai-je lancé, je vais finir de m'habiller et…

Je crois qu'elle a compris car elle s'est glissée au bord du lit.

– On se retrouve en bas, a-t-elle suggéré en quittant la chambre d'un pas nonchalant.

Après avoir enfilé le jean et le pull, je me suis assise au pied du lit, agitant mes pieds nus en essayant de faire le point sur ma vie. Si je devais partir à la campagne, il me semblait judicieux de prévenir quelqu'un. J'ai sorti le numéro de téléphone que j'avais déplacé dans une poche du jean.

Boo était une fille suffisamment rebelle pour comprendre et j'avais la certitude que si je le lui demandais, elle tiendrait sa langue ou que d'une manière ou d'une autre elle saurait gérer.

Sauf que je n'avais pas de téléphone. Le seul que j'avais repéré se trouvait dans la cuisine. Il n'y en avait pas dans cette chambre. J'allais devoir en trouver un. J'ai passé la tête par la porte et jeté un coup d'œil dans le couloir. Toutes les portes du premier étage étaient fermées, excepté la mienne et celle de la salle de bains. Ça ne me paraissait pas très bien de commencer à fouiner dans les autres chambres. L'escalier menait à un autre étage. J'ai décidé de tenter plutôt ma chance par là.

Il n'y avait que trois portes au second, celle du milieu était légèrement entrouverte. Je l'ai poussée doucement pour passer la tête à l'intérieur. La pièce était très grande et, contrairement au reste de la maison, elle n'était ni noire, ni blanche ou argentée. Elle ressemblait plus ou moins à l'idée que je me faisais d'un marché aux épices arabe ou peut-être à la tente d'un roi dans le désert marocain. Quelque chose dans ce goût. Bref, elle était vraiment unique.

Le sol était recouvert de multiples tapis persans qui se chevauchaient les uns les autres pour former un revêtement bigarré moelleux quoique irrégulier. Il y avait plusieurs tables basses octogonales marquetées de nacre et d'ébène, d'autres constituées d'une mosaïque de couleurs. Mais il y avait aussi des éléments d'époque victorienne : une méridienne jaune, une causeuse rose, ainsi que des miroirs – deux modèles imposants posés contre le mur.

Les murs étaient garnis d'étagères dont la plupart étaient remplies de livres. L'un d'eux abritait une collection de disques. Un grand meuble en bois semblait contenir des enceintes encastrées, d'un genre que je n'avais jamais vu. Ça devait être un meuble ancien. La table principale était couverte de coupes, de jattes et de cendriers, de statuettes dorées de Shiva et de trois calices en albâtre.

Malgré cette surcharge sensorielle, j'ai réussi à trouver un téléphone. Un modèle à cadran, rien que ça, relié par un cordon en spirale à un combiné. Et il était lourd, un genre de matière plastique sophistiquée spéciale qui aurait sans doute pu dévier une balle. C'est absurde de composer un numéro sur un téléphone à cadran. Il faut faire tourner le disque rotatif pour chaque chiffre jusqu'à la butée et attendre qu'il se remette en place, avant de pouvoir former le suivant. En plus d'être lourd, le combiné était aussi volumineux, facilement autant que ma tête. Le passé, ai-je jugé, était une époque compliquée.

Boo a décroché à la première sonnerie d'un ton prudent et confus :

– Allô ?

– C'est moi, ai-je fait.

– D'où est-ce que t'appelles ? Le numéro est masqué.

– Je sais. Disons que je suis… partie, tu vois ?

Elle a marqué une courte pause. Puis j'ai eu l'impression qu'elle se déplaçait pour aller fermer une porte.

– Comment ça, partie ? a-t-elle repris.

– Ben tu sais… Je me suis enfuie. Tirée, quoi.

– T'as pas fait ça. Si ?

– Si. Ils allaient me foutre dehors et il n'était pas question que je rentre chez mes parents à Bristol. Alors je suis partie.

– Bon sang ! Tu fais pas les choses à moitié, toi, hein ? On a essayé de te joindre toute la matinée. Il est arrivé quelque chose près de ton lycée.

– Quoi ? Rien de grave ? Qu'est-ce qui s'est passé ?

– C'était pas *dans* ton lycée, a-t-elle précisé, mais tout près. Une femme est morte… dans des circonstances étranges.

– C'est lié à l'autre affaire ?

– On sait pas encore. C'est ce qu'on essaie de découvrir. Où es-tu ? On va venir te chercher.

– Non, c'est moi qui vous rejoins, ai-je rétorqué. Tu n'as qu'à raconter à Stephen que j'étais sortie en oubliant mon portable, d'accord ? Ne lui dis pas ce que je viens de te dire. Je lui expliquerai moi-même.

– Tu prends exemple sur Stephen ou quoi ?

– S'il te plaît. Laisse-moi faire. Déjà qu'à mon avis il ne sera pas ravi de l'apprendre…

– Il y a des chances, a-t-elle concédé. OK. Je te couvre, mais ramène-toi, d'accord ?

En reposant l'énorme combiné sur sa base, j'ai entendu quelqu'un dans l'embrasure de la porte derrière moi.

– Ah, tu es là, a observé Jane. Tu appelais quelqu'un ?

– Désolée, me suis-je excusée.

Je ne pouvais pas vraiment le nier.

– Je sais bien que vous aviez dit de… mais c'était juste une amie.

– Inutile de te justifier. Je comprends ton impulsion.

Ses paroles exprimaient une chose mais son attitude semblait en indiquer une autre. Son visage s'est un peu crispé, comme si elle serrait légèrement la mâchoire. Je comprenais qu'elle puisse se fâcher. Elle prenait elle-même de gros risques en m'aidant, et voilà que j'enfreignais les règles et fouinais dans sa maison. Sans compter que je m'apprêtais à enfreindre une autre de ces règles.

– Avant d'y aller, ai-je annoncé, j'ai un dernier impératif. Il faut que j'aille voir quelqu'un.

– Je n'ai pas envie de te dicter ce que tu dois faire, a répondu Jane, mais d'après mon expérience, de manière générale il vaut mieux éviter toute entrevue, en tout cas dans cette conjoncture. Les amis ont tendance à rendre des comptes aux autorités.

– Pas ces amis-là. Je vous assure. Ils ne diront rien. Et je serai prudente. J'ai juste besoin de quelques heures.

– Si tu penses que tu y es obligée, a murmuré Jane en laissant un sourire rassurant détendre ses traits, alors fais comme tu le sens. Je suis contente que tu sois montée ici, à vrai dire. C'est la pièce que je préfère. Je comptais te la montrer. Comme tu peux le voir, c'est la bibliothèque. Beaucoup d'ouvrages classiques de spiritualité et d'autres beaucoup moins classiques. Et c'est là que je garde mes vinyles, ainsi que ma platine. Comme je te le disais l'autre jour, avec mes amis de l'époque, on était très actifs dans le milieu du rock. On a acheté pour ainsi dire tous les albums qui sont sortis entre 1965 et 1975. Ça fait une sacrée collection. J'imagine qu'elle vaudrait une petite fortune vu que ce sont tous des originaux, mais je ne les vendrai jamais. Et puis ils ne sont pas en parfait état. On les passait jusqu'à l'usure. On n'en prenait pas vraiment soin.

Elle a souri un peu à ce souvenir, puis s'est approchée des étagères pour piocher quelque chose dans une coupe. Elle m'a montré un Zippo en argent.

– Le briquet de Mick Jagger. Il l'a laissé ici un soir. Cette pièce renferme toutes sortes d'objets de ce genre.

Je te les montrerai à notre retour – enfin, si ça t'intéresse. Tu ne saurais peut-être même pas de qui je parle ! J'ai conscience que cette maison doit te paraître étrange. Le début des années 1970 a été une époque assez insolite.

– J'aime bien l'insolite.

– Tant mieux ! C'est un excellent atout, qui te sera sûrement utile étant donné qui nous sommes. Bien, si tu dois sortir, je pense que Mags a un manteau qui devrait t'aller. Et il faut qu'on te trouve aussi un chapeau et des lunettes de soleil. Devina peut te conduire où tu veux.

Finalement, je me suis retrouvée équipée d'un manteau rouge, d'un « bonnet à pompon » pour reprendre les termes de Jane, et d'une paire de lunettes mouche. Quand je me suis regardée dans le miroir de l'entrée, le spectacle d'une grosse bestiole rouge vif affublée d'un épais bonnet en laine avec un pompon au sommet s'est offert à mon regard. Aucun doute que c'était pas mon look habituel.

Deux voitures étaient garées devant la maison : une Jaguar jaune paille, clairement un modèle de collection d'une autre époque, et une noire, moderne, plus fonctionnelle. On a pris la plus récente.

– Où est-ce que tu dois aller ? a questionné Devina.

Je ne voulais pas qu'elle m'emmène à l'appartement, alors je lui ai demandé de me déposer à la gare de Waterloo. Devina ne parlait pas quand elle conduisait. Elle mettait la musique à fond et roulait vite. Elle collait au train des autres automobiles et jouait les Schumacher à chaque feu, pilant au dernier moment dans un crissement de pneus quand ils passaient au rouge. L'avantage, cela dit, c'est que je suis vite arrivée à destination.

– Je t'attends ici, a-t-elle proposé.

– C'est que… je vais peut-être en avoir pour un moment.

– C'est pas grave. J'ai un bouquin.

– Non, je veux dire, un *bon* moment. Je rentrerai par mes propres moyens. On risque pas de me reconnaître dans cette tenue.

Devina a haussé les épaules. J'étais à peine sortie de la voiture qu'elle a redémarré en trombe. J'ai filé vers l'appart, sonné à l'interphone une fois en bas, puis grimpé les marches deux par deux, non sans glisser sur un menu de pizzeria graisseux et me casser la figure au passage.

– Mais où t'étais passée toute la matinée ? a questionné Stephen d'entrée de jeu en m'ouvrant. On n'a pas arrêté de t'appeler. Et…

– J'étais sortie. J'avais oublié mon téléphone.

– Mais t'as pas des exams cette semaine ?

– Pas aujourd'hui. Bon, tu m'expliques ce qui se passe ?

Nos regards se sont croisés avec Boo, qui était à l'autre bout de la pièce. Elle a pris mon manteau et mon bonnet.

– Il y a eu un mort dans le quartier de Wexford, a raconté Callum. À environ cinq minutes à pied de ta résidence.

– Les faits sont les suivants, a repris Stephen en me faisant signe de m'installer sur le canapé.

Je me suis assise pendant qu'il attrapait son ordinateur portable et consultait des fichiers.

– Peu avant minuit hier soir, une femme du nom de Lydia George est venue se faire tirer les cartes par une certaine Dawn Somner. Cette dernière était une voyante qui exerçait dans son propre appartement. La séance s'est terminée vers minuit et quart. Lydia a quitté l'appartement de Dawn et a remonté la rue en passant un coup de fil. Elle était arrivée à l'angle, à environ vingt mètres de l'immeuble de Dawn, quand elle a entendu cette dernière crier : « Non ! Pitié ! » Tout de suite après, Dawn a chuté de la fenêtre tête la première. Et là, Lydia s'est évanouie. Tout cela a été confirmé par un second témoin prénommé Jack Brackell. Il attendait sur le trottoir d'en face qu'un ami passe le chercher. C'est là que l'histoire commence à présenter un intérêt pour nous. Jack Brackell était bien placé pour observer la scène. Il a vu Dawn ouvrir sa fenêtre et constaté qu'elle se comportait comme si on la *poussait ou l'obligeait à se pencher* – ce sont ses termes – mais il n'a vu personne derrière ou à côté d'elle. Il a lui aussi signalé qu'elle avait crié « Non ! Pitié ! » avant de basculer dans le vide. Il s'est aussitôt précipité vers elle mais, apparemment, elle était morte. Il a appelé les urgences sans quitter les lieux. Personne n'est sorti de l'immeuble. L'ambulance est arrivée sur place quatre minutes plus tard et le décès de Dawn a été confirmé ; la police a débarqué deux minutes après ça. Ils ont bouclé le périmètre. Les locataires des deux autres appartements de l'immeuble n'étaient pas chez eux. Celui de Dawn a été trouvé parfaitement en ordre, aucun indice de lutte ou d'une quelconque forme de violence. L'affaire n'est pas encore classée mais le rapport penche pour la thèse de l'accident : la scène dont Jack Brackell a été témoin, c'était simplement Dawn qui essayait de ne pas tomber. Ils pensent que sa robe de chambre s'est prise dans le radiateur au moment où elle a ouvert sa fenêtre. Le peignoir était long et déchiré en bas. Elle a dû tirer dessus pour le décoincer et perdre l'équilibre.

– Mais toi, tu n'es pas de cet avis ? ai-je deviné.

– Disons qu'entre la proximité avec Wexford et les détails fournis par Jack, on pense que ça vaut le coup d'examiner ça de plus près. Je te l'avais promis. S'il se passait quelque chose, je te tenais informée.

– Et si cet appartement est bel et bien hanté, a ajouté Callum, on a besoin de toi.

« Besoin de toi ». Trois petits mots.

– *À condition* que tu sois d'accord, a nuancé Boo.

– Évidemment que je suis d'accord, ai-je répliqué machinalement.

Il n'était pas question que je parte avec Jane avant qu'on ait tiré cette histoire au clair.

20

L'appartement de Dawn était effectivement tout près de Wexford, vers Goulston Street. Il se trouvait dans une rue peu empruntée par les élèves de Wexford, mais je me suis quand même dépêchée de sortir de la voiture pour rejoindre l'entrée de l'immeuble, bien emmitouflée dans le manteau rouge et le bonnet à pompon qu'on m'avait prêtés.

On a commencé par fouiller le bâtiment. Il n'était pas très grand, les vérifications ont donc été assez facilement menées. Stephen a eu accès au premier appartement en présentant sa carte de police, pendant que Boo forçait la porte fermée à clé d'un deuxième appartement à l'aide d'une carte de crédit. Le sous-sol était un espace de stockage sans verrou sur la porte. On n'y a rien trouvé, aucun fantôme.

Le seuil de l'appartement du dernier étage – celui de Dawn – était orné d'un paillasson représentant une lune et des étoiles ; il était aussi balisé par un ruban bleu et blanc de la police. Stephen a distribué des gants en latex à Callum et Boo, mais au moment de m'en tendre une paire, lui comme moi avons semble-t-il pris conscience d'un éventuel problème.

– À mon avis… a-t-il hésité, je ne suis pas censé t'en donner, si ?

– Je sais pas.

– Bon mais… les lieux ont déjà été inspectés et il y a peu de chance pour que quelqu'un revienne y jeter un coup d'œil. Fais juste attention à ce que tu touches.

Un par un, on s'est glissés sous le ruban de police pour pénétrer à l'intérieur. Tout l'appartement était couvert d'une épaisse moquette rose saumon et sentait la sauge brûlée. La décoration conférait à l'endroit un côté tanière de sorcier avec ses murs tapissés de motifs blancs et de petites étoiles argentées, ses voilages scintillants, les dessertes sur lesquelles trônaient de gros morceaux de cristal ressemblant à d'étranges fruits lunaires, les encensoirs et les photos encadrées de signes astrologiques. Deux lés de rideaux de perles délimitaient l'accès au reste de l'appartement : la kitchenette, la chambre à coucher, la salle de bains. C'était un espace tout-en-un, qui servait à la fois de bureau et de domicile.

– On dirait la maison de ma cousine, ai-je remarqué. En plus bizarre. Ce qui n'est pas peu dire.

On avait décroché et posé méticuleusement des cadres par terre, face au mur. Trois des chaises étaient à l'envers, pas comme si on les avait renversées mais plutôt consciencieusement retournées et alignées côte à côte. Un petit guéridon était empilé sur un autre, légèrement plus grand. Les pierres précieuses étaient disposées en triangles par terre.

– Y a quelqu'un ? a lancé Stephen. Personne ? Sinon manifestez-vous.

Sa question n'a suscité aucune réponse mais à mon avis il s'y attendait un peu.

On s'est tous avancés un peu plus dans la pièce principale. Callum et Boo se sont approchés du rideau de perles. Boo l'a écarté pour jeter un coup d'œil dans la cuisine, puis elle et Callum se sont glissés de l'autre côté pour aller dans la chambre. Stephen a examiné la fenêtre en question, le radiateur qui se trouvait dessous, le loquet pour l'ouvrir.

– Il n'y a personne ici, a déclaré Callum en passant la tête à travers le rideau de perles.

– Continuez à fouiller, a suggéré Stephen. Regardez s'il n'y a pas quelque chose qui semble anormal.

Comme je me tenais sans rien faire au milieu du séjour, je me suis approchée de ce que je présumais être la table de travail de la voyante (elle était couverte d'une étoffe de velours pourpre). Ma cousine Diane, celle qui dirige le ministère des Anges guérisseurs de chez elle, adore tirer les cartes. Elle m'avait appris à lire le tarot quand j'avais douze ans, quand mes parents avaient dû partir à un séminaire et que j'avais logé chez elle pendant une semaine. Si ma cousine était persuadée que les anges s'exprimaient à travers les cartes, pour ma part j'avais plutôt la conviction qu'on apprenait simplement ce que les images symboliques étaient censées signifier et ensuite on brodait autour. En réalité, c'est très facile. On commence l'interprétation et on observe la personne en face de soi pour voir sa réaction. En général, on dit un truc du genre : « Il y a trois aspects de votre vie en ce moment que vous devez régler. » C'est toujours le cas : les gens ont toujours trois préoccupations en tête. Ils comblent les blancs pour vous, tout en étant épatés par votre talent. J'ai tiré les cartes en colonie de vacances durant deux étés de suite. J'avais tellement de succès que j'ai convaincu ma monitrice de me laisser sauter les entraînements de tir à l'arc et de gymnastique pour aller m'installer dans la salle de jeux et effectuer des tirages. Pour ce qui est de faire la roue et de décocher des flèches, je suis nulle, par contre tirer le tarot, c'est mon rayon.

C'était curieux, cette façon dont les cartes étaient étalées – tout le jeu était exposé. Et il y avait un truc bizarre mais je n'arrivais pas à déterminer *quoi* au juste. Quelque chose clochait dans ce jeu.

– Tu as bien dit qu'elle venait de tirer les cartes à une cliente ? ai-je interrogé Stephen.

– Oui, c'est ça.

– Combien de temps avant ?

– Quelques minutes.

Ce n'était pas comme ça qu'on rangeait un jeu de tarot. Généralement les cartomanciens rempilent soigneusement leurs cartes et souvent ils les conservent dans une petite bourse ou une boîte spéciale. Ils ne les laissent pas éparpillées sur la table.

– Je peux toucher ? ai-je demandé à Stephen. Toutes les personnes qui sont venues se faire tirer les cartes ici ont touché ce jeu, donc de toute façon il est probablement couvert d'empreintes.

– Oui, vas-y. Mais fais quand même attention.

Les manches du manteau étaient légèrement trop grandes pour moi et me tombaient sur les mains, alors je l'ai ôté et posé sur la table. D'un doigt, j'ai commencé à faire glisser les cartes face à moi en séparant les arcanes majeurs des mineurs. Les arcanes mineurs sont ceux qui s'apparentent à des cartes à jouer classiques et se caractérisent par une couleur (bâton, épée, denier ou coupe), un nombre, et un roi, une reine ou un cavalier. Les majeurs sont ceux qui comportent un titre et une signification plus complexe : la Mort, l'Amoureux, l'Étoile, le Soleil, la Roue de Fortune. Ils sont tous numérotés et suivent un certain ordre. Douze, le Pendu. Treize, la Mort. Quatorze, Tempérance. Quinze, le Diable. Seize…

Il en manquait une. La Tour.

Beaucoup de gens pensent que la Mort et le Pendu sont les cartes du tarot dont il faut se méfier, mais la vraie méchante, c'est la Tour. Et j'avais beau ne pas croire aux cartes, je prenais toujours leur signification au sérieux lors de mes tirages. Cette Tour qui manquait m'a donné à réfléchir. J'ai regardé par terre, sur les chaises, puis sur le fauteuil et les étagères, partout où on était susceptible de poser une carte.

Boo et Callum étaient revenus de leur inspection de la cuisine et de la chambre.

– RAS, a signalé Boo. Tout est impeccable à côté. Cette pièce est la seule à avoir été dérangée.

– Il manque une carte, ai-je soufflé.

– Le pan de sa robe de chambre a très bien pu se coincer dans cette valve, là, a supposé Stephen en pointant du doigt vers le radiateur. Ou bien elle s'est pris les pieds dans le fil du lampadaire.

– Il manque une carte, ai-je répété plus fort.

– Comment tu le sais ? s'est étonné Callum.

– Je tire les cartes.

– Tu quoi ? a fait Stephen.

– Ma cousine, ai-je expliqué. Elle dirige un ministère des Anges, vous voyez ? C'est elle qui m'a appris. Et il manque une carte. Et pas n'importe laquelle en plus : la Tour.

– Ça ne peut pas être une coïncidence que cette femme soit une voyante, a fait remarquer Boo.

Stephen s'est levé en secouant la tête.

– Qu'est-ce que t'as ? lui a lancé Boo.

– Je crois pas à la voyance.

– Tu vois des fantômes mais tu crois pas à la voyance ?

– Exactement.

– Explique-moi ça.

– C'est simple : les fantômes, je les vois. J'ai toutes les preuves de leur existence. Alors que rien ne prouve qu'un voyant ait déjà vu l'avenir. Ils enchaînent juste les suppositions et les devinettes.

– On m'a tiré les cartes un jour, a raconté Boo. Résultat : en plein dans le mille.

– Ça ne prouve pas que j'ai tort.

Je les ai laissés à leur débat. Les adeptes du tarot ont souvent des livres sur le sujet qui traînent quelque part. Il n'y en avait aucun dans cette pièce (logique : vous n'allez pas laisser un exemplaire d'*Apprendre à tirer le tarot en dix leçons* en évidence si vous êtes censé être un spécialiste). Non, c'était le genre de choses qu'on gardait à l'abri des regards. Dans la chambre peut-être. J'ai traversé le rideau de perles puis la petite cuisine en longueur et pénétré dans une chambre à coucher très exiguë et sombre, décorée d'un papier peint fleuri oppressant et d'une troublante collection d'animaux empaillés qui garnissaient tout l'espace. Au pied du lit, j'ai trouvé une pile de bouquins – sur la guérison par les cristaux, la chromathérapie, les chakras. En fouillant un peu plus dans la pile, je suis tombée sur des ouvrages de psychologie populaire et d'interprétation du langage du corps, et enfin, comme prévu, sur trois livres dédiés au tarot. J'ai cherché celui qui contenait les plus belles reproductions en couleur des lames et l'ai feuilleté rapidement jusqu'au chapitre sur la Tour, et une fois à la bonne page, je dois dire que je suis restée scotchée.

Stephen et Boo en étaient toujours au même point quand je suis réapparue avec le livre. Il a fallu que je m'y reprenne à plusieurs fois et en élevant de plus en plus la voix pour capter leur attention.

– Regardez ça, ai-je lancé en brandissant le livre. À quoi ça vous fait penser ?

La Tour représente, comme on peut s'en douter, une tour. Sur la plupart des dessins, on la voit frappée par la foudre en train de s'ébouler. Mais sur presque tous, on distingue aussi un personnage en train de tomber, généralement tête la première. C'était cette représentation-là que donnait ce livre.

– À une femme qui tombe par la fenêtre tête la première, ai-je résumé pour eux tandis qu'ils s'approchaient de moi. La carte qui manque est celle qui illustre un personnage tombant tête la première dans le vide. Qu'est-ce que vous en déduisez ?

Leur air stupéfait n'était pas pour me déplaire.

– Rien de bon, a marmonné Callum. Bien joué, Rory.

– Et un lien supplémentaire avec les cartes, a ajouté Boo.

– Ça a son importance, y a pas de doute, a concédé Stephen, mais je refuse de croire que ces cartes ont un pouvoir quelconque.

– Rory dit qu'elle sait lire les cartes, a insisté Boo.

– Ouais enfin… souvent je raconte n'importe quoi, ai-je modéré. Chaque carte possède un ensemble de significations qui lui est propre, mais pour interpréter le tirage il faut inventer une histoire fondée sur les cartes qu'on a sous les yeux. Les lames peuvent s'interpréter de diverses façons, donc il suffit de se baser sur ce que les gens veulent bien raconter. Enfin, je sais pas. Si ça se trouve, certaines personnes ont vraiment un don, mais pas moi en tout cas. Et puis j'ai trouvé toutes sortes de bouquins dans la chambre sur l'interprétation du langage du corps, ce genre de thèmes.

Stephen a ouvert les bras d'un air de dire : « Voilà où je voulais en venir. »

– D'accord, a repris Boo en levant une main, la paume face à nous. Récapitulons : l'entité qui se tenait dans cet appartement se sent peut-être offensée par les charlatans qui prétendent être en contact avec le monde des esprits ? Si ça se trouve, elle cherchait un moyen de communiquer. Imaginez que vous êtes un fantôme, vous avez peur et personne à qui parler... vous cherchez peut-être quelqu'un qui soit susceptible de vous voir ou de vous entendre, non ? Alors vous allez chez une voyante, et si elle n'est pas capable de vous aider, vous vous fâchez.

– Et vous la balancez par la fenêtre, a conclu Callum. Ça, au moins, ça semble plausible.

– Ça se tient, a acquiescé Stephen en fronçant les sourcils. Il faut voir...

– Mais ? a pressenti Boo.

– Mais ce qui m'ennuie, c'est le côté *mise en scène*, a avoué Stephen. Ça fait tellement planifié. Le fantôme dans le sous-sol du pub n'était pas aussi organisé.

– Chaque fantôme est différent, a fait remarquer Callum.

– D'accord, mais pourquoi se donner tout ce mal ? a insisté Stephen. Selon toute vraisemblance, le premier essayait de protéger son lieu de sépulture. Si on a bien affaire à un fantôme ici, quel est son but, d'après vous ? C'est quoi, son message ? Regardez autour de vous : y a pas de traces de lutte ici. La scène est juste super étrange.

– Qui dit fantôme cinglé dit forcément scène de crime étrange, a souligné Callum.

– Mais tous les fantômes ne sont pas des meurtriers, a rétorqué Stephen. Avant l'Éventreur, dites-moi combien de fantômes criminels on a connus ?

– Aucun, c'est vrai, a accordé Boo.

– Eh bien moi, je peux te dire que j'en ai croisé certains qui étaient *parfaitement* capables de meurtre, a argumenté Callum. Même s'ils rataient leur coup, ils en étaient capables, c'est sûr. N'oublie pas que si je suis comme ça aujourd'hui c'est parce que l'un d'eux a essayé de me faire rôtir avec un câble sous tension.

– Je sais bien, mais c'est quand même bizarre qu'on se retrouve avec deux morts qui, de toute évidence, ont été provoquées par deux fantômes distincts, a avancé Stephen. Étant donné que la plupart ne sont pas des meurtriers, en avoir deux sur deux…

– Puisque je te dis que ces fantômes-là sont cinglés ! Des cinglés de Bedlam.

– Mais les malades mentaux ne sont pas non plus tous des meurtriers, tu sais. L'homicide n'est pas une conséquence inévitable de la déficience mentale. Et puis cette scène… je ne sais pas pourquoi, mais il y a un truc qui cloche. Pourquoi est-ce que le salon s'est retrouvé dans cet *état* après le départ de la police ?

Il est retourné à la fenêtre, l'a ouverte et refermée, comme s'il cherchait un début de réponse dans ce geste.

– Vous connaissez Charles Manson ? a-t-il finalement lâché. Un tueur en série américain de la fin des années 1960 ? Il était le leader d'une petite communauté baptisée « la Famille » qui a assassiné plusieurs personnes – choisies au hasard – sur ses ordres. Des inconnus pour la plupart. Les scènes de crime étaient célèbres pour leur sauvagerie et leur étrangeté, une réputation voulue par Manson. Il disait à ses adeptes de massacrer toutes les personnes présentes dans les propriétés dans lesquelles ils pénétraient et de laisser un « signe démoniaque ». Alors ils se débrouillaient toujours pour rendre la scène du crime volontairement atroce et perverse. Cette scène me fait exactement penser à ça. Elle a quelque chose de démoniaque. Le meurtre d'une voyante. Une mort qui imite le dessin d'une carte de tarot. Une scène de crime qui change comme par magie après le départ de la police, comme si l'auteur de ce meurtre savait que *quelqu'un d'autre* viendrait plus tard sur les lieux.

Il a attrapé son portable qui sonnait dans sa poche. La conversation a été brève et sèche, ponctuée de quelques « bien, monsieur », « je vois », et s'est terminée sur un « *je vois* » plus grave, « d'accord, je m'en occupe ».

Quand il m'a regardée droit dans les yeux, j'ai compris.

– Boo, Callum : vous voulez bien aller nous attendre dans la voiture ? a-t-il suggéré. On vous retrouve dans deux minutes. J'ai deux mots à dire à Rory.

Un silence gênant s'est installé tandis que Boo et Callum nous laissaient.

– C'était Thorpe, a annoncé Stephen en levant son téléphone comme si Thorpe se trouvait à l'intérieur de l'appareil et allait peut-être surgir en me faisant coucou. Wexford a signalé ta disparition. Tu as été aperçue pour la dernière fois par un préfet qui t'as vue partir avec un sac à minuit – préfet qui est maintenant dans une bonne galère, à mon avis.

– C'est drôle parce que…

– Ça n'a rien de drôle, Rory ! Bon sang, mais qu'est-ce qui te prend ?

– Il me prend qu'ils me foutent dehors, ai-je répliqué. Je t'ai *dit* que j'allais me planter. Alors après, ça aurait été aller simple pour Bristol puis retour aux States où je serais devenue dingue.

– Où est-ce que t'as passé la nuit ?

– Chez une amie. Je n'avais pas le choix. Tu as dit toi-même que je ne pouvais pas rester à Bristol. Je peux pas retourner là-bas, tu le sais. Ma place est ici, non ? Surtout sachant qu'il y a cette grosse faille sous la résidence qui fait peut-être ressurgir des fantômes super dangereux, alors…

– Vas-y : termine ta phrase.

J'ai dégluti un bon coup avant de lâcher le morceau :

– Je devrais entrer dans la brigade. Maintenant.

– C'est pas moi qui décide, a-t-il répondu calmement.

– Bien sûr que si. Tu l'as dit toi-même.

– Non, moi je donne juste mon avis. C'est Thorpe qui prend les décisions avec ses supérieurs.

– Dans ce cas, dis à *Thorpe* de me recruter. Je suis faite pour ce boulot. Plus que n'importe qui, même.

– Je suis pas sûr qu'on puisse être *fait* pour ça.

– Mais si tu devais recruter quelqu'un…

– Et pourquoi tu voudrais de ce boulot, d'abord ? C'est pas parce qu'on est fait pour quelque chose que c'est forcément une bonne idée.

– Bah, pourquoi toi tu le fais, alors ? ai-je rétorqué. Tu as étudié à Eton. Tu aurais pu aller à l'université. Tu avais toutes les cartes en main.

– C'est pas aussi simple.

– Si, ça l'est. Je viens de me faire virer de Wexford. Si je rentre, mes parents ne me laisseront jamais retourner à Londres. Autrement dit, je serai foutue, et toi avec, alors quand on regarde les choses sous cet angle, *si*, je t'assure, c'est très simple.

– Parce que tu crois que ça marche comme ça ? Tu crois que tu vas entrer dans la brigade simplement parce que tu ne t'en sors pas au lycée ?

– Oui. C'est ce que je viens de dire, en gros.

– Tu te rends compte de ce que ça implique ?

– Plus ou moins. Ça peut pas être tellement pire que ce que j'ai déjà vécu. J'ai été poignardée par l'Éventreur, à la suite de quoi je me suis transformée en terminus ambulant. Tu as d'autres surprises en réserve ? Pire que ça ?

– Il faut que tu rentres. Tout de suite. Avant que la situation empire.

– Pas question, ai-je affirmé. Je peux pas, tu le sais très bien.

– Mais si, tu peux. Tu n'as qu'à rentrer tout de suite. Ils t'ont déjà renvoyée donc tu n'as rien fait de mal.

– Sauf que mes parents sont sans doute au courant que j'ai fugué.

– Oui mais ils seront bien plus rassurés d'apprendre que tu es revenue.

– Pourquoi tu te comportes comme ça? ai-je lâché brusquement. Si tu ne m'avais pas écoutée, à l'heure qu'il est un fantôme cinglé serait encore en train de hanter le sous-sol de ce pub. Et maintenant une femme a été défenestrée.

– Je sais, a-t-il admis. Tu avais raison, je m'en rends compte. Inutile de me le rappeler constamment.

– Tu m'en veux d'avoir eu raison pour le pub, c'est ça ?

– Pourquoi est-ce que je t'en voudrais ?

– Parce que, ai-je fait : je savais et pas toi. Et j'ai réglé le problème.

Il s'est mis à rire. Pour de vrai, bien fort. Je n'avais jamais vu Stephen éclater de rire comme ça. Dans n'importe quelle autre circonstance, j'aurais trouvé ça super, mais pas là.

– Ça te fait marrer ? ai-je lâché durement.

– Non, non.

– Dans ce cas pourquoi tu ris ?

– Je ne trouve pas du tout ça marrant, je t'assure.

Subitement, j'ai éprouvé une forte envie de lever le bras et de le gifler – une bonne paire de baffes, juste histoire de le faire taire. D'ailleurs je me suis avancée... mais je ne l'ai pas frappé, ce n'est pas mon genre. Pourtant, c'était vraiment pas l'envie qui me manquait. Ne serait-ce que plaquer la paume de ma main sur sa figure et cette pommette légèrement saillante pour donner un peu de couleur à ce teint pâle en y laissant une grosse empreinte de main bien rouge.

– Tu me crois pas à la hauteur ?

– J'ai jamais dit ça.

Intérieurement, mes pensées partaient dans tous les sens, me fouettaient le sang, me cognaient le cœur, me broyaient les yeux.

– S'il y a bien quelqu'un qui sait se débrouiller, c'est moi, ai-je affirmé. C'est bien pour ça que tu m'as fait venir ici. Que tu m'as mise à l'épreuve. Et maintenant que je suis là, prête à apporter mon aide, toi tu veux plus. Je parie que Thorpe m'embaucherait, lui. Il sait de quoi je suis capable. Je leur serais plus utile que *toi*.

J'ai dit ça parce que j'étais en colère, pas parce que je le pensais. Parce que je savais que je devais trouver le moyen de l'atteindre, de provoquer une réaction de sa part, mais ça n'a pas marché. Stephen s'est contenté de contourner lentement la table de Dawn en examinant les cartes. Il s'est penché tout près de ces dernières un instant, en les fixant attentivement.

– Il est temps qu'on y aille, a-t-il décrété au bout d'un moment. Et il est temps pour toi de rentrer à Wexford. Fin de l'histoire.

À mon avis, il était conscient que j'étais à cran et que plus il réagirait calmement, plus mes câbles là-haut crépiteraient et crameraient jusqu'au court-circuit final qui me ferait craquer. Sauf qu'il n'était pas question que je rentre dans ce jeu. J'ai inspiré un grand coup, serré le poing, les ongles plantés dans ma paume, et répondu :

– Pas de problème.

Il a refermé la porte derrière nous et on est retournés à la voiture où Callum et Boo nous ont accueillis en nous dévisageant. Boo a levé le livre ouvert à la page de la carte manquante.

– Oui, a acquiescé Stephen, on a du pain sur la planche. Rory va rentrer au lycée. Tu veux qu'on te raccompagne ou tu préfères rentrer toute seule ?

Son ton avait quelque chose de condescendant qui m'a à nouveau rendue folle furieuse. Callum a eu l'air déconcerté, et à juste titre, quant à Boo, elle a immédiatement détourné les yeux vers la fenêtre.

– Ça ira, ai-je répliqué sèchement.

J'ai tenté de rester digne en m'éloignant, mais toutes ces prises de bec et ces affrontements commençaient à m'épuiser. Jane m'avait promis une virée à la campagne et j'étais maintenant prête à la suivre.

21

Bien sûr, il n'était pas question que je retourne au lycée. Et bien sûr : il pleuvait. Comme d'habitude. Et en plus, une pluie de décembre particulièrement épouvantable. En Louisiane, la pluie – qui offre parfois un vrai répit dans la chaleur ambiante – est plutôt l'occasion bienvenue d'une coupure dans la journée. Il arrive qu'il pleuve par temps ensoleillé et cela provoque parfois des orages spectaculaires qui balaient le ciel de reflets verts et d'éclairs. En Angleterre, la pluie a un côté inévitable, comme la paperasserie. Elle rend les journées encore plus humides qu'elles ne le sont déjà, et les pavés, glissants. J'ai marché jusqu'à Liverpool Street et pris un des nombreux taxis qui attendaient. Les taxis, comme me l'avait expliqué Jane hier, consignaient les trajets de leurs clients et certains étaient même équipés de caméras. J'ai enfilé le chapeau et les lunettes de soleil et divisé la course en deux temps en changeant de taxi sur la place Leicester.

J'ai essayé de trouver une explication à la petite crise de colère de Stephen. Stephen aimait les règles. Il voulait se sentir maître de la situation. Callum et Boo, eux... m'accueilleraient à bras ouverts. Ils finiraient par le convaincre. En attendant, j'allais laisser passer un peu de temps, partir avec Jane à la campagne et en apprendre un peu plus sur ma condition. À mon retour, je leur serais encore plus utile qu'avant. Tout allait s'arranger.

– Te voilà, a constaté Jane en m'ouvrant. On s'inquiétait de ne pas te voir revenir. Tout va bien ?

– Oui, ça va.

– Contente de l'entendre. Suis-moi dans la cuisine. J'aimerais te présenter quelqu'un.

Il y avait un garçon dans la cuisine, un petit peu plus âgé que moi, la vingtaine peut-être. Dire que son apparence était surprenante aurait été assez loin du compte. Il était l'équivalent humain de la déco de Jane. Il avait les cheveux blond vif, genre jaune doré, d'une couleur aussi artificielle que ceux de Jane et d'un éclat peu naturel tout aussi frappant. Sans compter qu'ils étaient particulièrement bien coiffés, un peu à la façon d'une ancienne vedette de cinéma, ramenés sur le côté. Il portait une chemise de soirée rouge et une cravate étrangement large aux rayures rouges et argentées éclatantes. Je ne suis pas d'avis que la couleur des yeux d'une personne révèle quoi que ce soit de particulier sur elle, mais Jack avait des yeux bleu clair, glacials. Un bleu presque aussi peu naturel que ses cheveux. Quant à ses chaussures, elles étaient rouges avec des étoiles argent métallisé incorporées au cuir. L'ensemble produisait un effet extravagant, comme un déguisement.

– Rory, a dit Jane, laisse-moi te présenter Jack.

– Enchanté, a fait ce dernier en me tendant la main.

Je l'ai serrée et Jack m'a souri comme si j'étais la chute d'une blague très drôle entre eux deux.

– Jack va se joindre à nous, a annoncé Jane.

– C'est une maison incroyable, a assuré Jack.

Il s'est appuyé contre la table de la cuisine en croisant une jambe par-dessus l'autre ; une sorte de position de danseur ou le genre de posture qu'on voit sur les photos de tournage des vieux films – la cheville d'une des deux jambes posée sur le genou de l'autre. Une pose, autrement dit.

– Tu te sens bien ? s'est souciée Jane en se penchant pour me regarder. Tu as l'air pâle. Mange un petit quelque chose, on dirait que tu vas t'écrouler.

Elle a avancé vers moi sa sempiternelle assiette de pâtisseries. Le sourire de Jack s'est agrandi et il a fixé ses pieds comme si eux aussi pouvaient trouver ça amusant.

– Ton histoire est assez fascinante, a commenté Jack. Jane nous a tout raconté à ton sujet.

– Vous avez tous une histoire fascinante, à mon sens, a ajouté Jane. Nous sommes tous exceptionnels.

– C'est vrai, a approuvé Jack en inclinant la tête.

Il s'est mordu la lèvre inférieure, très légèrement, puis a relevé les yeux vers moi.

Une chose est sûre me concernant : il est rare que je fasse la connaissance de quelqu'un et que, d'emblée, je ne l'apprécie pas. Ce n'est pas dans mes habitudes. Pourtant il y avait quelque chose chez Jack qui me déplaisait vraiment, et ce n'était pas simplement parce qu'on aurait dit un personnage en costume d'époque tout droit sorti d'une pièce bizarre. Il n'avait pas dit ou fait grand-chose, mais il dégageait quelque chose de curieux et de désagréable, et le fait qu'il soit du voyage rendait la perspective de la campagne beaucoup moins attrayante. C'était un peu absurde et je n'avais pas vraiment mon mot à dire sur la question. C'était juste une première impression, plutôt réfrigérante.

– J'ai besoin d'aller aux toilettes, ai-je prétexté.

Ce qui était vrai. Mais j'avais aussi besoin de m'isoler un instant pour chasser cette impression.

Je suis sortie de la cuisine et partie dans le couloir en

direction de l'escalier. L'obscurité dense de l'après-midi enrobait la maison et l'absence de fenêtre dans le couloir rendait ce dernier particulièrement sombre. Au moment où je m'apprêtais à tourner dans l'escalier, j'ai jeté un coup d'œil au léopard en argent et c'est là que j'ai remarqué autre chose. C'est apparu juste à la périphérie de mon champ de vision, mais je me suis sentie obligée de m'arrêter et d'aller jusque dans le vestibule pour vérifier que j'avais bien vu. Un blazer de Wexford à la patère de l'entrée. J'avais vu si souvent des blazers de Wexford accrochés à je ne sais combien de patères que c'était désormais une image gravée dans ma mémoire, et celui-ci en était un, ça ne faisait aucun doute. Sauf que je n'étais jamais venue en blazer chez Jane.

Je l'ai décroché pour l'examiner. En raison du système de blanchisserie, chacun de nos uniformes était étiqueté à notre nom. J'ai cherché à l'intérieur du col l'habituel ruban blanc de l'étiquette.

Ce blazer était celui de Charlotte. Et il était trempé.

Logique. Charlotte était suivie ici. Sauf qu'en ce moment même elle avait examen de latin.

– Un problème ?

Jane se tenait dans le couloir.

– Oh, je...

Je ne savais pas quoi répondre. Y avait-il effectivement un problème ?

– C'est que... le blazer de Charlotte. Il est là.

J'ai soulevé sa manche en guise de preuve.

– Ah oui. Elle est passée tout à l'heure. Elle a dû l'oublier.

– Elle a un examen de latin aujourd'hui, ai-je fait remarquer. Il y a des examens toute la journée.

– Je ne suis pas au courant, a répondu Jane, évasive. Elle est passée, mais elle n'est pas restée longtemps, et elle n'a pas parlé de ses examens. Je crois qu'elle était un peu contrariée que tu ne sois pas rentrée la nuit dernière. Tu devrais te préparer à partir. Il faut qu'on se dépêche si on veut éviter les bouchons.

Logique. Charlotte s'adressait à Jane pour tout et n'importe quoi. J'ai acquiescé, laissé le blazer et filé dans l'escalier.

Sauf que ça n'allait pas. J'avais des palpitations. Mon cœur faisait des bonds. Julia appelait ça « l'instinct des victimes ». Quand on a vécu un traumatisme très sérieux, les sens s'aiguisent. On devient très réceptif aux situations que ne sont pas tout à fait normales ou potentiellement dangereuses.

Je suis allée m'enfermer dans les toilettes. J'avais besoin de réfléchir.

Charlotte avait très bien pu passer ici, bien sûr, mais rater un examen ? Et puis ce blazer était trempé, pas humide. Il y avait un radiateur dans le vestibule. Si le blazer était là depuis un moment, il aurait eu le temps de sécher un peu. Sans compter que Charlotte n'était pas le genre à oublier son blazer. Nos blazers sont l'élément essentiel de l'uniforme de Wexford. L'enfiler est… un automatisme.

Mais elle aurait très bien pu l'oublier. Ça se pouvait.

Sinon quoi ?

La fenêtre des toilettes était en verre dépoli pour préserver l'intimité. Je l'ai déverrouillée pour essayer de l'ouvrir mais ça a provoqué un gros grincement. J'ai arrêté, les nerfs à vif. Puis j'ai tourné le robinet à fond et suis retournée à la fenêtre en la poussant millimètre par millimètre jusqu'à ce qu'elle soit entrebâillée d'une petite dizaine de centimètres et que je puisse jeter un coup d'œil à l'extérieur. La pièce donnait sur l'arrière de la maison et se trouvait en à-pic du jardin en contrebas. Cette issue n'était absolument pas envisageable. Je pouvais toujours crier…

… mais je n'avais pas de raison de le faire, si ? Pourquoi est-ce que j'avais envie de crier ?

Pourquoi Jack m'avait-il souri de cette manière ? C'était pile au moment où Jane m'avait tendu l'assiette de cookies et de brownies. Rien d'anormal. Elle m'en proposait toujours.

C'est alors qu'il m'est venu une idée qui semblait à la fois extrêmement parano quoique extrêmement cohérente. Chaque fois que je venais chez Jane, elle insistait toujours pour que je mange quelque chose. Et chaque fois que j'avais accepté, j'avais commencé à me sentir toute drôle. Je parlais beaucoup. Le temps passait bizarrement.

Pour ma part je ne me drogue pas, mais j'ai entendu des amis raconter qu'ils avaient mangé du brownie au cannabis et, apparemment, c'était le genre d'effets que ça produisait. On ne le ressentait pas tout de suite – ça mettait à peu près une demi-heure à monter – mais ensuite, les bavardages, ces choses étranges que j'avais remarquées dans la pièce… Ce n'était pas comme si ça me faisait perdre connaissance, mais il est clair que ça me détendait comme jamais aucun psy n'avait réussi à me détendre.

Charlotte aussi avait cet air quand elle revenait de chez Jane. Ce regard vitreux…

Si mon hypothèse était juste, pas étonnant que Jane donne l'impression d'être extrêmement talentueuse dans son métier. Elle nous faisait complètement planer !

Mais dans quel *but* ? C'était n'importe quoi. Je raisonnais comme une cinglée.

En même temps, je ne menais pas une existence normale. Moi-même je n'étais pas normale. Pas plus que Jane, Devina ou Jack…

Le témoin du meurtre de Dawn s'appelait Jack.

D'accord, c'était stupide comme rapprochement. Des tas de gens s'appellent Jack.

J'ai tiré la chasse d'eau juste pour faire du bruit puis je suis sortie des toilettes et me suis avancée en haut de l'escalier. Jane m'attendait au pied.

– Prête à partir, Rory ? Bien, si tu descendais maintenant ?

Si tu descendais maintenant ?

À présent chaque mot, chaque son qui sortait de sa bouche m'emplissait de crainte – crainte dont je ne voulais vraiment pas tenir compte, mais en vain, c'était plus fort que moi. Je ne savais absolument pas ce qui se passait, sinon que quelque chose clochait. Pourtant il fallait bien que je descende. Je n'avais aucun moyen de m'échapper à l'étage, à moins de sauter par la fenêtre, comme Dawn.

– Oui, oui, ai-je répondu d'un ton faussement décontracté. Désolée. Je me séchais un peu.

À mon avis, mon ton décontracté n'a pas pris. Jack est apparu. Il s'est posté à côté de l'escalier et m'a regardée descendre lui aussi.

Mon rythme cardiaque irrégulier me nouait la gorge. J'ai descendu chaque marche à la vitesse d'un escargot. C'était pas normal. Il y avait quelque chose de pas normal. Rien n'était normal. Il allait forcément se passer quelque chose là, dans cet escalier, d'une seconde à l'autre. Je sentais le truc arriver de tout mon être.

Alors je me suis fiée à mon instinct.

En arrivant à la dernière marche, j'ai ouvert la bouche comme si je m'apprêtais à parler à Jane, puis j'ai foncé vers la porte. Je n'ai pas l'habitude de courir. Ça ne m'arrive qu'en rêve et j'ai souvent dit pour plaisanter que je m'y mettrais uniquement si j'étais poursuivie. Je me serais vraiment crue dans un rêve, là, à détaler dans ce couloir sombre pour finir par sentir ces bras me rattraper dans mon dos. J'ai atterri tête la première par terre, immobilisée par quelqu'un. Mon nez a heurté une latte, propageant une douleur cuisante à travers mon visage. Le choc m'a fait monter les larmes aux yeux et elles se sont mises à couler à flots.

– Attention ! s'est écriée Jane. Nom de Dieu, Jack, ne la blesse pas ! Relevez-la.

Deux paires de mains m'ont empoignée ; Devina, qui avait surgi de nulle part, m'a remise debout avec l'aide de Jack.

– Allons, Rory, ne te débats pas comme ça, a conseillé Jane. Sinon Jack sera contraint d'employer plus de force et personne n'a envie de ça. Emmenez-la dans la cuisine.

Ils m'ont à moitié traînée, à moitié portée jusqu'à la cuisine. Et bizarrement, je me suis détendue un peu. Le fait que j'aie eu raison me procurait un certain soulagement : on jouait maintenant franc-jeu. J'ai fouillé du regard le plan de travail : rien qui pourrait m'être utile. Les couteaux étaient rangés à l'autre bout de la pièce. À moins de frapper Jack et Devina à coups de pâtisseries, j'étais coincée.

– Mange quelque chose, a ordonné Jane en me mettant une fois de plus l'assiette sous le nez. Ça facilitera les choses.

– Il y a quoi dedans ?

– Rien de bien méchant, ma chérie. Un peu de hasch, c'est tout, a-t-elle répondu. Ça te plaisait jusqu'ici.

Elle a insisté avec son assiette mais j'ai fait non de la tête. Alors elle l'a reposée en haussant les épaules.

– Comme tu voudras. C'était dans ton intérêt.

– Qu'est-ce que vous allez me faire ?

– Aucun mal à condition que tu coopères. Ça, je te le promets. Je considère toute personne possédant notre don comme un frère ou une sœur et je prends ça très au sérieux. Si tu résistes, Jack ne sera pas tendre. Mais si tu es sage, il te relâchera.

Je n'avais pas vraiment le choix, alors je me suis calmée. Jane a fait signe de la tête à Devina, qui m'a aussitôt lâchée.

– Jack, lâche-la, a exigé Jane.

Il n'a pas desserré sa poigne.

– Lâche-la, *je te dis*.

Mes bras ont retrouvé leur liberté. Jane s'est approchée pour les frotter doucement.

– Toutes mes excuses. Sincèrement. Tout ce qui s'est passé durant ces dernières vingt-quatre heures n'était pas prévu à l'origine. Quand on a appris que tu allais peut-être bientôt partir, on a dû précipiter un peu les choses. J'ai toujours été honnête avec toi, Rory, et je vais continuer de l'être. Tout ce qui a trait à ton ancienne vie prend fin *dès à présent*. Plus tôt tu l'accepteras, mieux cela se passera pour toi. En revanche, pour ce qui est de la suite des événements… tout dépend entièrement de toi. Je vais maintenant t'expliquer les différents cas de figure. La bonne nouvelle, c'est que les perspectives sont bien meilleures que ta situation actuelle.

– Où est Charlotte ? ai-je questionné.

– En lieu sûr. Elle est déjà partie à la campagne. Tu la verras tout à l'heure. Elle va très bien. Elle savait que tu étais venue ici, or on ne pouvait pas prendre le risque que cela s'ébruite. Alors on a dû l'emmener aussi. Mais il ne lui arrivera rien tant que tu resteras avec nous, c'est promis. Tu es un terminus, le premier cas de terminus humain que je rencontre. Nous sommes tous très excités par cette découverte.

– Comment êtes-vous au courant ?

– Oh, mais ma chère Rory, cela fait des semaines qu'on te surveille. On t'a suivie à Bristol. On a pu constater à quel point tu étais spéciale. Et à présent tout commence à prendre forme. Tu es le signe que nous attendions. Si tu nous aides, nous t'aiderons.

– J'ai *aucune* envie de vous aider.

– Peut-être, mais tu tiens à Charlotte, ainsi qu'à tes amis de l'appartement près de Waterloo... quelle est l'adresse, déjà, Jack ?

– 77 Woodland Road.

En vrai, ça, c'était l'adresse de mes parents à Bristol. Il a ensuite débité à toute allure l'adresse de notre maison en Louisiane, celle de mon oncle Bick, de ma tante Diane, et celles du bureau de mes parents en Angleterre et aux États-Unis. Et c'est là que l'ambiance s'est nettement refroidie.

– Voilà pourquoi je dis que la situation est différente à présent, a conclu Jane. Nous ne voulons t'obliger à rien. Accepte de venir de ton plein gré. Et une fois que tu nous auras rejoins, tu comprendras. Tu verras que notre mission est juste. Tu ne le regretteras pas. C'est seulement un cap un peu pénible à franchir, le temps de s'adapter, mais ça ne durera pas. Allez, on y va. Il est temps de partir. En route pour la campagne !

22

Il se trouve que je m'y connais un peu en matière de survie. Je m'y connais dans la mesure où je suis originaire de Bénouville en Louisiane, ville où la capacité de réaction aux ouragans est un sujet de discussion qui revient tous les étés. Tu as fait des provisions de bouteilles d'eau ? De piles ? De boîtes de conserve et de barres de céréales ? T'as prévu de l'eau de Javel pour quand les eaux commenceront à se retirer et les moisissures à apparaître ? T'as une radio ? Des lampes électriques ?

Mais la dure réalité, je la connais parce que mon voisin est un vrai barjo. Un barjo ayant un grand sens pratique. Je veux parler de Billy Mack, qui vit au bout de la rue.

Billy n'a plus jamais vraiment été le même après l'ouragan Katrina, comme beaucoup de gens d'ailleurs. Des tas d'habitants se sont retrouvés sans nourriture, ni eau ni soutien, et nombreux sont ceux qui se sont pris d'intérêt pour les techniques de survie. Billy Mack a poussé cet intérêt à l'extrême. Sur le toit de son porche, il a un canot amarré à une des fenêtres du premier étage. Il est aussi le fondateur de l'Église populaire du peuple universel, culte qu'il dirige depuis son garage. Dans le cadre de sa mission, certains jours il parcourt toute la rue pour distribuer des brochures. Sa religion est une sorte de doctrine apocalyptico-racoleuse combinée au guide pratique des rangers de l'armée américaine. Il est persuadé que la fin des temps approche et que le jour venu ses fidèles non seulement seront en accord avec Dieu mais posséderont aussi les ressources nécessaires pour y faire face.

Je ne fréquente pas beaucoup Billy Mack, mais on a déjà eu en main ses brochures. Et dès la première page il est écrit : « Un être humain peut survivre trois à cinq jours sans boire ni manger. Jésus a besoin que vous soyez prêt pour sa venue. Alors avez-VOUS les réserves nécessaires ? »

Les brochures contenaient probablement toutes sortes de bons conseils pour gérer des situations semblables à celle dans laquelle je me trouvais actuellement. Seulement je n'avais jamais lu plus que la première page avant de mettre le tout à la poubelle. Aujourd'hui je m'en mordais les doigts. Billy était le genre de personne à toujours avoir un couteau sanglé au tibia. Il aurait sûrement eu sa petite idée sur la façon de régler cette histoire.

L'« histoire » en question se trouvait assise à l'arrière de la voiture, coincée entre Devina d'un côté et Jack de l'autre. Installée au volant, Jane bavardait gaiement, comme si c'était un voyage tout à fait ordinaire, évoquant des « bouchons sur l'autoroute ».

Au fil du trajet, j'ai eu l'impression que tout m'échappait peu à peu, que les immeubles disparaissaient un à un et que je les voyais pour la dernière fois. Les routes s'effaçaient sur notre passage. Le ciel austère se repliait dans une boîte. Car, j'en avais la certitude, ce voyage était un aller simple. J'ai regardé les noms sur les panneaux des places devant lesquelles on passait : Fulham, Hammersmith, Chiswick. Je pourrais essayer de me battre, me jeter à travers la fenêtre arrière ou sur Jane, bref, *réagir*... Mais tout ce que j'y gagnerais serait qu'on me repousse violemment au fond de la banquette. Qu'on me fasse du mal et que les gens que j'aime se fassent tuer.

Je partais à la campagne, point.

– On approche de la banlieue de Barnes, là, a commenté Jane. C'est ici que Marc Bolan est mort. Tu n'as sans doute jamais entendu parler de lui mais c'était un de mes préférés. Il a percuté un arbre. Un accident affreux. Quand on se sera mis à l'œuvre, Marc est un homme que j'aimerais beaucoup aider.

– À l'œuvre ? Quelle œuvre ? ai-je demandé.

– Nous allons vaincre la mort, a-t-elle répondu d'un ton très neutre, comme si elle disait : « Nous allons organiser une vente de pâtisseries. »

– Oh.

C'est tout ce que j'ai réussi à répliquer.

– As-tu déjà entendu parler des Mystères d'Éleusis, Rory ? a-t-elle enchaîné en prenant un rond-point en douceur. Dans la Grèce antique, il était admis que Perséphone, fille de Déméter, était la déesse de la Fertilité de la Terre. Elle fut enlevée par Hadès, qui l'emmena dans son royaume souterrain. Déméter exigea qu'il lui rende sa fille, mais vois-tu, Perséphone avait commis le seul crime répréhensible en enfer : elle avait goûté à la nourriture des morts ; elle fut alors condamnée à rester aux Enfers une partie de l'année. Les Mystères d'Éleusis faisaient partie d'un culte de la religion grecque dans lequel on révélait aux initiés la vraie nature de la vie et de la mort. Pour notre part, nous pensons que ce ne sont que des légendes, si ce n'est bien sûr que les Grecs anciens avaient raison : la mort, comme tu as pu le remarquer, n'est pas un état définitif, contrairement à ce que croient la plupart des gens. Tu es d'accord ?

– Euh, oui ? ai-je bafouillé car ça me semblait être la meilleure réaction à avoir face à ce discours terrifiant dont la morale ne présageait vraiment rien de bon.

– Ils ont peut-être dissimulé tout ça derrière un récit pittoresque mais ils connaissaient la réalité de la vie et de la mort. Leurs mystères, les rituels : tout ça, c'étaient des expériences. Et petit à petit ces expériences ont provoqué des changements. Ce sont eux qui nous ont créés, Rory : les hiérophantes et les initiés, ceux qui ont accompli le plus sacré des mystères en développant ce don que nous possédons. Ils ont peu à peu percé le mur qui sépare les vivants des morts. Quelque part, très, très loin dans ton passé familial, un grand mystique a acquis ce prodigieux pouvoir. En ce sens, nous sommes tous parents.

– De la même famille, a confirmé Jack.

– Exactement, a acquiescé Jane.

– Hélas, le Grand Œuvre fut anéanti. Le temple de Déméter fut pillé. Les chrétiens prirent le pouvoir et on pensa les mystères détruits à jamais, le savoir perdu. Mais le savoir demeure. Les rituels perdurent. C'est pourquoi nous avons agi comme nous l'avons fait cette nuit. Je parle de la voyante, bien sûr.

– Pourquoi elle ? Qu'est-ce qu'elle vous a fait ?

– Il nous fallait une victime. Une personne au bon endroit au bon moment, dont la mort éveillerait les soupçons mais à laquelle on ne pourrait pas nous associer. Un immeuble relativement peu sûr dans lequel on pourrait entrer et sortir facilement. C'était la cible idéale. La mort d'une voyante à deux pas de l'enceinte de Wexford : on a créé suffisamment de fausses pistes pour occuper tes amis un bon bout de temps. Et puis, Jack avait une *créance de sang* à régler. Dans les mystères originels, on estimait que quiconque voulait participer aux rituels devait être innocent de tout crime. Mais aujourd'hui nous pratiquons les mystères supérieurs, lesquels requièrent une créance de sang. Une dette dont il faut s'acquitter pour pouvoir être initié.

Jack a plongé la main dans sa poche pour en sortir un sachet en plastique. À l'intérieur se trouvait un bout de tissu, trempé de sang.

– Jack a prouvé qu'il était prêt, a ajouté Jane. Tout comme Devina.

– Le petit copain de ma mère, a précisé cette dernière d'un ton léger.

– Et vous ? ai-je interrogé Jane.

– Cet homme dans le Yorkshire, a-t-elle répondu. Celui dont je t'ai parlé, qui m'a agressée. Ça te paraît peut-être horrible, Rory, mais chacun de nous a supprimé des personnes qui n'avaient pas leur place dans la société...

– Mais cette voyante n'avait rien fait. Elle était innocente !

– Tu appelles ça une innocente ? Quelqu'un qui prétend prédire l'avenir ? Qui escroque les honnêtes gens ? C'est à cause d'individus comme elle que la vraie religion voit sa réputation souillée et perdue.

Je sais reconnaître un illuminé quand j'en vois un : cette profonde ferveur, cette pleine conviction, le calme qui laisse brusquement place à la tempête. J'étais coincée dans une voiture au milieu d'illuminés, d'adeptes de rituels de la Grèce antique, de pourfendeurs de la mort. Et d'assassins.

Une déviation nous a entraînés dans une succession de voies très étroites, à peine assez larges pour une voiture. Dehors, l'Angleterre poursuivait tranquillement sa routine, un jour ordinaire de décembre. Les gens se préparaient à fêter Noël. Travaillaient. Pensaient à ce qu'ils allaient cuisiner pour le dîner. Des cyclistes nous doublaient de temps à autre. Seule une portière me séparait de ce monde. Mais j'avais interdiction de l'ouvrir.

– Les adeptes du new age, tous ces spiritualistes absurdes… je me serais mise à fréquenter ce genre de personnes si je n'avais pas eu de la chance. Heureusement j'ai rencontré ces amis. Ce sont eux qui m'ont enseigné les véritables origines de notre don. Ils avaient investi leur fortune dans l'acquisition du savoir. Ils ont voyagé en Inde, en Égypte, en Grèce. Ils ont rassemblé des ouvrages. Se sont entretenus avec des prophètes. Ils ont rapporté ces connaissances à Londres et consenti l'ultime sacrifice de tous nous aider en prenant le contrôle de notre propre destinée. J'ai été chargée de poursuivre leur œuvre, d'aider mes semblables… et aujourd'hui… toi. Tu es un être transformé. Tu es la preuve vivante que nos croyances sont justes et avérées.

– C'est faux, ai-je protesté. Je suis juste…

– Tu ne sais même pas ce que tu es, a coupé Jane. Mais grâce à nous tu vas découvrir ton véritable potentiel. Et alors…

Et alors tout à coup, on a tous été brusquement projetés en avant sous la violence de l'impact.

On venait de percuter de plein fouet un véhicule de police.

Je suppose que, d'une certaine manière, je m'y attendais. Comme tout le reste aujourd'hui, je n'avais pas tout bien compris – et pour cause, c'était absurde –, pour autant ça n'aurait pas dû m'étonner. J'avais atteint un stade où plus rien ne pouvait vraiment me surprendre.

La voiture de police avait déboulé d'une ruelle au moment même de notre approche et subi un choc violent au niveau du siège du passager. La nôtre a émis un pâle grincement mais semblait toujours en état de marche. La portière de la voiture de police s'est ouverte et Stephen est apparu, un filet de sang dégoulinant le long de sa joue. Au même instant, un bruit sourd suivi d'un sifflement a retenti à l'arrière de notre voiture sur notre gauche. Puis un bruit métallique suivi d'un bruit sourd et d'un sifflement similaire à droite. Boo et Callum ont alors encerclé comme un seul homme les fenêtres arrière du véhicule. Boo tenait un pied-de-biche dans la main. Ils venaient de bousiller nos pneus.

Tout cela aurait largement attiré l'attention des gens si on ne s'était pas trouvés au bout d'une petite rue, entre deux façades d'immeubles sans fenêtres. L'accident en soi n'avait probablement même pas fait tant de bruit que ça.

Stephen s'est avancé vers la fenêtre du conducteur, tel un policier effectuant un banal contrôle routier. Marchant d'un pas raide, il a essuyé le sang sur sa joue.

Jane a baissé sa vitre.

– Bonjour, monsieur l'agent, a-t-elle salué poliment. Vous avez bien amoché ma voiture, dites-moi.

– Veuillez laisser Rory sortir du véhicule, je vous prie, a-t-il rétorqué.

– Et pourquoi est-ce qu'elle devrait sortir ? Vous n'êtes aucunement habilité à l'emmener.

– C'est une mineure portée disparue. Soit elle sort, soit je vous garantis que cette voiture aura bientôt tous les effectifs de la police de Londres sur le dos.

– Eh bien, à mon avis Rory n'a aucune envie de partir, n'est-ce pas, Rory ?

Je n'ai pas répondu.

– Tout ceci est parfaitement illégal, a ajouté Jane. Vous outrepassez les droits de la police. On ne va sûrement pas nous mettre en prison pour si peu.

– C'est ça, a répliqué Stephen. Allez, sors de là, Rory.

Boo était en train d'enfoncer son pied-de-biche dans l'interstice entre la portière et la carrosserie du côté de Devina. Subitement, elle a fait sauter la serrure et attrapé Devina par le bras en la tirant de force sur le trottoir. Callum est resté du côté de Jack.

– Sors de là, Rory, a répété Stephen. C'est terminé.

Je me suis glissée vers la portière ouverte. Boo a poussé Devina et m'a agrippé les épaules.

– Tout va bien ?

– Oui, ça va.

Immobile, Devina s'est contentée de nous dévisager.

– Viens, partons d'ici, a indiqué Boo en me faisant signe de la suivre.

Mais je n'ai pas bougé.

– Vous commettez une grave erreur, a menacé Jane. Si vous essayez de m'embarquer, ce sera un enlèvement. Vous serez poursuivi en justice. Je vais contacter mon avocat pour lui signaler la détérioration volontaire de mon véhicule et la brutalité dont ont été victimes mes jeunes amis. Vous n'avez pas fini d'en entendre parler !

– J'ai hâte, a ironisé Stephen. En attendant, vous allez rentrer chez vous à pied. D'ailleurs votre maison va être placée sous surveillance. Ainsi que tous les véhicules immatriculés à ce domicile et toutes les personnes connues pour avoir séjourné sous votre toit. Dorénavant rien de ce que vous pourrez faire ne passera inaperçu. Dans la rue, toutes les caméras seront braquées sur vous. Et s'il arrive quoi que ce soit à un proche de Rory, je veillerai personnellement à ce que chaque instant qu'il restera de votre misérable existence se passe dans des conditions de souffrance maximale.

On aurait dit qu'il débitait une liste de courses à toute allure.

– Mais vous êtes un vrai moulin à paroles, dites-moi, s'est moquée Jane.

– Allez, viens, a répété Boo.

Et cette fois, il n'était pas question que je refuse. Boo avait de la force. Si elle l'avait voulu, elle aurait pu m'attraper et m'emporter sur une épaule.

Le véhicule de police n'était clairement plus en état de rouler alors elle m'a entraînée de force au bout de la rue.

– Je peux pas partir, ai-je protesté. Ils savent où...

– On ne peut pas rester là, Rory. Allez, viens, je te dis, partons d'ici.

Une passante a tourné à l'angle et a vu l'accident. Elle a commencé à marcher vers nous. Boo m'a tirée plus énergiquement en cachant le pied-de-biche sous son manteau. Callum nous a rejoints en quelques enjambées.

– Ne vous arrêtez pas, filez, a-t-il soufflé en me prenant par l'autre bras. Laissez Stephen s'occuper d'eux.

– Comment est-ce que vous m'avez retrouvée ? ai-je demandé.

– Stephen a glissé son portable dans ta poche quand on était chez Dawn. Apparemment, il a deviné que tu n'allais pas l'écouter et rentrer à Wexford. Ça nous a servi de GPS. C'est qui, ces gens ?

– Elle, c'était ma psy.

– Eh ben comme ça je suis dégoûté à vie des psys, a-t-il répliqué. T'as de l'argent sur toi ? On sait que tu as vidé ton compte.

J'avais complètement oublié cette liasse de billets de cinquante et de vingt dans ma poche. En la tâtant, j'ai senti le portable.

– Ça suffira, a décrété Callum. On va trouver un taxi pour nous ramener à l'appart…

– Ils connaissent certainement l'adresse, ai-je fait. Ils savent tout de vous et où habitent mes parents. Ils détiennent Charlotte…

J'ai soudain repris conscience de ce détail. Quelqu'un, quelque part, retenait Charlotte prisonnière.

– Comment ça ? s'est étonnée Boo.

– Eh bien ils l'ont attrapée. J'ai vu son blazer. Elle est passée chez eux et ensuite elle a disparu. Ils m'ont obligée à les suivre sinon…

– Quoi ? a pesté Callum. Mais comment est-ce qu'ils ont pu la faire sortir de la maison sans qu'on les voie ? On était garés juste devant !

– Ils n'arrêtaient pas de parler d'une propriété à la campagne. C'est là qu'ils comptaient m'emmener… Oh, mon Dieu, je suis désolée. Tout ça, c'est ma faute. Ils étaient au courant de tout et moi j'ai marché… je les ai écoutés…

En me sentant prise de tremblements, Boo, qui me tenait par l'épaule, m'a serrée plus fort contre elle.

– Appelle pour les prévenir, a-t-elle conseillé à Callum.

Callum a passé un coup de fil pour signaler l'enlèvement de Charlotte. Boo ne m'a pas lâchée. Quelques instants plus tard, Stephen est arrivé à petites foulées mais ne tenait visiblement pas très bien sur ses jambes. Sans un mot, il a fouillé dans ma poche pour récupérer son portable puis s'est éloigné pour téléphoner. Je n'ai perçu que des bribes de phrases telles que « nettoyer à fond » et le nom d'une rue.

– Tu te sens bien ? s'est inquiétée Boo en regardant son visage ensanglanté.

– J'ai été rugbyman. J'ai connu pire. Il faut qu'on se tire d'ici.

– L'appartement n'est pas sûr, a annoncé Callum en revenant près de nous. Ils connaissent l'adresse. Ils pourraient envoyer des complices nous cueillir là-bas.

– OK, a fait Stephen en essuyant un petit filet de sang qui sillonnait lentement sur sa joue et qui a laissé une traînée rouge sur son visage.

– Est-ce que Thorpe veut qu'on rentre au QG ? a demandé Boo.

– On ne va pas débarquer au MI5 avec une personne portée disparue. Rory est fichée désormais. Elle va être traquée par des milliers de caméras et ils utilisent la reconnaissance faciale là-bas, alors non, mauvais plan. Il faut qu'on aille se planquer et faire le point quelque part...

Le sang a recommencé à dégouliner.

– C'est bon. Je connais un endroit. C'est dans le quartier de Maida Vale.

23

Dans le secteur très boisé et discret du nord-ouest de Londres, juste au-dessus de la station de Paddington, Maida Vale se composait de maisons en brique discrètes et protégées, entourées de jardins clos et de rangées entières de bâtisses identiques formant un seul et même bloc massif. Le quartier était sillonné de rues commerçantes abritant des boutiques de cupcakes rose et blanc, des cafés indépendants, des magasins où on pouvait acheter des couvertures pour bébés en cachemire, du thé vert importé du Japon, des batteries de cuisine françaises et des jeans aux prix si exorbitants qu'on ne pouvait que supposer qu'ils avaient été cousus par les mains de moines récitant des prières pour les futurs acquéreurs. Stephen a orienté le taxi vers un ensemble d'appartements à la façade brique dorée.

– On est où ici ? a questionné Boo tandis que Stephen entrait un code pour accéder au hall d'entrée.

– Chez mon père. Il s'en sert comme pied-à-terre quand il vient à Londres pour le boulot. Je crois qu'il est en Suisse en ce moment. Enfin j'espère.

– Et il fait quoi exactement, comme boulot ? a fait Callum.

– Banquier.

– Il a détourné tous les fonds ou quoi ? a plaisanté Boo.

– C'est possible. C'est le genre de choses qu'il pourrait faire.

Après s'être tous les quatre entassés dans un ascenseur minuscule, on est montés au quatrième étage. Stephen nous a conduits vers un des appartements du fond. Il a soulevé un cadre photo représentant un pont accroché au mur près de la porte et en a sorti une clé qu'il a utilisée pour ouvrir.

L'appartement était plongé dans l'obscurité. Les rideaux qui tombaient jusqu'au sol étaient tirés. Il n'a allumé qu'une lampe au centre de la pièce, révélant une salle de séjour à la décoration très raffinée, presque austère. Deux canapés étaient agencés face à face, de part et d'autre d'une longue table basse en marbre qui contenait des livres d'art et de photographie qui semblaient n'avoir jamais été ouverts. Le lieu ne présentait aucun signe de vie, à vrai dire. Seulement des vases et des coupes décoratives parfaitement disposés.

Stephen est parti dans les pièces voisines et je l'ai entendu tirer d'autres rideaux. Callum, Boo et moi sommes restés à tourner en rond. Posée en retrait sur une table d'appoint et presque entièrement masquée par un vase jaune se trouvait une photo de famille : visiblement celle de Stephen, immortalisée dans le jardin de quelqu'un, peut-être contre sa volonté. Ils plissaient tous un peu des yeux à cause du soleil. Ses parents ressemblaient à peu près à l'idée que je m'étais faite d'eux. Son père portait un costume à fines rayures, sa mère, une robe jaune et un immense chapeau jaune orné d'un large ruban blanc. Et on y voyait aussi la sœur de Stephen, une fille au sourire étonnamment grand et franc. Elle avait les cheveux châtains et des taches de rousseur et tenait affectueusement son frère par le bras. Stephen avait l'air d'avoir dans les douze ou treize ans sur la photo, un peu maigrichon et très mal à l'aise. Sa mère et sa sœur étaient toutes petites à côté de lui et il était aussi grand que son père. Rien que cette photo exprimait une sorte de rivalité entre eux, comme si son père se tenait aussi droit que possible pour que son fils ne le dépasse pas d'un centimètre.

– Il faut que tu te fasses examiner, a observé Boo. Il va te falloir des points de suture.

– Les blessures à la tête saignent toujours beaucoup. Mieux vaut qu'on ne se fasse pas remarquer. Au pire je peux me recoudre tout seul si besoin.

– Bon, alors on va la nettoyer, au moins, a insisté Boo.

– Tu sais te recoudre la tête ? ai-je fait, étonnée.

– On peut sûrement trouver un tutoriel en ligne. Ça ne doit pas être bien compliqué, non ?

Pendant que Boo l'aidait à désinfecter sa plaie, Callum a confectionné un pansement en déchirant en bandelettes un maillot de corps trouvé dans la chambre, de sorte que Stephen s'est retrouvé avec le haut du crâne enveloppé comme une momie, sa tignasse de cheveux bruns formant une touffe au sommet. Le sang filtrait déjà à travers le tissu. On s'est rassemblés dans le séjour.

– Pendant que t'étais dans cette maison, a raconté Stephen en attrapant le carnet à sa ceinture, j'ai déniché quelques infos de base sur sa propriétaire. Jane Quaint, née Jane Anderson. Changement de nom officiel en 1972. Hormis un job dans une boutique du Yorkshire aux environs de 1968, elle n'a jamais travaillé. Elle a hérité la maison de Chelsea d'un frère et d'une sœur jumeaux prénommés Sidney et Sadie Smithfield-Wyatt.

– Elle m'a parlé d'eux, ai-je confirmé. Elle disait qu'ils avaient notre don. Qu'ils dirigeaient toutes sortes de travaux et qu'ils sont morts au cours d'une de leurs expériences.

– Sidney et Sadie se sont suicidés ensemble en 1973. C'est tout ce que j'ai trouvé dans un premier temps, mais on pourra sûrement en apprendre davantage sur eux. Quant à Jane, son casier est vierge. Elle offre de son temps à diverses associations de victimes, verse de grosses sommes aux œuvres de bienfaisance. Une citoyenne exemplaire, dans l'ensemble.

– À la tête d'une secte, ai-je nuancé. Elle disait qu'ils allaient vaincre la mort.

– Alors ces gens en avaient après toi parce que t'es un terminus ? en a déduit Boo. Est-ce qu'ils ont précisé pourquoi ou ce qu'ils comptaient faire ?

– Juste *vaincre la mort*. Et, je sais pas, tuer tous les gens que je connais si je refusais de les suivre. Ils savent où habitent mes parents.

– On va poster une voiture devant chez eux, a décidé Stephen. L'un de vous veut bien appeler Thorpe pour s'assurer que ce soit fait ?

Il s'est levé et est parti dans la chambre. Callum a extirpé le portable de la poche de son manteau.

– J'aurais cru qu'il voudrait passer l'appel lui-même, s'est étonné Callum. D'habitude quand il s'agit de contacter Thorpe, c'est toujours lui qui s'en charge.

– Il s'est peut-être enfin décidé à déléguer, a supposé Boo avant de se tourner vers moi pour ajouter : on essaie de résoudre ses problèmes d'autorité.

– Et c'est pas gagné, a soufflé Callum en fouillant dans le répertoire pour trouver le numéro de Thorpe.

Je me suis levée pour rejoindre Stephen. Je l'ai retrouvé devant un placard en train de regarder fixement une sélection de trois chemises pratiquement identiques. Il avait retiré la sienne, tachée de sang. Question torse, il se défendait. Ça n'aurait pas dû m'étonner et pourtant, c'était le cas. Il n'était pas aussi musclé que celui de Callum mais il était galbé. Et un peu poilu aussi : un fin duvet sombre formait un V qui allait en se clairsemant du sommet de son buste aux deux tiers de sa taille. Il a tout de suite renfilé sa chemise sale en me voyant, mais en la laissant déboutonnée. Le geste avait un côté à la fois gauche et galant. Comme si ça pouvait faire quelque chose que je le voie torse nu.

Dehors, une alarme de voiture s'est déclenchée. Stephen a resserré les rideaux pour s'assurer qu'on ne nous voie pas de l'extérieur, même si on pouvait difficilement les fermer plus qu'ils ne l'étaient déjà.

– Toutes ces menaces que tu as lancées à Jane, tu pourrais réellement les mettre à exécution ? ai-je demandé. Braquer toutes les caméras sur elle quand elle se promène dans la rue, ce genre de choses ?

– En partie, seulement. Mais il n'arrivera rien à tes parents, je te le promets. Ni à Charlotte. Notre métier est parfois imprévisible, mais la police est douée pour prévenir les délits et retrouver les victimes d'enlèvement. Ils sont en train de passer leur maison au crible à l'heure qu'il est. Ils vont la retrouver.

– Pourquoi est-ce que tu ne les as pas arrêtés ?

– Parce que dans ce cas il aurait fallu signaler qu'on t'avait retrouvée. Sans compter que je venais de percuter exprès leur voiture. Il faut qu'on se fasse oublier le temps que l'affaire se tasse. J'aurais préféré pouvoir opter pour une solution plus subtile mais le temps pressait. Déjà que Thorpe considère que je prends trop de risques…

Il s'est assis au bout du lit. J'ai pris place à côté de lui. Je comptais m'asseoir un peu plus loin, mais à cause de la façon dont je me suis posée, je me suis retrouvée collée à lui. Je m'attendais à ce qu'il s'écarte un peu mais il n'a pas bougé.

– Je sais que tu m'en veux pour ce que j'ai dit dans l'appartement de Dawn.

– Laisse tomber.

– Sûrement pas. Je tiens à m'expliquer. Je ne veux pas que tu penses que je ne te crois pas à la hauteur pour ce job ou que je suis frustré par le fait que tes facultés soient plus développées que les miennes. C'est pas du tout ça… simplement je n'allais pas te laisser t'engager juste parce que tes examens se passent mal et que tu te tournes les pouces.

Il a secoué la tête.

– Pardon, je m'exprime mal, s'est-il excusé. Si tu entrais dans la brigade, ta famille ne pourrait en aucun cas savoir ce que tu fais. Ça compromettrait tes relations avec eux à bien des égards. Si j'ai commencé ce boulot, c'est parce que je n'avais pas d'autre solution à l'époque. Ma sœur était ma seule véritable famille et je la connaissais à peine. J'avais rien. Personne. Alors que toi, je t'ai entendue parler de ta famille, de ta ville. Tu as le choix, on t'attend quelque part. Imagine si tu ne pouvais plus retourner chez toi, quel effet ça te ferait, honnêtement ?

– Mais je pourrais y retourner…

– Non. Tu ne pourrais pas. Pas facilement. Et tout ce que ta famille saurait de toi ne serait qu'un tissu de mensonges. Tu ne pourrais jamais rien leur raconter de ton quotidien. Si je favorise ton recrutement et que des personnes plus haut placées que Thorpe se rendent compte de ton potentiel, je ne crois pas qu'on te traiterait comme un simple agent du gouvernement mais plutôt comme un *atout*. Et un atout, ça n'a pas de vie.

– Je n'ai jamais dit que je voulais m'engager pour de bon, ai-je objecté. Mais si c'était le cas, au moins on serait tous ensemble.

– Et s'il nous arrivait quelque chose ? Va savoir avec quels pauvres cinglés tu te retrouverais une fois qu'ils auraient réussi à recruter une nouvelle équipe. Ou pire, tu te retrouverais seule. Si la brigade était dissoute, ce pan entier de ta vie serait un gros blanc. Tu as encore la possibilité de te retirer et de faire autre chose de ta vie. Moi, je reste pour ne pas devenir fou. J'ignore si je serais seulement *capable* de faire autre chose. D'un côté j'aurais vraiment aimé avoir le choix, mais bon, ça n'a pas été le cas. Je dis pas que c'est facile. Ni même que ça me plaît. Je dis juste que toi, tu as la possibilité de vivre différemment.

– C'est peut-être cette vie-là qu'il me faut, ai-je invoqué.

– Parce que tu trouves vraiment que ça t'a réussi jusqu'ici ?

J'ai haussé les épaules.

– J'ai connu pire.

Ma réponse lui a arraché un petit sourire.

– Eh ben voilà, tu souris, l'ai-je taquiné en lui donnant un petit coup de coude. Je savais bien que t'en étais capable.

– Je suis vraiment un pauvre naze.

– Y a pire, j'te rassure.

– Ça m'étonnerait. Et j'ai vraiment aucune envie que tu finisses comme moi.

– T'inquiète, j'en ai pas l'intention.

Il avait un long cou, clairsemé d'une petite barbe de plusieurs jours. Sa bouche, si souvent pincée d'un air impassible, avait un certain galbe elle aussi. Son nez pointait très légèrement vers le bas. Et ses yeux, très enfoncés, très fatigués, étaient solidement fixés sur moi.

– C'est un vrai désastre… ai-je soupiré. Mes parents… il faut que je les appelle.

– Je te le déconseille dans l'immédiat. Attends au moins jusqu'à demain matin, qu'on ait arrangé tout ça.

– Qu'est-ce qui m'a pris ? Pourquoi est-ce que je l'ai écoutée ? me suis-je lamentée.

J'ai baissé la tête en me frottant les yeux puis je me suis redressée.

– Ils m'ont droguée. Un truc qu'ils mettaient dans leurs petits gâteaux. Pas étonnant si je trouvais les séances super intenses.

– La drogue rend influençable, a acquiescé Stephen.

– Ces gens… c'est une secte. Je t'assure. Ils m'ont parlé de ces Éleu-quelque chose. Des mystères issus de la Grèce antique, je crois. Un truc en lien avec Déméter et Perséphone…

– Les Mystères d'Éleusis ? a-t-il deviné.

– C'est ça. Évidemment, tu connais.

– Cinq ans de latin et quatre de grec, ça aide.

– Mais qu'est-ce que je vais faire ? Je dois rentrer chez moi, tu crois ?

– On ne va rien décider ce soir, d'accord ? Tout va s'arranger, je te le promets. On va trouver une solution.

Il a passé un bras autour de mes épaules, geste normal étant donné que j'étais bouleversée, mais qui me paraissait aussi un peu…

Je ne savais pas trop comment l'interpréter.

– Comment peux-tu promettre que tout s'arrange ?

– Tu es en vie. Indemne et sous notre protection. Le problème est déjà réglé. Le reste, c'est secondaire.

– C'est toi qui le dis.

– Parce que c'est la réalité.

D'un geste réconfortant, sa main a caressé un peu l'épaule sur laquelle elle était posée. Puis elle l'a serrée doucement. Je me suis blottie contre lui.

Peut-être parce que j'étais abattue ou juste complètement folle, l'idée m'a traversé l'esprit que j'allais l'embrasser. Ça m'est venu comme ça, une certitude révélée par une instance supérieure, mieux informée que moi. J'allais l'embrasser. Stephen ne serait pas d'accord. Il reculerait, horrifié. Malgré tout, ça n'allait pas m'arrêter. J'ai tendu le bras pour poser la main sur son torse, puis je me suis rapprochée davantage. Je sentais la surface de la fine barbe sur sa joue effleurer ma peau.

– Rory, a-t-il protesté.

Mais c'était une protestation très calme, stérile.

Au tout début, il n'a pas bougé ; il a accepté mon baiser comme on accepterait une cuillerée de sirop. Mais ensuite je l'ai entendu, ce petit soupir, comme s'il s'était enfin délesté d'un poids colossal.

On était tous les deux un peu terrifiés, ça, j'en étais à peu près sûre, mais l'un comme l'autre, consentants, ça, j'en étais certaine. On s'est embrassés lentement, très posément, en se rapprochant puis s'écartant et en se regardant fixement. Les baisers suivants se sont progressivement prolongés jusqu'à ne plus s'interrompre. Stephen a glissé la main sous mon chemisier et l'a posée sur ma cicatrice.

– Bon alors, Thorpe suggère que… Sans déconner ?!

Callum se tenait dans l'embrasure.

Stephen a marmonné un mot, il me semble, très obscène, tout contre mes lèvres.

– Je vous signale que maintenant je dois cinq livres à Boo ! a plaisanté Callum. Boo ! T'as gagné cinq livres !

– Quoi ? J'entends pas ! a crié Boo. Suis aux toilettes.

– Elle est aux toilettes, a singé Callum. Vous voulez bien garder le secret ? Sinon elle va prendre ses grands airs. Elle était persuadée que ça arriverait.

Stephen et moi nous sommes écartés poliment l'un de l'autre. J'ai contemplé mes pieds pendant qu'il boutonnait sa chemise.

– Tu disais, à propos de Thorpe ?

– Les autres cinglés ont décampé de Chelsea. Thorpe s'occupe de faire vérifier leur casier et les enregistrements des caméras de surveillance. Aucun indice sur la propriété à la campagne pour l'instant. Et ils ont envoyé quelqu'un à la maison des parents de Rory. D'ailleurs, ils ont signalé sa disparition.

– OK, a fait Stephen. Je crois qu'on ne peut pas faire grand-chose dans l'immédiat. On ferait mieux de se reposer un peu. La journée de demain va probablement être longue.

Entre-temps Boo nous avait rejoints.

– Qu'est-ce que tu me criais ? a-t-elle demandé à Callum.

– Rien, a-t-il menti. Je leur donnais juste des nouvelles de Thorpe.

– Et je disais qu'on ferait mieux d'aller dormir, a ajouté Stephen.

Les garçons nous ont laissé la chambre avec Boo. Aucune de nous n'était très fatiguée. Alors on est restées là, affalées sur le lit, à fixer le plafond.

– Ma vie est un vrai désastre, ai-je soupiré.

– Ça, tu peux le dire, a-t-elle admis.

– Stephen dit que ça va s'arranger.

– Sans doute.

Pour le coup elle semblait moins convaincue.

– J'ai rompu avec Jerome. J'ai abandonné Jazza... Je me dis que je devrais peut-être...

– Rester ici sans rien faire ? a proposé Boo.

– Je ne vais pas les appeler, rassure-toi. Mais il faut que je fasse quelque chose. Pourquoi pas... une lettre ? Je pourrais leur écrire ? Et leur poster quand ça ira mieux ?

– Si tu veux, a acquiescé Boo. Je n'y vois pas d'inconvénients. Mais ne les envoie pas avant que tout soit réglé.

Alors Boo a regardé la télé pendant que je cherchais de quoi écrire dans le tiroir du bureau. J'avais dû écrire une, voire maximum deux lettres dans toute ma vie. Je n'ai pas arrêté de modifier, reformuler et tout recommencer. Au final, Boo s'est endormie et je me suis retrouvée avec deux petites lettres très courtes.

Jazzy,

Tu es furieuse contre moi parce que je me suis enfuie. C'est idiot de fuir, je sais. Pour autant, rien de ce que je pourrais dire ne rendrait ma décision moins absurde ou stupide à tes yeux, alors laisse-moi juste te dire ceci... Tu es une des meilleures amies que j'aie jamais eue. Et si je pouvais t'expliquer toutes les raisons foireuses qui m'ont poussée à partir, je le ferais. Mais je t'assure : sur le moment c'était ce que j'avais de mieux à faire. Et aussi : tu me manques. Et je suis désolée de donner l'impression d'être une vraie tordue, une menteuse et une cinglée. À mon avis tu l'as toujours su, mais ça ne nous a pas empêchées d'être amies.

Tu vaux mieux que moi. Tu vas réussir ton examen d'allemand, j'en suis sûre. Et quand on se reverra, j'essaierai de tout t'expliquer.
Tu peux prendre ce que tu veux dans mes affaires, y compris mon cendrier en forme de bouche pincée.

Rory

Celle adressée à Jerome était plus courte :

Jerome,
Tu n'y es pour rien. Tout est ma faute. Je suis désolée. Tu mérites mieux comme petite amie et tu en trouveras une. Et ce jour-là je te promets d'être jalouse et de ne pas oublier que c'est moi qui ai tout gâché.
Je continue de penser que tu es un mec répugnant. Tu m'as comprise... Peut-être qu'un jour tu viendras aux États-Unis et tu découvriras la ville d'où je viens et alors tu te rendras compte que tu l'as échappé belle.

J'ai chiffonné cette dernière en boule. Elle était trop larmoyante et je ne savais même pas si j'étais sincère. Car au fond, j'avais encore en tête ce baiser avec Stephen.

Cette nuit-là, j'ai rêvé que je rentrais chez moi. Notre maison était inondée de soleil et toute ma famille était là, même notre chat Bang Bang qui nous avait quittés depuis trois ans et ma tante Sal qui était morte quand j'avais douze ans.

Je n'arrêtais pas de penser : *Je suis rentrée.* Puis je me disais : *Mais je ne peux pas rester. Il faut que je les prévienne.* Alors je suis allée voir chacun des membres de ma famille sans exception et me suis mise à leur expliquer le sens de la vie et de l'amour. Je ne me rappelle pas de ce que je leur ai dit mais je sais que c'était géant. Je comprenais tout. Ce don... il m'avait aussi transmis un savoir et j'étais à même de tous les rassurer. « Nous allons vaincre la mort », je leur disais.

Je crois que dans une certaine mesure, j'avais conscience de répéter comme un perroquet les propos que Jane m'avait tenus un peu plus tôt, pour autant, je pensais ce que je disais. La mort n'existait pas, d'où le fait que ma tante Sal et Bang Bang soient présents et que la journée soit aussi ensoleillée. Je leur parlais de mon don et ils étaient tous ravis. Surtout ma cousine Diane, qui allait dire à tout le monde qu'elle avait raison depuis le début avec son ministère des Anges guérisseurs. Et aussi, pour une raison que j'ignore, elle n'arrêtait pas d'essayer de me donner du jambon à manger. J'étais là, en pleine discussion très sérieuse, et elle réapparaissait toutes les cinq minutes avec sa barquette de charcuterie pour me pousser à en prendre une tranche. Alors j'ai fini par accepter pour qu'elle me lâche et par aller les jeter au fond des toilettes, une par une, mais elle continuait de ressurgir avec toujours plus de jambon. Ça a gâché ce rêve qui était très intense et émouvant. Tout était quasiment parfait, si ce n'était cette histoire de tranches de jambon.

J'ignore quelle heure il était quand j'ai senti quelqu'un me secouer.

– J'veux pas de jambon... ai-je marmonné.

– Rory.

Le jour filtrait à travers la fenêtre mais faiblement. Le ciel était pâle et délayé et Boo était penchée au-dessus de moi. Elle avait un regard très curieux, mais pas de jambon.

– Qu'est-ce qu'il y a ? ai-je ronchonné en me réveillant péniblement.

– C'est Stephen.

– Quoi, Stephen ?

– J'arrive pas à le réveiller.

24

De toutes les choses qui m'étaient arrivées au cours de ces dernières semaines, la plus surréaliste fut d'attendre cette ambulance.

La nuit avait laissé place au jour – l'aube apparemment, car les nuances du ciel étaient encore très pâles. Stephen avait dû s'endormir assis dans le canapé. La tête renversée en arrière, il tenait d'une main son bandage de fortune tandis que l'autre reposait mollement le long de son corps. Un fin duvet de poils qui avaient poussé pendant la nuit ombrageait son menton. Sans ses lunettes ni son air constamment inquiet, il semblait presque… heureux. L'angoisse était palpable, omniprésente : dans la voix de Boo et aussi dans celle de Callum, dans leurs regards, dans l'atmosphère elle-même.

– Il allait bien, a expliqué Boo d'une voix tremblante. Tout à l'heure il était bien. Je me suis réveillée, je suis allée les voir et ils dormaient tous les deux alors j'ai essayé de les réveiller et… Stephen n'a pas réagi.

– Les sirènes, a fait Callum en se précipitant à la fenêtre. Vous entendez ?

Je les entendais. Elles étaient encore loin mais se rapprochaient vite.

– Je vais descendre leur ouvrir, a décidé Boo. C'est quoi, le code, déjà ? On en a besoin, de ce code ! C'est quoi ?

– Je crois qu'il y a déjà du monde en bas, a signalé Callum. J'aperçois quelqu'un. Attends-les devant l'entrée. Je vais chercher les escaliers de secours, ils n'arriveront jamais à rentrer le brancard dans l'ascenseur. Rory, tu restes avec lui, OK ?

– OK. Je bouge pas d'ici.

Alors je me suis retrouvée seule avec Stephen. Je lui ai pris la main, j'ai pincé son bras.

– Réveille-toi. Allez ! Je t'en prie.

Mais il est resté tel quel, le souffle lent, superficiel, le reste de son corps immobile. Quelques minutes plus tard, deux ambulanciers, un homme et une femme, sont arrivés en cavalant dans les escaliers puis dans l'appartement. Ils se sont tout de suite mis au travail en posant par terre un gros sac de matériel et une planche de transfert. L'homme a tâté le cou de Stephen pour prendre son pouls et écouté ses battements de cœur à l'aide d'un stéthoscope.

– Qu'est-ce qui lui est arrivé ? a interrogé la femme. Vous l'avez trouvé comme ça ce matin ?

– Oui, a répondu Boo. C'est moi qui l'ai trouvé. Il n'a pas réagi quand j'ai voulu le réveiller.

– Est-ce qu'il a pris de la drogue ? De l'alcool ? Des médicaments ?

– Il a eu un accident de voiture, est intervenu Callum. Il a pris un coup à la tête mais il allait bien…

– C'était quand ?

– Hier soir.

– Voies respiratoires dégagées, a déclaré l'homme. Pouls à quarante-six. Pupilles irrégulières.

On lui a passé un tensiomètre autour du bras. J'ai écouté le bruit de la pompe puis le sifflement lent et troublant de l'appareil. L'ambulancier a retiré le brassard d'un geste brusque et bruyant.

– 180/60. Il y a combien de temps que vous l'avez trouvé dans cet état ? a demandé sa collègue.

– Je… je sais pas, a bredouillé Boo en interrogeant Callum du regard. Quinze minutes peut-être ?

La femme a contourné Stephen, soulevé chacune de ses paupières en les éclairant avec sa lampe-stylo et finalement attrapé sa radio.

– St Mary's, j'ai un trauma crânien inconscient, GCS 4. Pouls à quarante-trois et en baisse.

Un crachotement électronique s'est fait entendre suivi d'un bref silence.

– L'équipe se tient prête à intervenir, a répondu une voix dans un crépitement.

– Qu'est-ce que ça signifie ? ai-je paniqué. C'est quoi, un GCS ?

– Une échelle de coma.

– *Une échelle de…* Il est dans le coma ? Mais est-ce qu'il va…

– Y a pas de temps à perdre, a-t-elle coupé.

Ils se sont activés mais rien ne semblait aller assez vite. Il a fallu déplacer la table basse. Ils ont immobilisé le cou de Stephen avec un collier cervical puis l'ont transféré sur le plan dur au sol.

– À trois. Un, deux, trois…

Ils l'ont soulevé et emporté hors de l'appartement en manœuvrant dans les escaliers d'une manière experte. Je les ai suivis tandis qu'ils descendaient et l'installaient dans l'ambulance.

Nouvel épisode de turbulence alors que Stephen était évacué prestement d'un appartement où nous étions arrivés à peine quelques heures plus tôt. L'ambulance a démarré en trombe, on a suivi en taxi. Une fois à l'hôpital, on a dû se séparer, l'ambulance filant aux admissions. Le taxi nous a déposés dans la rue près de la salle d'attente des urgences. À l'intérieur se trouvaient des personnes avec des bandages, des plaies ensanglantées, des bras en écharpe… toute cette habituelle panoplie d'accidents stupides qu'on voit aux urgences. Rien que des bras et des nez cassés, et Stephen, inconscient quelque part.

Un homme à l'accueil nous a dit que quelqu'un viendrait nous tenir au courant et qu'on devait attendre, alors on est restés là, décontenancés, le regard perdu entre l'accueil, l'écran de télévision fixé au mur et les distributeurs automatiques remplis de barres chocolatées et de sachets de chips.

– Thorpe, a finalement dit Boo. On devrait le prévenir. Je m'en occupe.

Ce qu'elle a fait, pendant que Callum et moi avons continué d'arpenter le carrelage de la salle d'attente. Environ trente minutes plus tard, un jeune médecin roux à la barbe soigneusement taillée est apparu dans la salle en demandant qui était là pour Stephen Dene. On s'est tous les trois levés et précipités en même temps.

– Vous êtes ses amis ? a-t-il questionné. C'est vous qui l'avez trouvé inconscient ?

On a confirmé.

– Il va falloir qu'on prévienne ses parents. Savez-vous où on peut les joindre ou…

– Ses parents sont morts, s'est dépêché de l'informer Callum.

Ça nous a surpris, Boo et moi, pour autant on ne l'a pas contredit.

– Je vois, a fait le médecin. Y a-t-il quelqu'un d'autre qu'on puisse contacter ?

– Son… son oncle, a improvisé Boo. Il est en route. Mais… dites-nous ce qui se passe. S'il vous plaît. Nous sommes ce qu'il a de plus proche. Je vous en prie.

Après quelques secondes d'hésitation, le médecin a hoché la tête et nous a emmenés dans une petite salle de consultation.

– Vous avez affirmé qu'il avait eu un accident de voiture, c'est bien ça ? a-t-il demandé en fermant la porte.

– Il a juste pris un coup sur la tête, a nuancé Callum. Mais il avait l'air bien.

Le toubib a acquiescé et s'est adossé à la porte en baissant les yeux, l'air songeur.

– Ça arrive souvent avec ce genre de blessures. On appelle ça un intervalle lucide. Le blessé n'a aucun symptôme en apparence. Ce n'est pas tant la gravité du choc qui importe que la façon dont il s'est produit et la région de l'impact. Est-ce qu'il s'est plaint de maux de tête ou de nausées ?

– De maux de tête, oui, s'est souvenue Boo. Mais ça n'avait pas l'air grave.

Le médecin s'est gratté le sourcil. Puis il nous a lancé un regard franc, de ceux qui ne présagent jamais rien de bon.

– Stephen a souffert de ce qu'on appelle un hématome épidural, a-t-il expliqué. Le coup qu'il a reçu à la tête a provoqué une lésion et un épanchement de sang entre un os du crâne et la dure-mère du cerveau. Dans ces cas-là, le cerveau est soumis à une forte pression. On a essayé de soulager cette pression… mais le problème de ce type d'hématomes, c'est qu'ils doivent être traités immédiatement. La blessure remonte à environ onze ou douze heures. On a drainé le sang mais son cerveau a subi des lésions. Étant donné qu'il est dans le coma, on l'a placé sous assistance respiratoire.

– Sous assistance respiratoire ? a répété Boo. Mais il va s'en tirer, n'est-ce pas ? Vous l'avez soigné, hein ?

Il y a eu un blanc – un blanc qui voulait tout dire. La pièce est devenue irrespirable et la scène, complètement irréelle. J'avais les mains engourdies et des picotements dans la tête.

– On va le maintenir dans un état satisfaisant, a continué le médecin. Il ne souffrira pas. Mais sa famille va devoir prendre des décisions. Est-ce que vous comprenez ce que je vous dis ?

Non, à vrai dire je ne comprenais rien à ce qu'il racontait. Mais ça ne l'a pas empêché de poursuivre. Après quoi on est repartis, on a pris un ascenseur et remonté un couloir.

Stephen avait été transféré au troisième étage. Il avait une chambre pour lui tout seul, en grande partie occupée par des appareils. Les stores de la fenêtre entrouverts laissaient passer quelques rayons de lueur matinale en travers de son lit. Une couverture d'hôpital le bordait jusqu'à mi-hauteur de poitrine. Il portait une blouse bleue. De le voir sans son uniforme officiel, sans ses pulls et ses écharpes sages, dépouillé de ces vêtements qu'il portait en temps normal et qui lui donnaient cette apparence autoritaire et sérieuse... vêtu de cette blouse fine comme du papier estampillée du nom de l'hôpital... je ne sais pas pourquoi mais ça rendait les choses complètement réelles.

Boo a étouffé un sanglot.

– J'y crois pas, a pesté Callum tout bas. Il aurait pu lui arriver un tas de trucs, vous voyez ? Lui ou n'importe lequel d'entre nous… de tout ce qui aurait pu nous arriver, il a fallu qu'il prenne un coup sur la tête dans la voiture…

– Callum… commence pas, a tempéré Boo d'une voix nouée, pleurant à présent à chaudes larmes.

– Mais tu te rends compte de tout ce qui aurait pu nous arriver depuis le temps ? Entre l'Éventreur… tous ces fantômes. Notre boulot. Et au final : un banal accident de voiture… et même pas grave en plus ? C'est tellement *stupide*…

Il s'est mis à ricaner, d'un rire de plus en plus étrange et fort, puis s'est assis par terre près du lit et a baissé la tête toujours en riant. Boo s'est installée à côté de lui et a passé un bras autour de ses épaules. J'ai vaguement pensé que c'était le genre de moments que Boo attendait depuis très longtemps, un moment où elle étreindrait simplement Callum en attendant que la tempête passe. Elle aurait sûrement pu faire ce qu'elle voulait de lui à cet instant. Mais ça n'avait plus d'importance.

Stephen ne portait pas ses lunettes. Ses traits étaient détendus comme jamais, le pli inquiet entre ses yeux, enfin estompé. Je pouvais désormais le regarder comme jamais je n'avais pu le faire jusqu'ici, c'est-à-dire le dévisager aussi longtemps que je voulais. Je n'avais jamais remarqué comme son front était haut – haut et très élégant, descendant en pente douce vers son nez, qui était aussi grand et délicat. Ses yeux étaient bordés de beaux cils noirs, et ses sourcils, plus épais que ce que je croyais. Ses lunettes avaient masqué une bonne partie de son vrai visage. Et là se trouvaient les lèvres sur lesquelles j'avais posé les miennes hier soir, une bouche fine, large, à forte tendance boudeuse. À présent il souriait presque.

Je me souvenais qu'au début j'avais senti ses lèvres crispées, comme s'il essayait de se barricader contre moi ; ensuite elles s'étaient détendues, légèrement entrouvertes. Et c'est là que j'avais compris qu'il avait envie de m'embrasser, qu'il était prêt à céder, à cette mince entrouverture des lèvres et ce petit soupir qu'il avait poussé…

Ce soupir resterait gravé à jamais dans ma mémoire. Ce tout petit bruit au moment où le monde entier semblait s'offrir à nous…

– Il m'avait dit que si jamais il lui arrivait quelque chose, il ne voulait pas qu'on prévienne sa famille, a subitement raconté Callum.

J'en avais presque oublié qu'ils étaient là, tous les deux, assis par terre de l'autre côté du lit. Ils étaient restés silencieux et moi, j'étais partie si loin dans mes pensées que je m'étais perdue. Le fou rire de Callum s'était calmé et il était à présent penché en avant sur ses genoux, comme prêt à se relever d'un bond.

– On devrait quand même les appeler, non ? Tu crois pas ? a suggéré Boo d'une voix rauque.

– Non. Je pense qu'il était sérieux. L'important, c'est ce qu'il veut *lui*, pas ce que veut sa famille.

– Et tu sais ce qu'il veut, toi ?

– On ferait mieux d'attendre Thorpe, ai-je conseillé.

Ce n'était pourtant pas mon intention. Les mots sont sortis tout seuls, froids et machinaux. C'était peut-être Stephen qui s'exprimait à travers moi.

– Thorpe a rien à dire, a objecté Callum. Il ne connaît pas Stephen. C'est à nous de décider. À *nous*. C'est de nous dont Stephen a besoin pour s'occuper de ça, pas d'un bureaucrate.

En définitive, on a voté.

Je dis ça comme si c'était possible. Comme si on pouvait voter pour savoir si Stephen allait vivre ou mourir. Comme si on envisageait seulement que ça puisse vraiment arriver. C'était plus scolaire, comme une question à un examen. Si Stephen ne pouvait plus vivre sans la machine, est-ce qu'il voudrait continuer ? Est-ce qu'il voudrait obliger son corps à respirer alors que son esprit serait absent ou inactif ? La réponse était évidente pour nous tous : non, il ne voudrait pas. Mais c'était l'étape suivante qu'on avait du mal à exprimer. Le fait qu'il faudrait débrancher la machine. Le laisser partir. Je me sentais toute bizarre, étourdie, j'avais les genoux qui tremblaient, et à un moment j'ai eu le hoquet et me suis mise à tripoter nerveusement les stores.

Ensuite on a discuté avec lui. On lui a raconté des histoires. Je lui ai dit que ma grand-mère s'était fait refaire les seins au rabais. Je lui ai confié des choses que je n'aurais jamais voulu qu'il entende en temps normal, juste dans l'espoir qu'il se réveille brusquement, horrifié et gêné par ce que je racontais. La première fois où j'ai eu mes règles par exemple. Ce genre de choses. Je m'en fichais que Callum et Boo entendent. Ils ont fait pareil. On lui a sorti des blagues. Callum a même proposé de lui mettre de la paperasse sous le nez pour le forcer à se réveiller.

Thorpe est arrivé en ramenant le docteur avec lui dans la chambre. Auparavant, chaque fois que je l'avais croisé, il n'était qu'un col blanc du gouvernement. La seule chose que j'avais un jour remarqué chez lui, c'était que son visage paraissait trop jeune pour ses cheveux blancs. Cette fois, il ne portait ni costume, ni chemise habillée, ni cravate, mais un col roulé et un jean stylisé, et quand il a vu Stephen, il s'est tu, une main plaquée sur la bouche.

C'est là que j'ai cru que j'allais craquer pour de bon. La bile a remonté au fond de ma gorge, mes oreilles ont bourdonné violemment et j'aurais voulu être n'importe où sauf dans cette chambre affreuse. J'aurais voulu effacer les derniers mois de ma mémoire, rentrer à toute vitesse en Louisiane et me retrouver au fond de mon lit, chez moi.

– Qu'est-ce qui se passe quand on éteint la machine ? a demandé Thorpe au docteur.

Ce dernier s'était mis discrètement dans un coin de la chambre, les bras croisés avec résignation d'un air doux et professionnel.

– Le corps prend le relais. Les choses suivent leur cours. Parfois c'est une question de minutes, parfois d'heures.

Thorpe a acquiescé en reniflant brièvement, puis il nous a lancés un regard.

– Il faut que nous discutions quelques minutes, a-t-il indiqué au docteur.

Ce dernier est reparti. Thorpe s'est avancé au pied du lit pour dévisager quelques instants Stephen.

– Avez-vous discuté entre vous ? nous a-t-il demandé calmement. Je pense qu'on sait tous ce qu'il dirait.

Notre silence l'a confirmé.

– Ça n'aurait jamais dû se produire. Je n'aurais jamais dû laisser cela se produire. Tout est allé trop vite. On a manqué de temps, de préparation…

Il a laissé la fin de sa phrase en suspens et secoué la tête.

– Je vais parler au médecin, a-t-il déclaré. Je vais…

J'ai raté la suite, même si j'ai compris en deux mots que ça concernait le fait qu'il allait se charger de prendre une décision et dire qu'il était l'oncle de Stephen. À cet instant un souvenir occupait mon esprit. Le souvenir de moi, étalée par terre dans les toilettes après le coup de couteau. Je me rappelais la curieuse sensation que me procurait la plaie. Mon corps, incapable d'assimiler réellement l'entaille, me suggérait que c'était une démangeaison accompagnée de légers picotements. Le sang coulait si vite – c'était impossible que ce soit le mien. Et à travers le bourdonnement dans mes oreilles, j'ai entendu Newman m'expliquer la suite de son plan. Il m'a donné le terminus en me racontant que d'après lui – lui et sa petite théorie – il était possible que les personnes possédant notre don et mourant avec un terminus dans les mains reviennent.

– J'ai une solution, ai-je lâché.

C'était inattendu. C'est encore sorti tout seul et ça n'a échappé à personne.

– Pardon ? s'est étonné Thorpe.

– J'ai une solution, ai-je répété. Newman... il avait cette théorie... au sujet des personnes possédant notre don. Si elles mouraient en étant en contact avec un terminus, il se pouvait qu'elles...

Callum s'est levé, le regard noir.

– Pas question, a-t-il refusé.

Boo s'est relevée à son tour, mais son regard à elle exprimait tout autre chose. Elle approuvait.

– Qu'est-ce que vous racontez ? s'est impatienté Thorpe. Vous avez une solution pour l'empêcher de mourir ou de... ?

– Ce qu'elle insinue, c'est qu'elle veut le maintenir ici en faisant de lui une *créature* ni vivante ni morte, a coupé Callum. Et il n'en est pas question.

– Et si tu dépassais un peu tes préjugés ? a rétorqué sèchement Boo.

Callum a contourné Thorpe et le lit pour venir du côté où je me trouvais, et, à sa démarche, j'ai eu la nette impression qu'il n'hésiterait pas à employer la force avec moi. J'ai agrippé le garde-corps.

– Je t'interdis de le toucher, a-t-il lâché.

Personne ne m'avait jamais vraiment parlé sur ce ton avant, pas même Newman. C'était une menace directe et le message signifiait clairement que j'étais son ennemie. Il ne me laisserait pas faire.

– Callum, elle peut le sauver, est intervenue Boo.

– Tu n'as pas intérêt à le faire ! m'a encore hurlé Callum à la figure. Je te l'interdis. Tu ne *touches* pas à mon ami.

Il a repoussé brutalement la table de lit à roulettes ; pas vers moi mais vers le mur, comme une mise en garde. Je me suis figée. Ça m'était égal. Pour ma part, ma main était à présent soudée au lit.

– Callum, a lancé Thorpe d'un ton calme mais tout aussi menaçant. Éloigne-toi d'elle et sors de la chambre.

– Je bougerai pas d'ici.

Planté devant moi de tout son haut, il me dévisageait sans ciller.

– Sors tout de suite sinon tu es viré.

– Mais allez-y, virez-moi !

– Est-ce que c'est ce que Stephen voudrait, là ?

La voix de Thorpe était suffisamment émue pour que Callum se retourne pour le regarder.

– Est-ce qu'il aimerait que vous vous disputiez à cause de lui ?

– Il n'aimerait pas revenir dans ces conditions, a répliqué Callum. Vous, oui, peut-être, pour pouvoir l'étudier ou je ne sais quoi. Et peut-être que toi aussi, a-t-il ajouté en regardant Boo, parce que tu crois que ce serait une solution. Et *toi*...

Il ne savait pas quoi dire me concernant.

– Tout ce que je sais, c'est qu'il aimerait simplement qu'on le laisse partir.

– T'en sais rien, ça, a opposé Boo. C'est vrai, tu as toujours été en colère contre eux. Pour toi, ils sont tous méchants et n'ont pas leur place dans ce monde. Ce sont des fantômes, pas des monstres, et il leur arrive d'être heureux. Et utiles. Tu ne peux pas décider ce que Stephen voudrait en fonction de tes sentiments *personnels*.

J'ai saisi la main de Stephen. Elle était très fraîche. Pas froide, mais pas chaude comme la main d'une personne pleine de vie, ça c'est sûr. Et déjà, je percevais une sorte de sensation curieuse. Ce n'était pas comme les fois où, au contact d'un fantôme, je me sentais comme aspirée en lui. C'était une sensation légère qui commençait dans les doigts et se propageait au dos de ma main, le long de mon bras, avant de marquer une pause au creux de mon coude, à l'endroit du pouls. Une douce sensation d'engourdissement, comme si j'avais des fourmis dans le bras, mais qui n'avait rien de désagréable. Et ma main et mon bras se sont peu à peu réchauffés au contact de sa peau fraîche. À vrai dire, tout mon corps a commencé à être parcouru par une vague de chaleur.

J'ai jeté un coup d'œil à la machine, qui m'a confirmé que Stephen était toujours en vie. Le débat se poursuivait autour de moi mais je n'y prenais plus part. Je n'étais même plus avec eux dans la pièce. J'étais partie ailleurs avec Stephen, dans un lieu tout à fait distinct de l'hôpital ou de tout ce que je connaissais. J'étais loin d'être certaine de faire le bon choix. Je ne réfléchissais plus vraiment, en fait. Je n'étais ni aveugle ni sourde. Je veux dire, j'ai bien vu la sécurité arriver. J'ai vu Callum préférer partir de lui-même plutôt que d'être mis dehors. J'ai vu Boo fondre en larmes, et Thorpe refermer la porte et l'agripper par l'épaule. J'ai vu des amitiés se détruire et des cœurs se briser et j'étais loin d'y être insensible, seulement… tout se produisait derrière une sorte de vitre qui nous maintenait Stephen et moi à l'écart.

L'aspect froidement objectif de la suite des événements, le calme dans lequel cela s'est déroulé m'a surprise. Tout en douceur. Je me suis contentée de regarder et de tenir bon, songeant qu'il existait une méthode pour tout. Tous les jours il y a des gens qui meurent, et il existe une méthode pour ça aussi. À l'annonce de la décision, le docteur a acquiescé en nous disant que c'était plus sage. Quelques personnes sont entrées, on s'est regroupés et ils ont tout éteint. Je n'avais pas remarqué le boucan que faisait cette machine avant qu'elle soit éteinte.

Les moniteurs toujours branchés ont continué d'émettre leurs bips, mais lentement. Ensuite on nous a laissés seuls.

* * *

Ça s'est produit à 9 h 46 du matin.

Juste avant, tout s'était mis à tourner au ralenti – les bips et les oscillations à l'écran. Petit à petit, il y a eu plus d'allées et venues dans la chambre. J'ai resserré la main de Stephen. Les bips se sont transformés en un bourdonnement très grave. J'ai fermé les yeux. Et alors j'ai senti quelque chose me *tirer*. Pas quelque chose de musclé ou que je pouvais voir, mais quelque chose de doux et en même temps tenace. Ça m'a rappelé un cours de sciences en primaire, où on nous avait donné une boîte d'aimants et laissés jouer avec, et je m'amusais à attirer un aimant posé à courte distance pour qu'il vienne se coller à celui que je tenais.

Je t'interdis de partir, lui ai-je soufflé par la pensée. *Je t'interdis de t'en aller. Tu restes ici. Avec moi.*

Je percevais toujours l'agitation autour de moi. J'étais extrêmement consciente de la présence de Boo sur ma gauche.

TU M'ENTENDS ? JE T'INTERDIS DE...

J'ai bien failli tomber à la renverse. Je tirais sur quelque chose, à moins que ce ne fût moi qu'on tirait. Mes paupières closes se sont remplies de blanc. L'univers a totalement disparu. Même le voile blanc s'est éclipsé et tout s'est transformé en un néant aveuglant. Contrairement aux fois précédentes, ce n'était pas un simple jet de lumière. J'étais calme, immobile, le monde n'existait plus mais ça ne faisait rien. Je n'étais plus moi-même, j'avais rejoint quelque chose de plus vaste. Peut-être étais-je de l'eau. Une goutte d'eau dans l'océan. Ou bien une particule de lumière. Je me fondais dans ce décor paisible qui m'entourait.

Je voulais rester là.

Il y a eu une lumière blanche. Une chute. Trente, trois cents mètres de pente que j'ai dévalés, mais pas particulièrement vite.

Puis il y a eu des contours. Des formes rondes. Une frange rouge et une boule noire. Un visage – celui de Boo. J'avais la tête fourrée entre mes genoux et, quand j'ai rouvert les yeux, le carrelage de l'hôpital a violemment rejailli dans mon champ de vision.

– Désolée, ai-je dit rapidement, anticipant ce qui allait se passer dans la seconde.

J'allais vomir. On m'a poussé une bassine en plastique plus ou moins sous le nez et j'ai fait de mon mieux pour la viser. Quelqu'un m'a aidée à me poser sur un fauteuil.

On m'a fait me pencher en avant. Boo s'est agenouillée à côté de moi.

– Est-ce qu'il est...

Elle m'a fait oui de la tête.

– Ça a marché ? a-t-elle chuchoté en me caressant les cheveux.

– Je... je sais pas. Il s'est produit quelque chose.

– Je vais voir si je le trouve, a-t-elle proposé. Tu te sens mieux ? Attends, je reviens.

Boo s'est absentée pendant ce qui m'a paru des heures. J'ai fini par me redresser et m'asseoir normalement. C'est alors que j'ai vu Stephen étendu sur son lit, dans la même position que tout à l'heure. Il paraissait exactement le même, sauf qu'il n'y avait plus un bruit et que sa poitrine ne bougeait plus.

Thorpe avait les yeux rouges.

– Combien de temps ça prend ? ai-je demandé à Boo quand elle est revenue. Avant qu'ils... tu sais. Qu'ils apparaissent.

– Jo m'avait raconté que dans son cas, elle avait eu l'impression de s'être réveillée juste après, mais elle n'en a jamais eu la certitude. Si ça se trouve, ça avait pris des heures ou peut-être même des jours.

– Alistair m'a dit que ça avait été immédiat, ai-je ajouté. Il dormait et, tout à coup, il s'est retrouvé debout à côté de son corps. Est-ce qu'ils se manifestent toujours sur le lieu de leur mort ?

– Pas forcément, il pourrait être n'importe où, a soupiré Boo. Souvent, c'est lié au lieu du décès, mais pas toujours. J'ai entendu dire que certains réapparaissent ailleurs. Si ça se trouve, il est à l'appartement. Ou bien chez ses parents, même si j'en doute. Il est forcément quelque part. Il faut juste qu'on le trouve.

– À moins que ça n'ait pas marché…

– Je sais qu'il est là, a assuré Boo en hochant la tête. Il faut qu'on parte à sa recherche. On va fouiller l'hôpital, l'appartement – le nouveau et l'ancien. Et si ça ne donne rien, on reviendra ici et on recommencera depuis le début. D'accord ?

C'est là que tout est devenu limpide dans mon esprit. Il n'y aurait pas de train pour Bristol. Sans doute pas plus que de retour à Wexford ou aux États-Unis. C'était maintenant, en temps réel, que ma vie s'écrivait. Il n'était pas question que je rentre chez moi. J'allais rester ici. Retrouver Charlotte. Le faire payer à Jane.

Et j'allais aussi retrouver Stephen.

conception
réalisation
mise en page
pca
44405 Rezé cedex

PEFC 10-31-1510

IMPRIM'VERT®

Imprimé en France
par Corlet Imprimeur
14110 Condé-sur-Noireau
Dépôt légal : mai 2013
N° d'impression : 154105
ISBN : 978-2-7499-1927-0
LAF 1305B